Читайте романы
примадонны иронического детектива
Дарьи Донцовой

Дарья Донцова

*Т*емное прошлое
прошлое
Конька-Горбунка

ЭКСМО
Москва
2009

Темное прошлое Конька-Горбунка

повесть

ГЛАВА 1

Если, собираясь с супругом в гости, вы знаете, что в компании будет пять молодых красивых незамужних блондинок, не стоит заранее ревновать, за час до выхода из дома накормите своего благоверного салатом из сыра с чесноком и спокойно отправляйтесь с ним на вечеринку. Многие сложные на первый взгляд проблемы имеют простое решение, никогда не отчаивайтесь, чем хуже ситуация, тем легче с ней справиться.

В любой неприятности всегда можно найти положительные моменты, надо просто понять: все могло быть намного хуже. Вы упали и сломали ногу? Вам еще повезло! Ну согласитесь, травмированный позвоночник куда большая беда!

— Эй, ты меня слушаешь? — воскликнула Кира. — Очнись! Дашка! Ау!

Я вздрогнула.

— Да?

— Вот красиво! — надулась Кира. — Я рассказываю о своих переживаниях, а лучшая подруга в это время дрыхнет!

— Вовсе нет, — поспешила я оправдаться.

— Почему тогда ты сидишь с лицом медитирующего пингвина? — возмутилась Вольская. — Ну-ка повтори, о чем я сейчас говорила?

— Ты порвала с Костей, потому что он сукин

сын, и завела роман с Лешей, но тот оказался нищим, и теперь ты находишься на перепутье, — послушно сказала я.

— Это ужасно, — вздохнула Кирка, — Константин, конечно, обеспечен: квартира, машина, дача, счет в банке и успешный бизнес, он щедрый и добрый, но... отчаянный потаскун и врун! Колбасой носится по бабам! Его практически невозможно удержать от кобелирования! Я уже поняла: если он в пятницу вечером, смотря мне в глаза слишком честным взглядом, заявляет: «Кируся, увы, я на выходные улетаю в Магадан, там на предприятии косяк вышел», а в понедельник вечером возвращается ко мне, держа в зубах очередное бриллиантовое кольцо, то он стопудово сходил налево!

— И на солнце есть пятна, — вздохнула я.

— Достал! — Кира стукнула кулачком по столешнице. — Сил нет! Я от его художеств на пять кило похудела! Вот Леша другой! Он всегда со мной! Везде! Мы все делаем вместе! Никаких загулов и измен. Лешик не пьет, не курит, на чужие коленки не заглядывается! Даже если обнаружит у себя в постели какую-нибудь Мисс мира, он ее отодвинет и поспешит ко мне!

— Значит, вопрос решен, — обрадовалась я, — на фиг тебе лгун Костя, ты счастливо живешь с верным до потери пульса Алексеем.

— Нет! — возмутилась Кира. — Это ужасно! С ним невозможно иметь дело!

— Судя по твоему рассказу, Леша идеален, — удивилась я.

Кира скорчила гримасу.

— Отвратительно, когда мужик постоянно путается под ногами! Представляешь, он за мной даже в парикмахерскую увязался! И за шмотками в магазин таскается, советует, что купить! Но, самое главное, у Леши нет денег! Вообще никаких! Он делит однокомнатную квартиру с мамой и сестрой, ездит на метро и одевается в секонд-хэнде. От такого кадра, сама понимаешь, бриллиантов не дождаться! Эх, если б деньги Кости отдать Алеше, да чуть-чуть убавить у последнего прилипчивости, — вот он, супервариант.

— Кабы губы Никанора Ивановича да приставить к носу Ивана Кузьмича, да взять сколько-нибудь развязности у Николая Андреевича, — протянула я, — прости, цитата не точная. Не помню имен персонажей из комедии Гоголя «Женитьба». Кира, бочки чистого меда в природе не бывает, в ней всегда есть ложка, а то и две, дегтя! А нельзя ли попросить Алексея найти себе другую, более высокооплачиваемую работу?

— Не получится, — пригорюнилась Кира, — у Лешки невероятно редкая специальность!

— Это здорово! — решила я приободрить подругу. — Чем эксклюзивнее профессия, тем дороже этот человек продается на рынке труда!

— Может, оно и так, — нехотя признала Кира, — да только Алеха переводчик-синхронист с латыни!

Я опешила и решила уточнить.

— Латынь, так называемый «мертвый» язык, нынче им пользуются только врачи да юристы. Первые в основном выписывают рецепты, а вторые цитируют бессмертные выражения вроде: «Закон суров, но это закон». Переводчик-синхронист работает на всяких переговорах, конференциях, встречах, он мгновенно переводит заявление дипломата с французского на английский и наоборот. Но для меня загадка, кому в наше время может понадобиться такой специалист по латыни, ею давно никто не пользуется.

— Вот поэтому у Леши и нет денег, — резюмировала Кира, — ну и как решить этот вопрос? Вернуться к богатому, но ветреному Косте или жить с не дающим никаких поводов для ревности, но нищим Лешкой, а?

Я призадумалась.

— В каждом любовнике есть и хорошее, и плохое, — ныла Кирка, — не могу выбрать!

— Думаю, Константин лучший вариант, — твердо заявила я.

Незабудковые глаза Киры округлились.

— Почему?

Я снисходительно улыбнулась.

— Неужели непонятно? Ты только что сказала: «Из-за загулов Костика я потеряла пять кило веса».

— Ага, — подтвердила Кирка, — как подумаю, что он с другой бабой спутался, сразу от злости аппетита лишаюсь!

— Вот! — обрадовалась я. — Жизнь с Костей шлифует твою фигуру! Тебе не придется сидеть на диете! Один его зигзаг налево — и лишний жир у тебя исчезнет со всех мест! Думаю, это решающий аргумент в пользу бизнесмена—мартовского кота.

— Точно! — оживилась Кирка. — Вот за что я тебя обожаю! Ты всегда найдешь выход из безвыходного положения!

Я кивнула.

— Главное, не терять оптимизма.

— А еще ты замечательная подруга! — не успокаивалась Кира.

Я смутилась, Кирка, очевидно, заметила это, потому что застрекотала сорокой.

— Не вздумай спорить! Всем известно, Васильева готова ради друзей в огонь и в воду.

— Ну... да, — промямлила я.

Всегда стесняюсь, если человек начинает безудержно нахваливать меня прямо в глаза.

— Сколько раз я слышала, как ты приходила людям на помощь, — не успокаивалась Кира, — себя не жалела!

— Да ладно тебе, это пустяки, — покраснела я.

— И сейчас ты мне не откажешь!

— Конечно, нет, — машинально ответила я.

— Здорово! — обрадовалась Кира. — Ты просто супер! Значит, согласна?

— Да, — кивнула я и тут же опомнилась, — а что надо делать?

— Не волнуйся, — засмеялась Вольская, — речь идет не о деньгах, а о незначительной услуге. Надеюсь, ты завтра с полудня до полуночи свободна?

Я уставилась в пол. Ну отчего большинство людей считает, что во главе угла всегда стоит финансовый вопрос? Очень легко дать человеку деньги и забыть о его проблемах. Намного труднее делиться с кем-то своим временем, вникать в его ситуацию, переживать за приятеля...

— Так что насчет завтра? — насела на меня Кирка.

Вы сможете отказать человеку, который только что с упоением пел вам дифирамбы, повторяя: «Ты лучший друг на свете, всегда придешь на помощь»?

— Никаких особых дел я не планировала, — со вздохом ответила я.

— Шикарно! — захлопала в ладоши Кирка. — Значит, элементарно за меня в центре посидишь!

— Где? — испугалась я.

Вольская молитвенно сложила руки.

— Солнышко! Кисонька! Пусечка! Отработай денек Клеопатрой!

Здесь, очевидно, следует рассказать, как госпожа Вольская зарабатывает себе на сухарик с черной икрой. Мы знакомы с Кирой десять лет, у нее веселый нрав, она толерантна к окружающим, охотно дарит людям комплименты и не говорит о них за глаза гадости. Кирка шагает по жизни с улыбкой, кипучая энергия толкает ее на разнообразные подвиги. Долго заниматься одним делом Кира не способна. Когда мы познакомились, Вольская организовывала салон красоты, она не ела, не пила, не спала, и в конце концов парикмахерская под звучным названием «Неспящая красавица» распахнула двери для всех желающих. Но мало, пободавшись с многочисленными чиновниками, открыть заведение, нужно сделать его успешным, модным, посещаемым. Следующие двенадцать месяцев Кируся вкалывала как раб на плантации. Она таскалась по всем тусовкам, щедро раздавая скидочные талоны, заманила на бесплатное обслуживание журналисток, которые потом, в благодарность за стрижку и укладку, пели ей хвалебные оды в глянце, устраивала всякие акции, вроде «Каждому десятому клиенту гелиевые ногти бесплатно», и добилась своего, салон расцвел, как пион жарким летом. Год Кира наслаждалась ролью автора удачного проекта, потом ей стало невыносимо скучно, и Вольская продала свое «дитя». Вырученные деньги она вложила в создание кондитерской, и все началось заново: бессонные ночи, беготня по присутственным местам, открытие, заманивание клиентов, прикармливание желтой прессы. В конце концов пирожные от Вольской пошли нарасхват, и Кирка затосковала, сбагрила торговую точку какому-то денежному мешку и стала возводить магазин для животных. Вольская не может жить в атмосфере стабильности, ей нужны буря, революция, война, мятеж. В такое время Кира молодеет, ее глаза горят, фигура безо всяких диет и фитнеса делается девичьей. А когда трудности преодолены и можно расслабиться, собрать урожай, Кира стареет, толстеет, начинает болеть. Единственный для нее способ выбраться из болота — вновь затеять глобальный проект. Если кто-нибудь захочет организовать поход через Северный полюс верхом на кенгуру, без еды, воды, теплой одежды, имея из средств связи с Большой землей лишь почтовые открытки, отправить которые из царства снега и льда затруднительно, Кира с радостью запишется в участники этого мероприятия. Еще больше ей понравится марафон в ластах через пустыню Сахару. Вольская обожает преодолевать трудности.

Недавно Кира организовала центр «Советы Клеопатры». Она купила помещение на первом этаже, быстренько сделала там ремонт и теперь принимает посетителей, которые хотят стать счастливыми. Из всех затей Вольской эта нравится мне меньше всего.

Когда проект только начинался, я не удержалась и сказала Кирке:

— У тебя нет психологического образования. Зачем ты решила изображать душеведа? Парикмахерская, кондитерская, магазин сумок, чем ты там еще занималась? Бизнес не вредил клиентам, а вот неверный совет может испортить человеку жизнь. Если ты так уж хочешь помогать несчастным людям, найми профессиональных психотерапевтов.

Кира сначала обиделась, а потом воскликнула:

— «Советы Клеопатры» лучшее, что у меня было! Мне интересно беседовать с народом. Ничего плохого я не делаю! Просто говорю с людьми и обещаю им, что все будет хорошо. Больных не лечу, избавлять от рака или рассеянного склероза никогда не возьмусь. Мои клиенты — неуверенные в себе люди, у которых ни фига не получается ни в личной жизни, ни на работе. И многие после того, как пообщались с Клеопатрой, стали смотреть на мир другими глазами. Вот недавно ко мне пришла тетка и, пуская слезы, рассказала, что муж каждый день устраивает ей скандалы, а потом кидается к шкафу, собирает чемодан и орет:

— Все, ухожу к маме! Дура, задолбала меня!

— Прикольно, — усмехнулась я, — и как ты поступила?

Вольская снисходительно ответила:

— Мигом разрулила ситуацию. Спросила: «Кто больше зарабатывает?» — «Я», — заявила тетка. «В следующий раз, когда он начнет визжать, иди смотреть телик, — посоветовала «Клеопатра», — а когда муж про мамочку заноет, стукни его по башке сковородкой, придай ускорение коленкой под зад, собери его шмотье и выбрось с балкона».

— Клиентка послушалась? — заинтересовалась я.

— Добуквенно выполнила мои указания, — гордо заявила Кира, — муж от черепно-мозговой травмы быстро излечился и теперь тише воды ниже травы, во всем с женой соглашается, больше ей нервы не мотает. Говорю же, я отличный семейный психоаналитик.

— Вряд ли профессионал вложит в руки пациентке сковородку, — сказала я, — насколько я знаю, психотерапевт не имеет права давать клиентам прямые советы, каждый человек должен самостоятельно принимать решения!

— Вечно ты недовольна окружающими, — нахмурилась Кирка, и я поспешила перевести беседу на другую тему.

Понимаете теперь, какую радость я испытала, услышав просьбу Вольской? Нужно убедить Кирку в своей абсолютной непригодности к работе психотерапевтом.

— Боюсь, не справлюсь, — начала я.

— Ерунда, — отмахнулась подруга, — всего-то посидишь один денечек!

— Вдруг придет кто-то из постоянных клиентов и поймет, что у Клеопатры другое лицо?

— Я веду прием закутанная в полупрозрачное покрывало, — поделилась своими маленькими хитростями Кирка, — сама хорошо вижу клиента, он же лицезреет лишь нечеткое очертание той, что сидит за столом.

— А цвет волос? Я блондинка!

— О боже! — закатила глаза Вольская. — У меня не кабинет врача! Я — Клеопатра, таинственная личность, немного волшебница, фея, добрая колдунья! Поэтому создаю особый имидж. Надеваю парик, накрываюсь с головы до ног покрывалом, зажигаю ароматические свечи, в кабинете царит полумрак. Ну и потока желающих исцелиться у меня нет! Кстати, на завтра никто из постоянных посетителей не записан, можно ожидать только случайного человека. Думаю, тебе вообще придется лишь на телефонные звонки отвечать. Выручи меня, пожалуйста!

— У тебя нет секретаря? — удивилась я.

— Есть, но она гриппом заболела, — вздохнула Кира.

— Я не умею вести душевные разговоры с посторонними, — я еще раз попыталась увильнуть от роли Клеопатры.

Кира скорчила гримасу.

— Лучше честно признайся, что тебе влом мне помочь!

— Нет, — кисло соврала я, — а почему ты не хочешь просто взять выходной?

— Это невозможно, — загадочно ответила Кира, — и если ты меня не выручишь, моя жизнь рухнет. Больше мне надеяться не на кого. Ты единственная подруга, кто в первую очередь думает не о себе, а о других.

— Согласна, — кивнула я.

— Солнышко! — кинулась ко мне с объятиями Вольская. — Ты лучшая!

На следующий день точно в назначенный час я подъехала к офису «Клеопатры», увидела неподалеку вагончик с молочными продуктами и спросила продавщицу:

— Кефир есть?

— Только литровые пакеты, — улыбнулась она.

— Свежий?

— Час назад доставили, мы тухлятину на реализацию не берем, — со скоростью пулемета выпалила торговка.

Я купила пакет, вошла в подъезд, открыла полученным от Киры ключом входную дверь и беспрепятственно вошла в помещение, переоборудованное под чертоги Клеопатры. Поскольку в моем доме обитает кошка, тезка царицы, название салона показалось мне забавным, рассмешил и интерьер, который детально продумала Кирка.

Для создания атмосферы мистической таинственности Вольская велела выкрасить стены в темно-фиолетовый цвет и при помощи трафарета нарисовать тут и там пирамиды, сфинкса и отчего-то парочку греческих богов. Кира не отличается знанием древней истории, она, не стесняясь, смешала вместе Египет и Грецию. Повсюду были развешаны африканские маски, купленные в магазинах сувениров, стояли разнообразные кальяны, и в воздухе сильно пахло благовониями. Я хотела было открыть форточку, чтобы впустить немного свежего воздуха, но вовремя вспомнила, что Вольская строго-настрого запретила приближаться к плотно занавешенным окнам.

Клеопатра принимала клиентов за круглым столом, накрытым красной скатертью. На нем лежали Библия, крест, колода карт, толстая книга с надписью «Глас судьбы», стоял подсвечник с оранжево-желтыми восковыми свечами и сверкал хрустальный шар на подставке. Я оглядела безумный набор и приуныла, потом приняла решение: пусть Кира злится и вычеркивает меня из списка друзей, но я не стану дурачить наивных женщин, вертя перед их носом стекляшкой или раскидывая карты. Вот если они захотят получить совет для укрепления семейной жизни, я охотно поделюсь своим опытом, естественно, без упоминания сковородок, разделочных ножей, шампуров и прочих опасных кухонных прибамбасов.

Клиенты, слава богу, не спешили со своим горем к Клеопатре. Я почитала принесенный с собой детектив, потом вытащила из сумки припасенный пакет кефира и выпила его. От книги и еды меня несколько раз отвлекали телефонные звонки, люди хотели записаться на прием, и я тщательно зарегистрировала будущих посетителей, втайне надеясь, что моя рабочая смена пройдет тихо-мирно. И тут в дверь затрезвонили. Быстро натянув на голову парик из иссиня-черных волос, я набросила яркожелтый парчовый халат, сверху накинула полупрозрачную темно-синюю накидку, расшитую звездами, и, чувствуя себя полнейшей идиоткой, пошла в прихожую. Надеюсь, пришедшая женщина хочет просто выговориться и поплакать чужому человеку в жилетку.

Но на пороге стоял парень лет двадцати, одетый, несмотря на холодную погоду, в короткую черную кожаную куртку, узкие джинсы и замшевые ботинки на тонкой подметке.

— Ты, что ли, эта... ну, блин, как ее? — спросил клиент.

— Клеопатра, — подсказала я.

— Во! Точно! — обрадовался юноша и протянул мне руку. — Привет!

Я удивилась жесту посетителя, вообще-то здороваться за руку с дамой не принято, похоже, молодой человек не обременен воспитанием, но не следует его отпугивать.

— Привет, — повторила я и пожала чуть влажную ладонь незнакомца.

В ту же секунду перед моим лицом взмахнула крылом птица, я ощутила его мягкое прикосновение, свет померк, а вместе с ним исчезли запах дешевого одеколона и шум машин, доносившийся с улицы.

ГЛАВА 2

Ноздри защекотал аромат мужского парфюма, последней новинки от «Диора». Я чихнула и, не раскрывая глаз, сказала:

— Кеша, сколько раз просила, если облился с головы до ног одеколоном, не входи в мою спальню! Неужели непонятно, что душиться надо чуть-чуть? Почему ты опрокидываешь на себя сразу пол-литра...

Кашель перехватил горло, глаза открылись, я автоматически села в кровати и увидела незнакомую комнату, смахивающую на юрту кочевника. Две стены полностью закрывали темно-вишневые ковры с традиционным азиатским орнаментом, окно занавешивали парчовые шторы, на полу в художественном беспорядке были разбросаны домотканые половички. Неподалеку от плотно сдвинутых гардин громоздился письменный стол явно родом из шестидесятых годов двадцатого века: две тумбы с ящиками, а на них дубовая доска, обтянутая темно-зеленым сукном. На столешнице валялась куча барахла, но мне было недосуг разглядывать мелочи, потому что мое внимание привлек мужик, сидящий в старом, сильно потертом деревянном кресле с кожаной спинкой. Сначала мне показалось, что незнакомец, как сейчас принято говорить, — «лицо кавказской национальности»: у него были черные волосы, смуглая кожа, карие глаза и презрительное выражение лица, но потом он вдруг без всякого акцента спросил:

— Проснулась? — И я мигом сообразила: волосы у него темно-каштановые, глаза имеют слегка миндалевидный разрез, он, очевидно, просто сильно загорел. Либо этот тип посещает солярий, либо он недавно летал отдыхать в теплые страны. Возраст его я не определила.

— Где я? — вырвалось у меня.

— В гостях, — спокойно ответил незнакомец.

Я ощутила резкую боль в левом виске и не удержалась от ехидного замечания:

— Да ну? Не помню, что была бы приглашена на вечеринку!

— Меня зовут Марат, — представился мужчина, он или не обратил ни малейшего внимания на мои слова, или не счел нужным на них реагировать, — а вы Клеопатра?

Я замерла. Клеопатра? Кошка? С какой стати Марат считает меня домашним животным?

— Голова болит? — забеспокоился Марат, он встал, приоткрыл дверь и крикнул: — Стелла, принеси кофе.

Я продолжала сидеть на кровати в странном оцепенении, в мозгу мелькали бытовые мысли. Где здесь туалет? Хочется пить. Который час?

Дверь бесшумно распахнулась, появилась девушка в черном платье, в руках она держала поднос.

— Ставь на тумбочку, — распорядился Марат.

Девушка молча выполнила приказ, на пару секунд правый рукав ее платья задрался, и я увидела цветную татуировку. На внутренней стороне запястья красовалась пятиконечная звезда.

— Можешь идти, — буркнул хозяин, — а ты пей!

Последний приказ относился ко мне. Я взяла чашку, вдохнула аромат хорошего кофе, выпила залпом и тут же почувствовала, как по телу забегали мурашки. Туман из головы улетучился, предметы в комнате приобрели четкие контуры, и мне стало ясно, что брюнету лет тридцать, не больше.

— Это не арабика! — воскликнула я.

Марат усмехнулся.

— На меня кофе никогда так не действует, — сказала я, — могу выпить литровую кружку и спокойно лечь спать.

— А этот вштырил, — вдруг улыбнулся Марат, — предпочитаешь, чтобы я звал тебя Клеопатрой? Или у тебя есть человеческое имя?

Я вспомнила про просьбу Киры и решила внести ясность в происходящее.

— Вы ошиблись, понимаете...

Марат опустил уголок рта, очевидно, у парня был нервный тик, потом приподнял край пуловера, вытащил из-за пояса небольшой пистолет, положил его на письменный стол и сказал:

— Говорить буду я. А ты станешь слушать. И выполнять мой приказ. Начнешь выкобениваться, молись своим египетским богам, всяким там Зевсам и прочим. Андестенд?

Губы парня снова искривились, я испугалась и быстро закивала. Марат смахивал на психа, а душевнобольного человека нельзя злить, в особенности если у него под рукой оружие.

— Ты сейчас вылечишь девчонку, — продолжал Марат, — у нее завтра свадьба, ведь нехорошо, когда невеста не стоит на ногах! Как?

— Конечно, — я поспешила согласиться, пытаясь побороть ужас.

— Еще хуже, если суженая молчит, — улыбнулся Марат, — она должна сказать жениху «да». Верно?

— Совершенно согласна, — закивала я.

— Приятно, что мы достигли консенсуса, — расслабился Марат, — а теперь вставай, и пойдем.

— Куда? — решилась спросить я.

Угол рта парня стек вниз.

— Извините, — опомнилась я, — можно умыться?

— Вали туда, — Марат ткнул пальцем в сторону небольшой двери, — да не задерживайся.

— А принять душ? — заныла я.

— Ладно, — неожиданно согласился парень, — но долго не копайся, времени мало! Свадьба завтра с утра.

— Сейчас который час? — проявила я неуместное любопытство.

— У тебя пятнадцать минут, — отчеканил Марат и быстро вышел из спальни.

Оставшись одна, я бросилась к окну, раздвинула парчовые шторы и уткнулась взглядом в стену, покрашенную в серый цвет, и землю. На секунду я растерялась, но потом попыталась трезво оценить ситуацию. Итак, что произошло? Кирка попросила меня поработать один день Клеопатрой. Я, вот уж всем глупостям глупость, согласилась выручить Вольскую и пришла в ее салон. Первый клиент появился в районе обеда, он поздоровался со мной за руку и... прилетела птица, мазнувшая по моему лицу крылом, дальше я ничего не помню... Марат угостил меня кофе, в котором явно находился стимулятор, но это пока единственное, что я знаю точно. Сейчас я нахожусь в подвале, переоборудованном под жилую комнату. Дизайнер хотел, чтобы у человека, очутившегося в этом помещении, возникло ощущение, что он попал в прошлое, переместился на машине времени в 60-е годы двадцатого века. Но если внимательно присмотреться к предметам, то становится ясно: письменный стол искусственно состарен, кресло тоже, да и ковры явно куплены не так давно. Конечно, на свете много людей, которым нравится, так сказать, классический интерьер, и, вероятно, здесь живет один из них.

Я подошла к двери в ванную, распахнула ее и удивилась еще больше. Современная душевая кабинка, безупречно чистые унитаз и раковина, большое количество белых полотенец, два халата, коврик на полу. Я раздвинула пластиковые створки. Так, в специальных корзиночках стоят шампунь с кондиционером, гель для тела и лежит пара губок в полиэтилене. А около умывальника висят стаканчики, в них находятся зубные щетки в упаковке, пакет с одноразовыми бритвами, мусс для бритья, жидкое мыло. Все средства очень дорогие, на них написаны названия крупных брендов, бачок унитаза украшен логотипом немецкой фирмы, лидера по производству элитной сантехники. У нас в Ложкине в ванной у Маши установлен «Мойдодыр», сделанный на этом заводе, и я поняла, сколько денег отвалил хозяин для оборудования санузла. Согласитесь, эта ванная мало похожа на домашнюю, так оформляют гостиничные номера. Вероятно, я сейчас в отеле?

— Готова? — крикнул из-за двери Марат.

— Секундочку, — ответила я, быстро почистила зубы, умылась и потянулась к своей одежде.

— Если сейчас же не выйдешь, сломаю дверь, — пообещал Марат.

Я мигом оделась, нажала на слив в унитазе и вышла в комнату со словами:

— Простите, живот прихватило.

— Бывает, — неожиданно спокойно сказал Марат и быстрым движением надел мне на голову нечто вроде мешка.

— Эй, — испугалась я, — а это зачем?

Плечо ощутило хватку крепких пальцев.

— Шагай, — приказал Марат, — раз, два...

Я подчинилась и, стараясь не споткнуться, побрела за провожатым. Люди, которые завязывают вам глаза или накидывают мешок на голову, полагают, что временно ослепнув, вы теряете ориентацию. Но это не верно, господь наградил нас еще ушами и носом. Правда, до моего слуха не долетало ничего, кроме легкого поскрипывания, такое издает синтетическое покрытие пола. Зато мое обоняние получило важную информацию: мешок сильно пах табаком.

Мой бывший муж Макс Полянский, разбогатев, приобрел ряд сибаритских привычек, одна из них — курение трубки. За несколько месяцев Макс из неофита превратился в настоящего фаната. Он теперь ездит в Петербург, где живет лучший резчик трубок

в мире, и заказывает у него курительные приспо-
собления. А у знакомых нет проблем с подарками
Полянскому на день рождения или Новый год: ку-
рильщику трубки требуется масса аксессуаров. До
того, как Макс появился передо мной в образе
Шерлока Холмса, я и не предполагала, что на ку-
рильщиков работает целая индустрия. Впрочем, то,
что трубок нужно несколько и про табак я слышала.
Но остальное! Ершики для чистки, фильтры, мунд-
штуки, особые зажигалки, у которых пламя выры-
вается сбоку, необычные пепельницы, подставки,
футляры — всего и не перечислить. А уж сколько на
свете разновидностей самих трубок и табака! У Макса дома целый шкаф забит изделиями из вереско-
го корня и фарфоровыми банками с притертыми
крышками, в которых он хранит сушеные листья.
Макс сноб, поэтому он сразу отверг крошево в же-
лезных коробочках, которое можно купить в крупных супермаркетах. Полянский выбрал для себя ра-
ритетный сорт с весьма специфическим ароматом
чуть прокисшего шампанского. В Москву этот дорогой табак не поставляется, чтобы приобрести его,
нужно слетать в Лондон. Но я нашла в столице России крохотный магазинчик, хозяин которого легко
выполняет любой заказ клиента, просто вы платите
немалую сумму и через неделю обретаете табачок.
Всякий раз, получив от меня заветную банку, Полянский по-детски радуется, восклицает:

— Очень ценю твою заботу! Слетала ради меня в
Англию!

Я загадочно улыбаюсь, но не признаюсь, что ку-
рево приобретено в Москве, пусть Макс считает,
что бывшая жена не поленилась сгонять туда-сюда

на самолете. Среди наших знакомых есть большое количество «трубочников», но никто из них не курит обожаемый Максом «Кристалл-классик»[1]. И вот сейчас от мешка, который накинули на мою голову, пахло именно этим раритетным сортом.

Я медленно брела вперед, теперь я почуяла запах перегоревшего растительного масла, очевидно, мы достигли кухни, потом повеяло хлоркой, и тонкая, похоже, шелковая ткань мешка прилипла ко лбу и щекам. Я тут же сообразила отчего материя стала напоминать компресс: где-то рядом бассейн, воздух слишком влажный и воняет дезинфекцией.

— Стой, — наконец-то скомандовал Марат, раздалось тихое позвякивание, я ощутила тычок в спину, машинально сделала пару шагов и вдохнула целый букет ароматов: жасмин, нечто конфетно-сладкое, грейпфрут, ваниль. Из желудка поднялась тошнота, и в ту же секунду мешок сняли с головы. Обрадованная, я уставилась на Марата, который, быстро бросив в кресло комок черной материи с золотыми вензелями и шнурочками, сказал:

— Ну?

— Что? — не поняла я.

— Буди ее!

Но я по-прежнему не врубалась.

— Кого?

Парень вытащил пистолет.

— Послушайте, — просипела я севшим голосом, — я готова вам помочь, но, извините, не понимаю, что надо делать! Я всего лишь блондинка, дайте мне указание! Ну простите, я не соображаю!

---

[1] Название придумано автором, совпадения случайны.

Марат указал пальцем на большую кровать.

— Там! Подойди!

Я послушно приблизилась к ложу под розовым балдахином и с трудом удержала вопль. Поверх роскошного стеганого красного атласного одеяла лежала девушка лет девятнадцати, одетая в коротенькое платье на бретелечках, очень похожее на ночную сорочку или, как говорила моя покойная бабушка, комбинацию. В наше время грань между нижним бельем и парадно-выходным облачением начисто стерлась, я порой теряюсь в магазинах, глядя на вешалки, не понимаю, что это: наряд для коктейля или ночнушка? Волосы у незнакомки были длинные с приятным медовым оттенком, явно побывавшие в руках дорогого стилиста, ногти на руках и ногах покрывал безупречный ярко-алый лак, цвета глаз я не видела, веки были плотно сомкнуты, нижняя челюсть слегка отвисла, кожа приобрела неприятный восковой оттенок.

Марат велел.

— Давай, буди ее.

— Давно она спит? — тихо спросила я.

— Какое тебе дело, буди! — огрызнулся парень.

Я сделала шаг назад.

— Мне надо подумать!

— Быстрее шевели мозгами, — велел псих и сел в кресло. Я приросла ногами к ковру, такому же розовому, как и балдахин. Нет никаких сомнений, что девица мертва. Видимых повреждений на ней нет, на одеяле незаметно пятен крови, на шее отсутствуют синяки и нет следов борьбы, лицо спокойное, никакой предсмертной гримасы, ногти в полнейшем порядке, пальцы судорогой не сведены. Незнакомку легко можно принять за спящую, но, если приглядеться, становится понятно, что красавица не дышит, ее грудь не шевелится, глаза не двигаются под сомкнутыми веками. Учитывая возраст умершей, вряд ли у нее случился инфаркт или инсульт, скорее, здесь имело место отравление или передозировка наркотиков. Нужно немедленно вызвать милицию, медэксперт после вскрытия определит причину смерти. Но, думаю, Марат не собирается набирать «02», парень считает девушку крепко спящей и хочет, чтобы я привела ее в чувство. Похоже, Марат не совсем адекватен, или он до сих пор ни разу близко не сталкивался со смертью. И при чем тут я? По какой причине меня сначала усыпили, а потом притащили в номер с покойницей?

ГЛАВА 3

— Долго мне ждать? — повысил голос Марат.

— Что здесь случилось? — спросила я.

— Не твое дело, — раздалось в ответ.

Я собрала в кулак всю силу воли.

— Хочешь, чтобы она встала?

— Да.

— Тогда ответь хоть на часть моих вопросов.

— Зачем? — ощетинился парень.

— Девушка впала в летаргию, — находчиво заявила я.

Я на сто процентов уверена, что Марат не разбирается в медицине и ему можно смело вешать лапшу на уши. Расчет оправдался, Марат кашлянул, потом растерянно спросил:

— Вроде тех людей, что по сто лет дрыхнут?

— Ну да, — кивнула я, — как ее зовут?

— Стелла, — живо соврал Марат.

Я сделала вид, что поверила, не стала напоминать, как менее часа назад некая Стелла принесла мне кофе с «наполнителем», и она была брюнеткой.

— Жесть, — завопил Марат, — это инпосибел![1] Завтра свадьба!

Я чихнула.

— Нужно вызвать бригаду со специальным оборудованием, вероятно, медикам удастся привести Стеллу в чувство.

— Нет! Одна работай!

— Почему вы обратились ко мне? — не выдержала я.

— Издеваешься? — прищурившись, поинтересовался Марат. — Я все про тебя знаю! В курсе, чем ты занимаешься! Людмилу помнишь? Касаткину!

— Актрису? — изумилась я. — Я незнакома с ней, но видела ее во многих фильмах, это легенда советского кинематографа.

— Дать бы тебе по башке, — перебил меня Марат, — хорош выеживаться! Касаткина Людмила, ты ее дочь разбудила! Ну?

Губы Марата искривились, верхнее веко задергалось.

— Людмила! — Я изобразила понимание. — Ах Людмила! Ну конечно! Касаткина!

Псих перестал кривить губы.

— Живо готовь свое лекарство, напои ее и отправишься домой. Не захочешь помочь, даже трупа твоего не найдут, суну тебя в мясорубку, и ау!

---

[1] Невозможно *(русифицированный английский)*.

— Я в нее не влезу, — вякнула я.

— Легко поместишься, — пообещал Марат, — наша крошилка большая, туда человека целиком засунуть можно, вжик и получится фарш с костями! И нести недалеко! Пятидесяти метров не будет. За сто баксов тебя на колбасу разделают. Хватит болтать! Делай микстуру.

— Какую? — растерялась я.

— Ту, которую по тыще баксов продаешь, — зашипел Марат.

Рука его потянулась к оружию.

— Тише, тише, — взмолилась я, — как, по-твоему, я могу приготовить здесь препарат? Из воздуха? Нужны ингредиенты.

— Какие? — деловито осведомился Марат.

— Не могу сказать!

— Почему?

— Я же не знаю, от чего она заснула! На каждую болезнь есть свое средство, если лечить чуму соком редьки, то сам скоро отправишься на тот свет. Как тебе такая перспектива?

— Ясное дело, помирать неохота, — вдруг без агрессии отозвался Марат.

— Значит, дай мне чуть-чуть информации.

— Ну? — нахохлился псих.

— Когда она заснула?

— Вчера, поздно вечером, — нехотя признался парень.

— А почему?

— Спать захотела, — пожал плечами Марат, — сказала: «Устала очень, надоело плясать, хочу домой». Ну я ее сюда и привел.

— Стелла здесь живет? — не скрыла я удивления.

Марат сжал губы.

— Это к делу не относится.

— Ей было так плохо, что пришлось тут укладывать?

— Ну... да... она стала валиться на бок, я и подумал, что перебрала.

— Стелла много выпила?

— Пару коктейлей.

— Каких?

— Обычных.

— Назови их.

— Мохито.

— С двух коктейлей так не развезет.

— Она еще курнула.

— Травку?

— Косячок забила.

— Первый раз?

— Что?

— Стелла раньше никогда не пробовала марихуану?

Марат хмыкнул.

— Скажешь тоже!

— Значит, ее организм привык к алкоголю и траве?

— Стелла особо этим не увлекается, для расслабухи принимает, знает норму, она вообще за здоровый образ жизни. Вчера сказала: «Все! Я последний раз отрываюсь, после свадьбы ни-ни, хочу ребенка».

— Положительная девушка, — кивнула я, — так отчего ее срубило?

— Таблетку схавала.

— Какую?

— Голубую.

— Здорово, — я покачала головой, — а название у препарата есть?

— «Райский сон».

— Что? — не поняла я.

— Ее так все называют, — пожал плечами Марат.

— А почему?

— Сначала тебя штырит, — пояснил парень, — весь такой веселый-веселый ходишь, сил под макушку подваливает, хоть сутки пляши, а затем спать бухаешься и можешь со вторника по пятницу продрыхнуть. Ясно?

— Более чем, — вздохнула я, — Стелла слопала наркотик и сразу отключилась.

— Это ж не героин, — ответил Марат, — просто голубая таблетка, ее все сосут, и нормально. Короче, завтра свадьба, разбуди гирлу!

— Стелла часто употребляла пилюли?

— Не, — помотал головой Марат, — вчера впервые, раньше отказывалась.

— Почему?

— Говорила, ей это неинтересно.

— А по какой причине она изменила свое мнение?

— Так скоро свадьба, конец веселью, надо будет дома сидеть, детей рожать. Ну она и захотела по полной программе оторваться. Ваще-то ее какая-то девка подначила!

— Кто?

— Не важно!

— Хочешь, чтобы Стелла проснулась?

— Да.

— Тогда отвечай!

— Ну, хрен знает, как ее звать, — протянул Марат, — не важно, не интересно! Она просто к Стелке подошла и сказала:

— Прощаешься со свободой?

А Стелла ответила:

— У меня теперь другая свобода будет: много денег и никаких проблем.

Тут девка и протянула ей таблетку со словами:

— Хоть раз попробуй! А то выйдешь замуж, так ничего и не узнав. Или трусишь? Да, город Засранск из тебя не вытравить, у вас там народ правильный, мужики бухают, а бабы все беременные.

Марат замолчал.

— Дальше, — поторопила я его.

— Тут меня приятель окликнул, а когда я вернулся, Стелла как раз таблетку глотала.

— И ей вскоре стало плохо?

— Ага.

— Сколько времени прошло?

— Минут пятнадцать, может, десять, я на часы не смотрел. Хорош трендеть, буди ее!

— Придется съездить в мой офис, — заявила я, — иначе никак!

На этот раз у Марата опустились оба угла рта.

— Не пойдет, — сказал он, — буди так!

— Предлагаешь, чтобы я взяла Стеллу за плечи и потрясла ее как следует? Ничего не получится. Голубая таблетка — наркотик, чтобы нейтрализовать ее действие, надо составить особое лекарство, необходимые вещества хранятся в моем кабинете.

— Стой тут, — приказал Марат и ушел.

Я отошла подальше от кровати с трупом и попыталась взять себя в руки. Будем считать, что парень сказал правду, несчастная по собственной воле приняла препарат и скончалась.

Дверь распахнулась, появился Марат, протянул мне блокнот и шариковую ручку.

— Пиши!

— Что? — стараясь не показывать накатившего на меня страха, спросила я.

— Перечисли нужные вещи из твоего кабинета, — гаркнул Марат.

— Лучше мне самой туда съездить.

— Пиши! — с угрозой прозвучало в ответ.

— Хорошо, — кивнула я и стала чиркать ручкой по бумаге.

— Живее, — скомандовал парень.

— Нужна точность, — сказала я, — не мешай, а то забуду какую-нибудь мелочь, и снадобье не сработает.

Марат замолчал, а меня охватило ликование. Правильным путем идешь, Дашенька! Псих надеется, что Клеопатра сможет вернуть несчастную девушку к жизни, и значит, пока я не сделаю лекарство, моему здоровью ничто не угрожает. Интересно, почему Марат решил, что Клеопатра способна приготовить зелье? Хотя этот вопрос сейчас не имеет значения, главное, убедить парня отвезти меня назад, в салон Киры, там я непременно соображу, как удрать. В конце концов, в доме много людей, можно разбить окно, поднять шум, поджечь занавеску, а в этом подвале никто не услышит моего крика и не увидит занимающегося пожара. Теперь мне понадобятся все отпущенные богом актерские таланты и хитрость.

Я протянула Марату листок.

— Готово, прочитай внимательно и спроси, если что непонятно!

Парень несколько мгновений пялился в бумажку, потом ошарашенно протянул:

— Что за хрень? Семь с половиной милидолей голубой селитры, одна гомеодоза белой черники, шесть восьмых ногтя redum parpo. Где это найти?

— Голубая селитра находится в банке между желтым натрием и белым калием, — ответила я.

Марат заморгал.

— Неужели не понятно? — округлила я глаза. — А redum parpo — это всего лишь двудольнокислая горечавка манная. Ты в школе ботанику проходил?

— Наверное, — пожал плечами Марат, — классе во втором.

— Следовало лучше запоминать названия растений, — укорила я парня.

— Заткнись, — буркнул Марат и снова ушел.

Я перевела дух, очень надеюсь, что человек, к которому бегает за указаниями этот невротик, тоже полнейший профан в ботанике и не сообразит, что я настрочила в блокнотике полнейшую чушь.

Дверь приоткрылась, на пороге возник Марат, он быстро подошел к креслу, схватил все тот же черный мешок с золотым узором и тесемочками.

— Значит, так, — рявкнул он, накидывая мне его на голову, — если издашь хоть один звук, пристрелю!

В ту же секунду мне в спину, чуть пониже левой лопатки, уперлось нечто твердое. Вероятно, Марат блефовал, он мало походил на хладнокровного убийцу, лишить живое существо жизни на самом деле совсем не просто, большинство людей способно на этот шаг лишь в состоянии аффекта. Для того чтобы пустить пулю в беспомощную женщину, нужен особый характер или выучка профессионального бандита. Но проверять, на что способен Марат, мне не хотелось, поэтому я судорожно кивнула.

Меня опять провели мимо бассейна и кухни, втолкнули в лифт, кабина со скрипом поползла вверх, остановилась, раздалось тихое шуршание, я почувствовала запах бензина и выхлопных газов, тяжелая ладонь легла мне на макушку.

— Пригнись и лезь внутрь, — приказал Марат.

Спустя пару секунд автомобиль уже ехал по дороге. Очевидно, в операции участвовал еще один человек, именно он управлял машиной. Марат сидел около меня, я ощущала на плече его руку и пыталась справиться с тошнотой, которую вызвали два совершенно не сочетаемых между собой запаха: табака и элитного мужского парфюма.

Ехала машина не очень долго, я успела сосчитать до десяти тысяч, и, что было совсем уж странно, мы ни разу не попали в пробку. Автомобиль остановился шесть раз, это были либо светофоры, либо выезды на другую дорогу. И шофер, и Марат сидели молча.

Не успела я произнести про себя: «Десять тысяч сто один», как автомобиль замер.

— Сидеть, — прошипел Марат.

Раздался шорох, легкий скрип.

— Сейчас вылезешь и пойдешь вперед, — тихо приказал псих, — молча, не оглядываясь.

Мешок с головы сдернули, я увидела черные сиденья, и тут же меня рванули за руку. Пришлось выкарабкиваться из салона. Кто сидел за рулем, рассмотреть не удалось, водителя скрыла высокая спинка кресла и подголовник.

На улице было темно, но в феврале солнце садится рано, поэтому вопрос о времени остался открытым. Сейчас могло быть и шесть утра и шесть вечера. Иномарка, на которой меня привезли в «Советы Клеопатры», запарковалась на тротуаре, почти вплотную к подъезду, оставалось лишь войти в парадное и открыть дверь в салон.

— Супер, — выдохнул Марат, когда мы очутились в прихожей, — отсыпай порошки, и валим отсюда.

— Сначала надо взять бутылку, — занудила я.

— Хорошо, — процедил парень.

Я медленно поплелась в комнату, и тут же услышала звонок мобильного.

— Алло, — тихо сказал Марат. — О! Ты уверен! Черт! Я же это подозревал! Зря тебя послушал! Надо было мне к ней подойти и посмотреть!

В голосе психа прозвучала злость, я хотела обернуться, но тут сзади опять подлетела птица и шлепнула меня по лицу мокрым крылом. В нос проник запах чего-то страшно знакомого, и свет погас.

ГЛАВА 4

Каждому человеку отпущен талант, но только не все знают, чем владеют, и очень часто не используют дарованные способности. Мой вам совет, если вы сидите в какой-нибудь конторе и умираете от скуки, тупо перекладывая бумажки, ждете не дождетесь выходных и праздников, надо срочно менять профессию. Только представьте, что вам предстоит до пенсии возиться с нудными документами, горбатиться исключительно за зарплату, не испытывая ни удовольствия, ни удовлетворения. Так вот, подумайте, вдруг вы умеете замечательно стричь домашних или отлично шьете, вяжете, ловко управляетесь с детьми. Ищите свой талант, он непременно обнаружится, главное, делать то, к чему душа лежит, и не слушайте родителей, которые с упорством перфоратора повторяют:

— Дедушка у нас дантист, папа стоматолог, и ты должна сверлить людям зубы.

Кто бы спорил, святое дело — продолжать династию, но, если вас не радует перспектива провести жизнь в обнимку с бормашиной, тогда смело отвечайте:

— Нет! Лучше я стану ихтиологом, мечтаю заниматься рыбами.

Естественно, придется выслушать не одну истерику домашних, но лучше быть влюбленным в свое дело «карповедом», чем плохим врачом. Сменить профессию никогда не поздно, это же ваша жизнь и только вам решать, как ее провести.

Хотя лично я горазда только советы раздавать. В свое время, окончив школу, я хотела пойти учиться на следователя. Но воспитывавшая меня бабушка Афанасия категорично сказала внучке:

— Это не профессия, а катастрофа! Девочка, перестань читать Конан Дойла, в действительности поиск преступников совсем не романтичное дело! Думаешь, ты будешь сидеть с доктором Ватсоном у камина и размышлять на тему похищенных у министра документов государственной важности? Нет, дружочек, в жизни все иначе, ты попадешь в райотдел милиции, будешь работать среди закладывающих за воротник мужиков, заниматься поисками нижнего белья, которое утащили с веревки, общаться с маргиналами и, в конце концов полностью разочаровавшись в жизни, очутишься на грошовой пенсии, так и не создав семьи. Мой тебе совет, ступай в институт, где обучают иностранным языкам, вот тогда можешь не бояться нищеты, всегда останется шанс заняться репетиторством.

И я послушалась бабушку. Ясное дело, Фася желала мне только добра, и она была абсолютно права, ходить по домам и вбивать в детские головы неправильные французские глаголы можно хоть до ста лет. Но как же мне было тоскливо в роли преподавательницы! С какой радостью я при первой же возможности бросила «сеять разумное, доброе, вечное» и кинулась распутывать детективные истории. Я, наверное, могла бы служить «нюхачом» в какой-нибудь парфюмерной компании, мой нос улавливает мельчайшие оттенки запахов. Если вдруг мне придется идти на службу, то, используя собственное обоняние, я сумею неплохо заработать, устроюсь на таможню на ставку собаки, натасканной на наркотики, буду обнюхивать сумки и чемоданы. Кстати, даже с закрытыми глазами я легко определяю, кто из родных находится рядом. Вот и сейчас в воздухе витает легкий аромат ванили, скорее всего, в мою спальню вошла Маша, она пользуется шампунем под названием «Сумерки». Лично мне непонятно, почему, по мнению производителей, это время суток пахнет именно ванилью...

В нос проник еще и запах шипра, я чихнула, удивилась, раскрыла глаза и увидела Дегтярева, который сидел на стуле, почти вплотную придвинутом к моей кровати. Я спросила:

— А при чем здесь ваниль?

— Я принес тебе зефир, — засуетился полковник, — вон он на тумбочке. Но прежде чем приниматься за него, поговори с врачом, не знаю, можно ли употреблять сладкое после столь сильного отравления!

Тут только до меня дошло, что я нахожусь в просторной больничной палате, а не в спальне в Ложкине. Я изумилась:

— Как я сюда попала?

— Не помнишь? — пригорюнился полковник. — Мда, дело плохо.

— Я не страдаю амнезией! — возмутилась я. — Могу воспроизвести весь прошедший день до минуты. Утром по просьбе Киры я приехала в ее офис, села за стол и стала ждать клиентов.

Тут в горле запершило, я схватила бутылку воды, предусмотрительно поставленную кем-то на столик у изголовья, и сделала несколько больших глотков.

— Дальше, — поторопил меня Александр Михайлович, — кто-нибудь туда пришел?

Я кивнула.

— Да!

— Кто?

— Человек.

— Замечательно, — фыркнул полковник, — спасибо за уточнение, а то я уж подумал, что к нашей Клеопатре московского розлива явилась слониха с жалобой на неверного супруга! Уточни, какого пола был клиент: мужчина, женщина? Возраст? Имя?

— Молодой парень. Как зовут, не знаю, он не представился.

Александр Михайлович с удивлением посмотрел на меня.

— Ага. Не страшно! И что же хотел этот тип?

Я откашлялась.

— Сначала меня ударила по лицу птица!

— Какая птица? — заморгал приятель.

— Орел или ястреб, а может, сова, — засомневалась я, — не разглядела ее в деталях, уж очень быстро она появилась. Потом я проснулась в комнате, туда пришел Марат, он велел разбудить Стеллу. Но парень соврал, имя у девушки, которая съела голубую таблетку, очевидно, другое, Стелла приносила кофе.

— Кому? — спросил Дегтярев.

— Мне! Сначала я выпила кофе, потом пошла мыться.

— Куда? — уточнил приятель.

— В булочную! — разозлилась я. — Более глупого вопроса и не слышала! Когда я привела себя в порядок, Марат отвел меня в спальню.

— Чью? — уточнил полковник.

Я нахмурилась.

— Теперь понятно, отчего я постоянно слышу от тебя жалобы на подследственных, которые не желают говорить! Если ты все время перебиваешь человека, то он замкнется! Марат надел на меня мешок и оттащил в комнату Стеллы.

— Той, что подавала кофе? — не успокаивался приятель.

— Нет! Другой! Ее нужно было разбудить!

— Тебя несли на руках?

— Почему? Сама шла.

— В мешке особо не побегаешь.

— Он закрывал только мою голову!

— А-а-а, — протянул Александр Михайлович, — Стелла проснулась?

— Нет! Она умерла! От голубой таблетки, которую дала ей неизвестная девица во время танцев.

— Интересно, — протянул полковник, — и последний вопрос: как ты вернулась в «Советы Клеопатры»?

— На машине. Меня привезли за ингредиентами для оживляющей микстуры! Рядом сидел Марат, водителя я не разглядела, но, думаю, это была Стелла.

— Та, что умерла от голубой таблетки? — уточнил полковник.

Бескрайняя тупость Александра Михайловича начала меня злить.

— Нет, Стелла жива! Вернее, одна заснула, а вторая осталась. Слушай, а почему я в больнице?

— Сейчас позову врача, он все тебе объяснит, — скороговоркой выпалил толстяк и выбежал за дверь.

Я попыталась нашарить тапочки, но не нашла их, халата, впрочем, тоже. Наверное, я считалась лежачей, и медперсонал не счел нужным снабдить меня больничными принадлежностями.

— И куда это мы собрались? — пробасили от двери.

Я обернулась, ко мне, ласково улыбаясь, шел круглый, словно колобок, мужчина лет сорока. Сходство со сказочным героем ему придавала не только полнота, но и абсолютное отсутствие волос на голове.

— Заинька, — гудел врач, — не нужно прыгать на матрасе. Давайте ляжем и познакомимся.

— Интересное предложение, — вздохнула я, — до сих пор я считала, что представляться следует в вертикальном положении.

Колобок засмеялся, сначала тихо, затем громче и громче, в конце концов по его пухлым щекам потекли слезы и доктор наконец затих.

— А вы юмористка, — заявил он, выуживая из кармана халата марлевую салфетку, — очень смешная шутка!

— Рада, что вам понравилось, — протянула я.

— Начнем сначала, — бодро воскликнул врач, — согласны?

Не понимая, что задумал Колобок, я поджала ноги, но врачу не требовался мой ответ. Взмахнув рукой, он скрылся в коридоре, через секунду вновь вкатился в палату и, склонив голову набок, прокурлыкал:

— Солнышко, я академик академии психологического развития академического общества!

Я натянула одеяло до подбородка. Олег Владимирович, ректор института, где я провела пять студенческих лет, отличался крайней нетерпимостью к мальчикам-двоечникам. Девочек всех поголовно он считал идиотками, которые никогда не будут работать, поэтому к ним не привязывался. А вот парням устраивал аутодафе. Отлично помню его зажигательную речь на одном из собраний. Олег Владимирович, оперся о трибуну и рявкнул:

— Вон сидят Нефедова и Путникова! В каждую сессию у них по пять пересдач! Но мне на двоечниц плевать! Получат диплом, положат его на полку, выйдут замуж, нарожают детей. Никакого вреда государству от них не будет! А ты, Ряхин? Два по немецкой грамматике схватил! А если война? А если переводчиком в штаб? А если неверно слова «языка» переведешь? И из-за тебя люди погибнут? Позор! Никаких «дайте еще раз пересдать»! В армию!

И несчастный Костик отправился служить. Знаете, что поразило меня до остолбенения в Доме культуры воинской части, когда мы всей группой явились проведать несчастного? На стене, около ядовито-зеленой коробочки, висело красиво написанное объявление «Кнопку запуска включения сирены трогать запрещено только после приказа дежурного». Смысл грозного предупреждения остался за гранью моего понимания. И вот сейчас я опять впала в ступор. «Академик академии психологического развития академического общества»! Здорово звучит, а главное, внушает почтение.

— Карелий Леопардович Трегубов, — закончил Колобок, — а вы, заинька, помните, как нас зовут?

— Карелий Леопардович Трегубов, — повторила я, подавив желание спросить, какое имя было в паспорте у отца академика.

Ну неужто Леопард?

— Правильно, кроличек, — просюсюкал Трегубов, — вы умница с большим потенциалом! Но это я Карелий Леопардович, а нас как зовут?

Голова моя стала кружиться.

— Карелий Леопардович, — ответила я.

— Это я, а мы?

— Кто? — уточнила я.

— Мы, — цвел улыбкой Трегубов.

— Вы?

— Мы!

— Карелий Ягуарович, — брякнула я.

— Ай, ай, — укоризненно погрозил пальцем врач, —

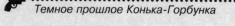

а вот тут вы ошибаетесь. Ягуары явно не к месту! Ну? Вспомним отчество?

К сожалению, в нормальных обстоятельствах моя память работает отлично, но стоит кому-нибудь произнести фразу «Вспомним поскорей», как в голове образуется вакуум. Сколько плохих отметок получала школьница Васильева из-за этой дурацкой особенности!

— Зверь такой, — устало протянула я, — кровожадный, быстро бегает, гепард! Нет, этот, как его...

— Думаем, думаем, — надавил на меня Трегубов, — ладно, подскажу Ле... Ну? Заинька?

— Леопардович! — обрадовалась я.

— Супер! Значит, имя доктора?

— Карелий Леопардович!

— А наше?

Тут только до меня дошел смысл вопроса.

— Вы хотите знать, как ко мне обращаться?

— Верно, рыбонька!

— Но почему все время повторяли местоимение «нас»?

— Котик, не нервничайте, просто ответьте.

Я откинулась на подушку. Интересно, Колобок идиот или он проводит некий эксперимент с пациенткой?

— Говорите, заинька, — поторопил меня Трегубов.

— Карелий Гепардович, — сказала я и обомлела, вообще-то собиралась произнести совершенно другое.

— Снова мимо, — расстроился эскулап, — опять промашка с отчеством и...

— Даша Васильева, — завопила я.

— А если по-настоящему? — не удовлетворился врач.

— Это не псевдоним!

— Но и не взрослое имя! Котеночек?

— Дарья Ивановна Васильева, — отрапортовала я, — кстати, думаю, в отделении наверняка есть моя история болезни, можно там посмотреть все данные!

— Заинька, не кипятитесь, это портит ауру! Вы знаете, сколько будет два и два?

— Любой дурак ответит! — возмутилась я.

— А вот тут вы ошибаетесь, — щелкнул языком Трегубов.

— Четыре, — я покорилась обстоятельствам.

— Отлично! — ликовал врач. — Браво! Великолепно! Превосходно! Зер гут! Следующий вопрос будет посложнее, вы учились в школе?

— Естественно, — пожала я плечами.

— А вот тут вы опять ошибаетесь, — заметил Трегубов. — Итак! Внимание! Назовите столицу государства Сенегал?

— Не знаю, — честно призналась я.

— Это школьная программа по географии!

— Забыла! — замела я хвостом. — Никогда не любила эту науку.

— Хорошо, рыбонька, не тушуйтесь. Обратимся к истории. Сколько глаз было у Кутузова?

— Один! — бойко воскликнула я.

— А вот тут вы опять ошибаетесь! Два! — пригорюнился Карелий Леопардович. — Но вследствие ранения великий полководец окривел!

— Вы неверно задали вопрос! — подскочила я. —

Нужно было спросить иначе! «Сколько глаз от рождения было у Кутузова»!

— Солнышко, давайте не тратить нашего драгоценного внимания на ерунду и правильно ответим на другое мое задание, — соловьем пел Карелий Леопардович, — очень простое, даже веселое! В начале — колокол, шторы, телевизор, жираф, слон, лошадь, петух, медведь. В конце — кровать, книга, месяц, радуга, лошадь, слон, перо, птица, карусель, звезда, шторы. А что посередине? Ну? Котенька? Вчера мне на сей вопрос бойко ответил пятилетний малыш! Неужели вы, хорошо пожившая женщина, спасуете?

— Боюсь даже представить, что там, — выдохнула я, решив не обижаться на «хорошо пожившую женщину».

— Передача «Спокойной ночи, малыши»! Просто я пересказал ее заставку и эпилог.

— Извините, я редко смотрю телевизор, — зачем-то стала я оправдываться.

— Ерундовина! Забудем о неудачах! Перехожу к наипростейшим тестам. Кем приходится сын женщины родителям ее деверя?

Я повторила про себя задание раз пять и уставилась на Карелия Леопардовича.

— Заинька, время истекло! Это внук! — еще шире улыбнулся врач.

— Ясно, — буркнула я.

— Назовите штангиста, усы которого — рога!

— Олень? — предположила я.

— Конечно, нет!

— Таракан?

— А вот тут вы опять ошибаетесь! Троллейбус!

Я впала в нирвану.

— Устали, кисонька? — заботливо спросил психолог. — И последний вопрос. Чего нет у деда с внуком, а есть у матери с отцом?

— Деньги? — робко спросила я.

— Солнышко, у старика пенсия!

— Разве это деньги? — вздохнула я. — Горькие слезы.

— Не стоит сейчас думать о социальных проблемах, — замахал рукой Трегубов, — просто попробуем найти правильный ответ.

— Здоровья? — попыталась я реабилитироваться, чтобы врач не считал меня полной идиоткой.

— Почему? — изумился Карелий.

— Дедушка больной в силу возраста, внучок появился на свет недоношенным, а мама с папой молодые!

— Замечательная фантазия! А вот тут вы опять ошибаетесь. Зубы!

— Зубы? — повторила я. — Ну и ну!

— Да, да, — проворковал Карелий, — старичок клыки потерял, а младенец еще не отрастил. Скажите, кисонька, какой предмет больше всех вы любили в школе?

— Если честно, то все не любила, — призналась я, — всегда скучала на занятиях. Мне нравились только пирожки с повидлом в школьном буфете. Бабушка строго-настрого запрещала их покупать, но я ее обманывала.

— Очень нехорошо, — укорил меня врач.

— Все дети неслухи, — ответила я.

— А вот тут вы опять ошибаетесь, — припевом откликнулся Карелий, — ладно, теперь расскажите, что случилось в «Советах Клеопатры».

ГЛАВА 5

Минут через тридцать после того, как Карелий покинул палату, на пороге возник Дегтярев.

— Хочу домой! — заявила я.

Александр Михайлович сел на стул.

— Не волнуйся! Сначала надо вылечиться!

— Я абсолютно здорова! Почему вообще очутилась в клинике?

Полковник на секунду замялся, потом начал рассказ.

Во вторник поздно вечером ему позвонила взволнованная Кира и стала кричать в трубку какой-то бред. Александр Михайлович кое-как разобрался в сути дела и моментально ринулся в «Советы Клеопатры», там он нашел меня, лежавшую ничком на столе. Чуть поодаль возвышался пустой пакет из-под кефира и грязная чашка.

— Мне захотелось есть, вот я и выпила кефира, — кивнула я.

— И, как всегда, была невнимательна, — вздохнул Дегтярев, — я осмотрел пустую тару и обнаружил, что срок годности продукта истек две недели назад!

— То-то кефирчик показался мне кисловатым!

— Как можно употреблять протухшую дрянь! — возмутился приятель.

— Он ничем противным не пах, — поспешила я оправдаться, — и продавщица в магазине заверила, что товар только-только поступил с завода!

— Отличный аргумент, — обозлился Дегтярев, — выглядела ты ахово, бледная, кожа липкая. Я вызвал «Скорую», тебя доставили в больницу, сделали промывание желудка и прочее, и, слава богу, обошлось.

— Погоди! — воскликнула я. — Отлично помню, что выпила кефирчик около полудня. Потом очутилась у Марата, прошло довольно много времени, прежде чем я вернулась в «Советы Клеопатры». Но последствия отравления проявляются намного раньше! Однако я прекрасно себя чувствовала, пока снова не получила от птички по носу!

Александр Михайлович взял меня за руку.

— Не волнуйся, все обойдется. Медицина идет вперед семимильными шагами, нынче лечат любые болезни, а уж психические в первую очередь.

— По-твоему, я сошла с ума?

Дегтярев ткнул пальцем в дверь.

— Доктор, кстати, очень милый и знающий специалист, мне все объяснил. Кровь разносит токсины по телу, тебе не сразу оказали помощь, поэтому мозг успел пострадать.

— Бред! Я была у Марата! Кефир тут ни при чем!

— Нет, это сон, — тихо произнес полковник.

— Я отчетливо помню каждое мгновение!

— Глюк, — отозвался лучший друг.

— Испытала страх, ужас!

— Тебе снился кошмар.

— Но я помню запахи! Шелк на лице! Пальцы Марата на своем плече!

Александр Михайлович погладил меня по голове.

— Успокойся и пойми, после отравления у тебя были галлюцинации — это естественная реакция организма на токсины.

— В отеле я видела мертвую девушку, — зачастила я, — у нее завтра, то есть уже сегодня, свадьба.

— Нет, — поправил полковник, — ты ошиблась в

сроках — нынче пятница, а ты отравилась во вторник.

— Я столько проспала? Невероятно!

— Врачи специально держали тебя в затуманенном сознании, — сообщил Дегтярев.

— Зачем?!

— Сказали, так ты быстрее поправишься, — объяснил толстяк.

Я затихла под одеялом, очень плохо, что Оксанка уехала в командировку, подруга-хирург не позволила бы колоть мне успокоительные коктейли.

— Ну-ну, — снова стал гладить меня по голове приятель, — баю-бай, поскорее засыпай! Начнешь занятия в группе и скоро вернешься домой бодрая, веселая...

Сон сдуло с меня, словно пушинку.

— Где я буду заниматься?

Дегтярев отвел глаза.

— А ну немедленно колись! — разозлилась я.

— Трегубов сказал, что у тебя параноидальная шизофреническая реактивная реакция по типу психоза, с полной потерей интеллекта и работой лишь одной функции — пищеварительной[1], — сокрушенно сказал полковник.

Я потерла щеки ладонями.

— Иными словами, Трегубов посчитал меня идиоткой-обжорой? Мда, не следовало вспоминать при нем про пирожки с повидлом.

— Ну не так грубо, — покраснел Дегтярев.

Я почувствовала, как к щекам приливает жар.

---

[1] Полный бред (*прим. авт.*).

— Доктор осел! Он задавал невероятно сложные вопросы!

— Какие? — проявил живой интерес Александр Михайлович.

— Что есть у матери с отцом, но нет у деда с внуком? Отгадай-ка! — с торжеством выкрикнула я.

— Зубы, — преспокойно ответил полковник.

На секунду я потеряла дар речи, потом прошипела:

— Ты знал эту загадку!

— Конечно, — не стал отрицать Дегтярев, — она детская, я слышал ее еще школьником. Теперь ты ответь на мой вопрос.

— Задавай, — мрачно согласилась я.

— Почему ты, решив помочь Кире, выключила свой мобильный телефон?

— Ну... э... это трудно объяснить, — смутилась я.

— Ладно. А почему сказала Маше: «Не беспокойся, если не сможешь до меня дозвониться, я хочу пойти к стоматологу, затем отправлюсь на премьерный показ нового фильма Полянского, останусь на банкет, могу в шуме сотовый не услышать». Вот девочка и не нервничала! Решила, что ты развлекаешься и незачем тебя беспокоить!

— Манюня не любит Киру, — призналась я, — она весьма нелестно отзывается о Вольской. Узнай Машка, куда отправилась мать...

— Не продолжай, — милостиво разрешил полковник, — отдыхай!

— Я не псих!

— Конечно.

— У меня хорошая память!

— Несомненно.

— Я видела мертвую девушку! Как тебя! Весьма отчетливо!

Полковник встал со стула.

— Извини, если тебя разочарую, но эта неделя выдалась относительно спокойной. Среди трупов с насильственной смертью есть только женщины, которым хорошо за тридцать. И никто девушку-блондинку, невесту, в розыск не объявлял.

— Вы просто не нашли труп! Я видела его собственными глазами!

— Во сне!

— Нет!

— Ладно, тело пока не обнаружено, — дал задний ход полковник, — отыщем его и откроем дело. Ты сейчас лучше отдохни. Вот, я принес кучу газет, читай, расслабляйся.

— Отвратительно, когда близкие люди считают тебя идиоткой, — вспыхнула я.

— Каждый может заболеть, — ответил полковник, — ни о чем не волнуйся, и скоро твой ум и память станут такими, как у меня.

— Не дай бог, — испугалась я, — если Трегубов хочет достичь такого эффекта, мне надо побыстрее сматываться отсюда.

— Лежи, — приказал Дегтярев, — врач обещал полное и бесповоротное выздоровление.

— Звучит угрожающе, — хмыкнула я.

— Слушай, как Трегубова зовут? — сморщился полковник. — Отчество я помню — Пумович, а имя из головы вылетело.

— Петрозаводск, — сообщила я, вспомнив, что этот красивый город расположен в Карелии, — Петрозаводск Пумович!

— Мда? — с легким сомнением отреагировал Александр Михайлович. — Вроде смешное сочетание, но не то. Хотя... нет. Конечно! Петрозаводск Пумович! И придет же в голову родителям такая жуть! С отчеством беда, так еще и имя с вывертом! Петрозаводск Пумович! Мурашки по коже! Ну, я пошел!

Едва приятель удалился, я села и попыталась навести порядок в мыслях. Первое. Отсюда надо бежать со скоростью гепарда, мне вовсе не хочется долго валяться в больнице и в результате получить ум и память полковника. Хуже может быть только перспектива иметь телосложение, аппетит и лысину Александра Михайловича. Второе. Я патологически нормальна. Видела умершую девушку! Третье!

Неожиданно на меня навалилась усталость, я нырнула под одеяло. Сейчас отдохну, почитаю газеты, а потом подумаю. Дегтярев, похоже, скупил ассортимент нескольких ларьков!

Новости желтой прессы были, как всегда, замечательны. «Найден мальчик, воспитанный в стае ежей», «Обладатели трехкомнатных квартир больше не имеют права держать слонов, на этот счет было принято специальное постановление городской Думы», «В ближайшее время столичные светофоры оснастят еще и синим светом, он будет обозначать: теперь уж точно нельзя ехать».

Я вяло перелистывала страницы и в конце концов добралась до яркого ежедневного издания, специализирующегося на несанкционированных съемках знаменитостей. Полюбовавшись на пьяного певца, танцующего на столе, и престарелого композитора, который держал на коленях голую девушку, чья профессия не представляла никакой загадки, я перевернула страницу и увидела заголовок на весь разворот: «Одним завидным женихом в России стало меньше. Кузьма Богородов, сын хорошо известного всем Павла Богородова повел под венец юную провинциалку». Привлеченная словом «свадьба» я стала читать статью. «Рыдайте девушки! Кузьма Богородов, известный среди тусовки как Дикси, вчера повел под венец прелестную Лиду. Жених известный человек, сколько раз представители нашей славной Госавтоинспекции останавливали его ярко-красный «Феррари»! Сколько раз служащие клубов уводили его в vip-номера! Сколько раз он кричал барменам: «Виски на всех»! Но теперь с холостяцкими забавами покончено. Главный редактор журнала «Звон»[1] более не является предметом охоты для тысяч красавиц! По лицам разнообразных мисс, юных актрис, модных дизайнерш и просто цыпочек текут слезы! Дикси женился! Покажите нам ту, что срубила этот джекпот. Итак, она звалась Лидией. И... более мы ничего о ней не знаем, кроме того, что невеста, пардон, новобрачная, молода, ах, как она молода! Лидочке едва исполнилось девятнадцать! Говорят, юная жена хороша, словно майская роза. Увы, увы, подтвердить это мы не можем! Дикси не позвал на торжество журналистов. Скромная вечеринка, только для своих, была устроена в ресторане «Охо»[2] (уютный интерьер и бизнес-ланч за триста рублей). 500 приглашенных завалили чету

---

[1] Название выдумано автором, любые совпадения случайны.

[2] Так же.

подарками, среди которых новый внедорожник, брильянтовое колье и прочие безделицы, включая картину Гойи. Невесту украшало платье, расшитое настоящими драгоценными камнями, шлейф несли шесть очаровательных девочек, наряженных феями. Пикантный момент: Лидия ни на секунду не поднимала фату! Говорят, на этом настоял жених, не хотевший, чтобы любимую сглазили. Так и не показав прелестного личика, невеста через десять минут после начала торжества удалилась из-за стола. Гости подумали, что красавица ушла в дамскую комнату, но потом улетучился и жених. Примерно через полчаса, когда присутствующие стали перешептываться, ведущий вечера, телезвезда Роман Горин, объявил:

— Пожелаем молодым счастья! Они не смогли дальше отодвигать счастливый момент обладания друг другом и умчались в аэропорт. А для вас начинается концерт самых ярких звезд как нашей, так и зарубежной эстрады.

Далее веселье стало необузданным и превратилось в банальную пьянку».

Я рассмотрела снимки: несмотря на то, что журналист делал их из-под полы, качество изображения было великолепным. Невеста в белом платье с кринолином, жених в смокинге, прелестные дети, похожие на пирожные со взбитыми сливками, улыбающиеся гости. А это кто?

Я резко села, потерла глаза и вновь уставилась на снимок. Может, я и не способна ответить на заковыристые вопросы Колобка, но со зрительной памятью у меня полный порядок. Я вижу Марата! Вот он, вовсе не с веселой рожей стоит среди группы гостей около жениха, а под фото красуется подпись «Кузьма Богородов с лучшими друзьями, шафером Максимом Карелиным, светской львицей Алиной Семиной, дизайнером Никой Пустоваловой, модельером Витой Перовой».

Мой взгляд переместился на соседний снимок, на нем запечатлели нескольких девушек, в центре с опущенной на лицо фатой стоит невеста. Левее снимка есть пояснение: «Лидия Богородова с друзьями мужа, дизайнером Аллой Баз, модельером Кариной Бунди, писательницей Верой Улановой».

Никого из вышеперечисленных людей, кроме Марата, который оказался Максимом Карелиным, я не знала.

Около пяти минут я разглядывала снимки и вдруг заметила на запястье правой руки невесты татушку. Я мгновенно вспомнила бессловесную девушку Стеллу, которая поставила на тумбочку поднос с кофейником и застыла, словно хорошо приготовленное желе. Нежную лапку новобрачной украшает пятиконечная звезда, которая для поколения конца восьмидесятых годов прошлого века никак не связана с коммунистической символикой.

Я вскочила с кровати и босиком помчалась к шкафу. Отлично понимаю, что произошло! Настоящая невеста Богородова умерла в отеле. Кузьма по какой-то причине побоялся вызвать врачей и милицию. Вероятно, Лидия скончалась от наркотиков, и мальчик-мажор испугался последствий. Думаю, используя свои неограниченные финансовые возможности, он бы сумел замять происшествие, но, как назло, на утро была назначена свадьба! Отложить торжество, повеселиться на котором собралось полтысячи приглашенных, почему-то было невозможно. И Кузьма придумал элегантное решение, он повел под венец Стеллу, горничную из отеля. Что богатый Буратино пообещал прислуге за помощь? Впрочем, есть еще более интересные вопросы! Куда дели труп Лидии? Что случится со Стеллой дальше, не будет же Кузьма жить с ней до старости? Почему Марат, простите, Максим решил, что Клеопатра может разбудить невесту? Парень наивно полагал, будто девушка просто крепко спит, или он ломал комедию? Ответов у меня нет. Ясности мало, но есть и хорошая новость: я нахожусь в твердом уме и здравой памяти. Вот только окружающие не собираются мне верить, намерены продержать в больнице до скончания века! Карелий Леопардович ни за что не выпустит из цепких когтей пациентку, пока та не даст правильные ответы на его идиотские вопросы. И какой выход? Самостоятельно размотать клубок, предъявить Дегтяреву труп бедной Лидии и назвать ему на имя убийцы! Только в этом случае я потеряю статус умалишенной, чей мозг пострадал от отравления кефиром.

Шкаф оказался пуст, в нем не нашлось никакой одежды, а на верхней полке лежало толстое шерстяное одеяло. Я снова легла в кровать и нажала на красную кнопку, торчавшую из стены. Симпатичная девушка в белом халате и косынке с красным крестом материализовалась в палате в ту же секунду, когда я убрала палец со звонка.

— Что у нас случилось? — пропела она.

— Где моя одежда?

— Не волнуйтесь, ее забрали родственники, — последовал ответ.

Я решила наладить контакт с медсестрой.

— Мы не успели познакомиться, меня зовут Даша, а вас?

— Аня, — представилась девушка.

— Кроме вещей, у меня еще была сумка.

— Ее тоже отдали вашим детям, — улыбнулась Аня.

— А мобильный?

— Не волнуйтесь, все у вас дома!

— Можно попросить халат и тапочки?

Аня помотала головой.

— Нет. Врач предписал вам строгий постельный режим.

На короткое мгновение я ощутила себя Эдмоном Дантесом, заключенным в замке Иф[1], но решила не сдаваться.

— У нас сегодня пятница?

— Правильно, — обрадовалась Анечка.

— Наверное, завтра Карелий Леопардович не работает?

— Он придет в понедельник, — не разочаровала меня медсестра, — но в больнице есть дежурный врач.

— Можно мне позвонить?

— Доктор запретил вам любые контакты, — решительно ответила Аня.

Я поманила ее пальцем.

— Умоляю, как женщина женщину, принесите те-

---

[1] Эдмон Дантес — главный герой книги А. Дюма «Граф Монте-Кристо».

лефон всего на несколько минут. Понимаете, мой муж жуткий бабник, нужно постоянно держать его под контролем. Если Дегтярев чувствует пригляд, он остерегается ходить налево. Но стоит мне не позвонить ему вечером, как он мигом распоясывается. Неужели вы мне не поможете?

— Этот толстый старичок еще способен приставать к девушкам? — искренне изумилась Аня. — Ему же, наверное, полтинник стукнул!

— Ужасно, да? Мужик почти на пороге смерти, а продолжает кобелировать! — еле сдерживая смех, сказала я, жаль, что полковник не слышит про «толстого старичка».

— Лично я в тридцать лет отравлюсь, — решительно заявила Аня, — какой интерес жить старухой? Не расстраивайтесь, вот, держите. Но, пожалуйста, недолго.

Медсестра вынула из кармана халата трубку, положила ее на тумбочку и деликатно ушла. Я живо схватила телефон, набрала номер и сказала:

— Манюня, ты меня любишь?

— Что надо сделать, мусик? — спросила дочка.

ГЛАВА 6

Через два часа, страшно довольная собой, я пила в небольшом ресторанчике строго запрещенный Карелием Леопардовичем кофе. Через большое окно мне было видно маленькую иномарку, припаркованную почти у самого входа. Манюня не подвела мать, привезла одежду, кредитные карточки, мобильный телефон, а потом на такси доставила меня в фирму, где дают напрокат машины. С милой медсестрой мне тоже удалось достичь консенсуса. Анечка закроет глаза на мое дневное отсутствие в стационаре, но ночевать я вернусь в больницу, а в понедельник ровно в девять утра я обязана явиться в кабинет к Леопардовичу. Спасибо Карелию, он запретил в свое отсутствие визиты моих родственников, и никто не поднимет шума, обнаружив в палате пустую койку. Я обрела свободу на половину пятницы и все выходные, а что получила медсестра, пусть останется нашим маленьким секретом!

Насладившись латте, я заказала еще одну порцию, в ожидании официантки разложила на столе газету и принялась терзать телефон. Первый звонок сделала Рите Федорчук.

— Дашута, — зачастила та, — как дела? Собаки здоровы?

Федорчук работает в агентстве, которое организует разнообразные вечеринки. Наивные люди, разглядывая в глянцевых журналах снимки с каких-нибудь презентаций, полагают, что знаменитости пришли поздравить коллегу с выпуском нового диска, фильма или книги исключительно из расположения друг к другу, а на тусовку фирмы, которая, допустим, торгует драгоценностями, они принеслись потому, что любят изделия ювелира, имя которого значится на вывеске торгового дома. Но все не так просто. Конечно, дружеских отношений никто не отменял и главный герой вчера лично позвонил пятерым приятелям, но остальных триста человек пригласили специально обученные люди. Успех любого мероприятия измеряется количеством публикаций о нем в прессе, а журналисты спешат лишь туда, где заявлено появление наиболее интересных персонажей. Рита считается в Москве одним из лучших организаторов тусовок, она знает всех и сама известна каждому.

— Есть работа, — я сразу взяла быка за рога.

— О-о, — простонала Федорчук, — неужто я дождалась! Дашутка дозрела до сбора тусни!

— Нет, — я поспешила лишить Ритку надежд устроить шабаш в Ложкине, — слушай меня внимательно. Дам тебе небольшой список людей, ты должна договориться о моей встрече с каждым, желательно сегодня, но можно и завтра. Скажешь так: «Даша Васильева от скуки решила издавать журнал для продвинутой молодежи. Сейчас она подыскивает сотрудников как на оклад, так и внештатных». Ну и разовьешь эту тему. Записывай. Алина Семина, Ника Пустовалова, Вита Перова...

Из трубки послышалось сосредоточенное сопение, когда список людей, запечатленных на снимках свадьбы, иссяк, Рита воскликнула:

— Слушай, мы с тобой сто лет знакомы!

— Предпочитаю думать, что я еще не справила тридцатый день рождения, — засмеялась я.

— Зачем тебе эта свора идиотов?

— Знаешь всех кандидатов?

— Ну конечно! — зачастила Рита. — Надеюсь, тебя не обманули слова «модельер» и «дизайнер»? Сейчас те, кто ни фига не делает, так себя именуют. А что? Очень удобно, никто же не станет проверять, что ты сшил или кому накреативил с интерьером! Одна Алена Семина честная, она светская львица! То бишь тусовщица. Давай я подберу в твое издание...

— Мне нужны именно эти дамы, — перебила я
Риту.

Федорчук дала задний ход.

— Понятно. Двойной тариф за срочность.

— Высылай счет, — попросила я.

— Вообще-то я беру семидесятипроцентную пред-
оплату, — заявила Рита, — но тебе поверю.

— Спасибо, и помни, дело очень срочное.

— Полчаса. Ок? — деловито осведомилась Федорчук.

— Успеешь? — усомнилась я.

— Ха! За тридцать минут я легко *убедю* английскую королеву прилететь в Ложкино! — ажитиро-
ванно взвизгнула Рита и отсоединилась.

— Желаете сахару покласть? — спросила у меня
официантка, снимая с подноса чашку кофе. — Или
вам заменитель?

— Спасибо, не люблю сладкие напитки, — вежливо отказалась я.

Глагол «покласть» довольно часто можно услышать от неграмотных людей, на мой взгляд, он родной брат бессмертного «ложить», но вот вариант
«убедю» — личное изобретение Федорчук.

Латте порадовал меня вкусом, в кафе было уют-
но, посетителей всего трое, единственное, что меня
раздражало, это телевизор, демонстрирующий пе-
редачи неизвестного мне спутникового канала.

— Трагедия на острове Сул! — объявила ведущая,
одетая в блузку с огромным декольте, практически
полностью открывавшим ее красивую грудь. — Во
время морской прогулки, которую устроила себе
пара молодоженов из Москвы, капитан яхты не
справился с управлением, и судно перевернулось.

Никто из членов команды не пострадал, а вот пассажирам пришлось туго, новобрачная Лидия Богородова утонула, Кузьма Богородов в тяжелом состоянии на самолете был доставлен в Лондон, где ему предстоит сложная операция. Кузьма Богородов, единственный наследник созданного его отцом холдинга «Медведин», проводил в Суле, где круглый год плюс двадцать пять градусов °C, свой медовый месяц. В среду вся Москва гуляла на его шикарной свадьбе. В четверг произошла трагедия. Сул называют райским местом, Эдемом на земле, но для молодой четы Богородовых остров стал адом. Елена Первачева, специально для канала сорок семь.

На экране появилось изображение толстого парня, щедро разукрашенного татуировками.

— Хай, челы! — закривлялся он. — Супер-пупер мегашоу с вами!

Я с трудом оторвалась от телевизора. Когда-то Александр Михайлович сказал мне:

— Некоторые люди полагают, что, совершив убийство, они решат возникшую проблему, уберут неугодного человека и заживут спокойно. Ан нет, начинается цепная реакция! Неожиданно обнаруживается свидетель преступления, приходится устранять и его. Но у погибшего свидетеля есть приятель, который пытается шантажировать убийцу, значит, приходится и с ним разбираться, количество жертв растет. Раз начав, невозможно остановиться. Это так называемое правило домино. Хотя из него бывают исключения, кое-кому удается, удачно придушив подушкой бабушку, получить ее квартиру и, замечательно устроившись на новом месте, навсегда забыть старушку, убедить себя, что ее и не было вовсе.

Похоже, Кузьма Богородов принадлежит к тем людям, на которых распространяется принцип домино. Однако ловко мальчик-мажор сумел обстряпать дельце! Увез бедную, польстившуюся на хороший заработок Стеллу на остров Сул и преспокойно ее утопил. Думаю, никакого крушения и близко не было! Маленькие проблемы легко решаются деньгами, а большие проблемы легко решаются очень большими деньгами.

Капитан сам перевернул свою посудину и сейчас потирает руки и радуется пополнению своего банковского счета, у него нет никаких проблем, экипаж жив. Кузьма спешно смылся в Лондон, он прячется за воротами хорошо охраняемой от посторонних частной клиники. Лидию в кратчайший срок объявили умершей в связи с несчастным случаем, тело доставят в Москву, семья Богородовых устроит пышные похороны новобрачной, а вдовца поспешит утешить вся женская часть тусовки. Но я-то понимаю, что парень убийца! Предлагая Стелле сыграть роль невесты, Кузьма, очевидно, знал: он недолго будет женатым человеком. Не удивлюсь, если, отдавая по одному телефону указание украсить зал ресторана свежими цветами, жених по другому мобильнику обсуждал гонорар капитана яхты.

Понятно почему «Лидия» не поднимала фату, дело вовсе не в суевериях молодого мужа, а в его опасениях, что кто-нибудь заметит подмену невесты. Ясно, по какой причине парочка сбежала с торжества в самом начале, вспыхнувшее сексуальное желание тут ни при чем! Кузьма опасался, что «любимая» совершит оплошность и кто-нибудь поймет, что молодая жена самозванка.

Телефон затрясся и тихо пополз к краю стола, я схватила трубку.

— Никого из твоего списка в Москве нет! — загремела Рита. — Семина с родителями в Париже, Пустовалова в Милане, Перова в Швейцарии, небось опять от ожирения лечится, Уланова в Майами, ее Иосиф Штейнбок в гости позвал, Бунди с любовником подалась в Индию. Я не дозвонилась лишь до Алки Баз, но, если мадам не отвечает, значит, она в запое!

— Вот те на, — расстроилась я, — а кто обещал притащить в Ложкино английскую королеву?

— Не вопрос, — парировала Федорчук, — ты платишь, я их сюда доставляю. Но сначала подумай, нужны ли тебе эти идиотки за очень большие бабки?

Я почувствовала укол жадности.

— Давай пока оставим вопрос открытым, — быстро сказала я, — как думаешь, Алла Баз скоро протрезвеет?

— Меньше недели она никогда не квасит, — уверенно ответила Ритка.

— Попытайся поймать ее до того, как она куда-нибудь умотает, — взмолилась я.

— Спокуха, старуха, — засмеялась Федорчук, — Алка из египетских!

— Прости? — не поняла я.

Рита зачавкала, наверное, разговаривая со мной, она одновременно пила чай и ублажала себя любимым шоколадным тортом, что, впрочем, не мешало ей бойко вести беседу.

— Девушки бывают разные: юные, зрелые, пере-
зрелые, ваганьковские...

— Это кто такие? — хихикнула я.

— Неужто непонятно? — изумилась Ритка. — Им
по возрасту пора на Ваганьковское кладбище. За-
мыкают славный ряд египетские.

— Мумии?

— Стопудовый вернак, — перешла на подростко-
вый сленг Федорчук. — Баз уже за гранью, ей остается лишь по московским сейшенам шляться, никто в загранку не позовет. Хотя, может, ей и повезет, найдется нефтяник из Тюмени, захочет на
светской, побитой молью, львице жениться.

— Значит, за тобой Баз, — остановила я поток
яда, который лился с языка устроительницы тусовок, — а еще мне нужен номер Максима Карелина,
но ему я позвоню сама.

— Кого? — переспросила Ритка.

— Максима Карелина, шафера Кузьмы Богородова.

— Первый раз про такого слышу, и ты ошиблась,
свидетелем у Кузьмы был Ростик.

— Но в газете написали...

— О боже! — не дала мне договорить Федорчук. — Ты веришь газетам? Это круто!

— Кто такой Ростик?

— Ну... Ростик, — ответила Ритка, — милый
мальчик, ездит на хорошей машине, шикарно одевается, часы с турбийоном, его всегда зовут на тус-
ню, потому что девочкам кавалеров не хватает.

— У парня есть фамилия?

— Наверное, да, но я ее не знаю.

— И про Максима Карелина ты не слышала?

— Неа.

— Тогда нарой сведения и о нем, и о Ростике.

— Тройной тариф, — алчно возвестила Федорчук.

— Выписывай счет, — убив жабу, велела я.

В конце концов, я плачу за избавление от ярлыка «сумасшедшая Даша», а это стоит потраченных средств.

Озадачив Риту, я поехала к салону «Советы Клеопатры», припарковалась, вышла из машины и в задумчивости встала у подъезда. Если я не могу отыскать никого из ближайших друзей Кузьмы, может, сумею вычислить местоположение отеля, куда меня возили? Я страстная любительница детективных романов, поэтому воспользовалась уловкой, о которых часто в них пишут. Герою завязывают глаза, а он ведет про себя счет. Зная скорость автомобиля, можно вычислить расстояние. Иномарка, на которой меня везли, несколько раз останавливалась у светофоров, один раз переехала мост, я слышала характерное постукивание, которое издают колеса, подскакивая на стыках плит, а на улице, когда меня вывели из отеля, пахло чем-то странным. Так, что еще я могу сказать об отеле? Думай, Дашутка! Там есть лифт, кухня и бассейн! Отличные приметы, под подобное описание подходит почти каждая гостиница! Неужели больше ничего не вспомню? ...Под моими ногами поскрипывало синтетическое напольное покрытие. Номер, где я содержалась, находился в подвале. Мда, не густо!

— Простите, вы местная? — прошелестел тихий голосок.

Я вынырнула из раздумий, увидела невысокую

худую черноволосую женщину, одетую по моде двадцатилетней давности: в тяжелую шубу и круглую норковую шапку.

— Вы из местных? — повторила незнакомка.

— Да, — кивнула я, — коренная москвичка. Чем могу помочь?

— Где Кассандра?

Я, ожидавшая услышать какой угодно вопрос, кроме прозвучавшего, чуть не уронила мобильный, который держала в руке.

— Кассандра?

— Да, да, — закивала тетка, зябко поеживаясь.

— Дочь царя Трои Приама, получившая от Аполлона пророческий дар? Сомневаюсь, что она существовала в действительности.

— Кассандра живет в этом доме, — не обращая внимания на пересказ мифа, заявила женщина, — она делает микстуру. У меня дочь в коме, врачи говорят, надо аппаратуру отключить, но получается, что я собственными руками должна убить своего ребенка. Мне медсестра посоветовала к Кассандре обратиться, сказала: «Она уже многих спасла. Берет дорого, но ведь вы платите за жизнь дочери». Я записала адрес и потеряла бумажку, номер дома помню, название улицы тоже, а квартиру забыла. Вроде она на первом этаже. Если вы местная, то должны знать про Кассандру, к ней со всего света едут!

— Это тоже медсестра вам сообщила? — еле сдерживая гнев, спросила я. — Про всемирную известность знахарки?

— Да, да, — подтвердила тетка.

— Послушайте, — сказала я, — умей мошенница, называющая себя по недоразумению Кассандрой, и впрямь выводить людей из комы, ей бы давно присудили Нобелевскую премию. Вас обманули, медсестра решила воспользоваться чужим горем, вероятно, она имеет процент от продаж чудо-микстуры. Лучше возвращайтесь в больницу, сидите возле кровати дочери, разговаривайте с ней, подумайте, ради кого она захочет вернуться с того света, и приведите в клинику этого человека.

Глаза женщины сузились.

— Ну ты и дрянь! — с чувством выругалась она. — Кассандра всех спасает! А ты специально перед ее подъездом торчишь, народ отпугиваешь!

Мне показалось, что незнакомка сейчас кинется в драку, но тут дверь подъезда распахнулась, и из нее вышла старушка с пакетом в руке.

— Скажите, где принимает Кассандра? — кинулась к ней несчастная мать.

— Туточки, — ласково ответила старуха, — первый этаж, направо. Да не перепутай, налево салон «Клеопатры».

Тетка ринулась в подъезд. И как, скажите, можно было ее остановить?

— Ты, милая, тоже к колдуньям? — поинтересовалась бабуля.

— Нет, остановилась покурить, — ответила я.

— И не ходи к ним, — озираясь, прошептала пенсионерка, — дурят народ! Одна водой из-под крана торгует, другая всякую ерунду советует. Ну и времена настали! Бесовские! Антихрист бал правит. Эти Кассандра с Клеопатрой чуть в милицию недавно не загремели! За хулиганство! Драку на лестничной клетке затеяли! Клиент их перепутал, шел к одной, завернул к другой, ошибся квартиркой, зря они рядом устроились, да еще имена похожи, оба на «к» начинаются, на «а» заканчиваются. И пошли у них клочки по закоулочкам! Ор стоял на весь подъезд. Тьфу! Ни стыда ни совести!

Продолжая ворчать, бабка засеменила к тонару, торгующему хлебом и молоком неподалеку от дома. Я села в машину и завела мотор. Старуха права, Кассандре и Клеопатре не следует работать рядом, клиенты путаются. Ясно теперь, почему Марат-Максим требовал, чтобы я разбудила невесту Богородова, меня ошибочно приняли за Кассандру.

ГЛАВА 7

Следующий час я пыталась выяснить, какое расстояние могла проехать машина, которая везла меня из отеля к офису Клеопатры. Но потом поняла: я занимаюсь ерундой. Да, сев сама за руль и тщательно досчитав до десяти тысяч, я уехала не так уж и далеко, но я никогда не ношусь с бешеной скоростью. Восемьдесят километров в час — вот мой предел. А как быстро двигалась иномарка, которая везла меня сюда из отеля?

Я глянула на часы, вспомнила, что Аня просила вернуться в палату не позже десяти, пока охрана не заперла центральные ворота, и направилась в сторону больницы, сделав по дороге всего лишь одну короткую остановку около большого книжного магазина, торгующего круглосуточно.

Въезд на территорию клиники мне преградил охранник.

— Уже поздно, — вежливо сказал он, — посещение только по спецпропускам.

— Я тороплюсь к себе в палату, — пояснила я.

— Лечитесь тут? — уточнил мужчина.

— Верно.

— А на каком этаже?

— На третьем, нет, на четвертом.

— Фамилию подскажите.

— Васильева, — тут же ответила я.

Секьюрити вошел в домик, потом высунулся в окошко и нараспев произнес:

— Бабушка, запомните, ваша палата сороковая.

Глубочайшее возмущение охватило меня.

— Неужели я похожа на старуху?

Страж шлагбаума втянул голову внутрь комнаты, потом снова выглянул из окошка.

— Извините, Ольга Сергеевна, не хотел обидеть, но вам девяносто лет, у меня бабушка такого же возраста, вот я и сказал по привычке. Проезжайте на стоянку.

Я открыла рот, но от злости задохнулась и онемела.

— Устали? Давайте помогу, припаркую автомобиль, — проявил христианское милосердие секьюрити.

— Ты не видишь, что перед тобой молодая женщина? — наконец-то сумела произнести я.

— Выглядите вы замечательно, — залебезил мужик, который явно ценил свою работу и поэтому изо всех сил старался быть милым с богатыми пациентами коммерческой клиники, — никогда б больше семидесяти вам не дал.

Я вновь онемела и тупо уставилась на медленно поднимающийся шлагбаум.

— Ольга Сергеевна, прошу, въезд открыт, — поторопил меня охранник.

— Меня зовут Дарья Ивановна, — решила я внести ясность в ситуацию, — вы перепутали больных!

Бело-красный шлагбаум резко пошел вниз, сторож пропал из виду.

— Нет такой! — сурово возвестил он спустя довольно продолжительное время.

Я начала закипать.

— Ищите! Действуйте оперативно!

— В списках такая отсутствует, — промямлил сторож, — значитца, въехать во двор вы не имеете права.

Я вынула сто рублей.

— Вот, держите.

— Я взяток не беру, — насупился страж, — странная вы! Ведь пускал вас как Ольгу Сергеевну, почему не заехали?

Я стукнула кулаком по рулю.

— Предлагаете воспользоваться парковкой, зная, что вы посчитали меня старухой, видевшей взятие Зимнего дворца? Никогда в жизни! Пропустите меня в качестве молодой женщины!

Секьюрити кашлянул.

— Имя лечащего врача помните?

— Даже если захочу, то его не забуду: Карелий Леопардович.

— Так вы сумасшедшая! — обрадовался мужик. — Почему сразу не сказали! Щаз! О! Точно! Васильева Дарья Ивановна! Вас из токсикологии к психам перевели! Проезжайте себе на здоровье.

Я с гордо поднятой головой порулила на парковку. Охраннику нужно срочно сходить к окулисту! Какой толк от дурака, который не способен отличить женщину в расцвете сил и красоты от девяно-столетней старухи.

Заботливая Анечка принесла мне ужин, она даже подогрела еду в микроволновке. Поставив на стол поднос с тарелками, девушка спросила:

— Чай или какао?

— Без разницы, — отмахнулась я, вытащила из пакета только что купленный в книжном магазине подробный атлас столицы и углубилась в его изучение.

Итак, конечный пункт назначения дом, где Вольская открыла салон. Насколько помню, машина останавливалась всего шесть раз, значит, мы не попали в пробку, а это странно, учитывая вечернее время поездки. Похоже, автомобиль ехал не по центральным улицам. Удивительно, но при невероятной загруженности столичных магистралей на некоторых из них очень мало машин. Живой пример широкая, просторная и всегда до изумления пустая Песчаная улица. Почему водители объезжают ее стороной? Нет ответа на этот вопрос!

Я, сосредоточенно грызя карандаш, смотрела в атлас. Сначала надо найти мост! Отлично помню, как колеса иномарки подскакивали на стыках плит. Вот один, ага, второй и третий!

Дверь тихо скрипнула, думая, что Аня несет чай, я, не поднимая головы, попросила:

— Поставь стакан на стол, огромное спасибо, больше мне ничего не нужно.

— Здорово, — ответил знакомый баритон, — и что ты тут стаканами пьешь?

Я быстро закрыла атлас.

— Макс! Какими судьбами?

Бывший муж грохнул на стол несколько туго набитых пакетов.

— Вот! Здесь деликатесы! Икорка, рыбка, салаты, конфеты. Короче, ешь, поправляйся.

Спорить с Полянским невозможно, он не из тех людей, что приходят в гости с одним цветком и, отдавая его хозяйке, говорят:

— Выбирал целый час, обрати внимание на нежный окрас лепестков, оцени красоту листьев. Хочешь, объясню, как дольше сохранить его в вазе?

Нет, Макс притащит букет из сотни роз и небрежно швырнет их в ванну. Полянский не способен купить одну шоколадку или крошечную апельсинку, он пригонит грузовик конфет и самосвал цитрусовых. Если на вечеринке вам встретится вчерашняя школьница, чья стройная фигурка сгибается под тяжестью пудового колье из бриллиантов размером с кирпич, то, к гадалке не ходи, вы видите перед собой очередную любовницу Полянского. В чем, в чем, а в жадности Макса никогда нельзя было упрекнуть, деньги он тратит с ловкостью фокусника, но, что интересно, они к нему столь же быстро возвращаются, Полянский крайне удачливый бизнесмен[1].

— Что случилось? — загудел Макс. — От Машки я толку не добился! Наговорила чуши! «Мать отравилась кефиром!» Приехал в клинику, а клоун на воротах заявил: «Васильева в сумасшедшем отделении»!

---

[1] Подробности семейной жизни и история о том, как Даша спасла Макса, описана в книге Дарьи Донцовой «Жена моего мужа». Издательство «Эксмо».

— Охранник осел, — вздохнула я, — странно, что он тебя впустил!

— У меня спецпропуск, — округлил глаза Полянский, — тыща в зубы — и отходи в сторону.

— Отлично, — засмеялась я, — у секьюрити правильный подход к жизни, сто рублей — взятка, а купюра в десять раз больше — разрешение на въезд.

— Пакеты разбери, — начал командовать Макс, — засунь рыбу в холодильник. Ну, давай!

Мне пришлось заниматься хозяйством, слушая рассказ Макса об очередной сбежавшей от него супруге.

— Эта дрянь Наташка уехала с Винсентом, помнишь безумного англичанина? Решила, что ей с иностранцем шикарно будет, но просчиталась. Винсент Натку живо послал, она ко мне, а я конкретно сказал: «Голубка! Разве я могу доверять бабе...» Эй, эй, стой!

Я замерла с очередным пакетом в руке.

— Вот дурак, — покачал головой Макс, — я имею в виду шофера. Велел ему: «Достань покупки из багажника, а пакет от Робсона не хватай». Ну и что? Конечно, он все перепутал.

— А что там лежит? — поинтересовалась я.

— Открой да посмотри, — пожал плечами Полянский, — на чем я остановился? Ага. Наташка пятый день названивает...

— Мешок! — закричала я. — Черный! Шелковый! С золотыми вензелями и завязками! И пахнет табаком «Кристалл-классик»! Где ты его взял?

Макс проглотил незаконченную фразу.

— Что? — удивился он.

Я потрясла перед ним мешком.

— Кто его тебе дал?

— Магазин Робсона вручил мне как постоянному клиенту, обладателю vip-дисконтной карты, подарочный набор: банку табака, пепельницу, книгу «Курение трубки», пустячок, а приятно. Почему ты так разволновалась?

— Где находится лавка Робсона, и по какой причине ему пришло в голову одаривать покупателей?

Макс вынул из кармана бумажник, порылся в нем и вытащил пластиковую карту, похожую на кредитку.

— Вот, здесь координаты. Объясни, в конце концов, свой интерес.

— Набор упаковали в шелковый мешок?

— Ну да, — пожал плечами бывший муж.

— И много у Робсона любимых покупателей?

Макс сел в кресло и сложил руки на животе.

— «Робсон» — название фирмы, старейшего предприятия, которое снабжало трубочным табаком и аксессуарами еще Шерлока Холмса.

— Великий сыщик плод фантазии писателя Конан Дойла, — напомнила я.

— По-твоему, я дурак? — улыбнулся Макс. — У «Робсон» есть слоган «Мы помогали Шерлоку Холмсу». Несмотря на идиотский пиар, товар в магазине замечательный, но летать за ним приходилось в Лондон. В прошлом году в Москве открылся филиал фирмы, управляет им весьма активный парень Алексей. Во вторник лавка отмечала день рождения, отсюда и подношения клиентам. Мне сувенир доставили на работу, я пепельницу секретарше отдал, табачок себе оставил, а книгу и мешок швырнул в багажник, до сих пор и вожу, забываю вытащить. Кстати, хочешь, оставь издание себе, оно, как видишь, в пакете, почитаешь тут со скуки!

Я бросилась к Максу и обняла его.

— Спасибо! Огромное спасибо! Можно я и мешочек возьму?

— Пожалуйста, — заметно растерялся Полянский, а потом не удержался от замечания: — Странная ты! Даришь тебе брюлики — никаких эмоций, притаскиваешь в дом пудовую фигуру собаки из чистого золота — равнодушный кивок, а за грошовую брошюрку кинулась меня целовать. Нет, женщин понять невозможно!

Я плюхнулась на кровать, не следует посвящать Макса в ход расследования, не надо ему знать, что в восторг меня привел черный мешок с золотыми узорами и завязочками, а не шикарно оформленное издание.

Теперь понятно, почему я чуть не задохнулась от крепкого запаха «Кристалл-классик», когда Максим, он же Марат, набросил мешок мне на голову.

— Давно мечтала почитать о курении трубки, — широко распахнув глаза, ответила я, — а тут ты с нужной книгой.

В субботу, около одиннадцати утра, я вошла в небольшой магазин и обратилась к парню за прилавком.

— Мне нужен управляющий, кажется, его зовут Алексей.

Юноша поправил галстук.

— Как вас представить?

— Дарья Васильева, жена Макса Полянского.

— Извольте подождать минуточку, — попросил паренек и ушел.

Вернулся он быстро и привел приятного на вид мужчину лет сорока.

— Доброе утро, — заулыбался Алексей, — чем могу помочь?

Я сказала:

— Макс страшно рад, что «Робсон» открылся в Москве.

— Господин Полянский наш верный друг, — согласился Алексей.

— Тогда вы знаете, что супруг уважает табак «Кристалл-классик»?

— Конечно! Это редкий сорт, в основном народ предпочитает простые смеси, вроде «Виски» или «Шерри». Но у господина Полянского изысканный вкус, — не упустил возможности польстить постоянному покупателю управляющий.

— Случилась беда, — трагическим шепотом просвистела я.

Алексей схватился за сердце.

— О! Нет! Что стряслось?

— Макс уехал на пару дней из дома, он сейчас продюсирует кино в Голландии.

— Ага, — чуть повеселел управляющий.

— Наша горничная убирала в его кабинете и опрокинула консоль с курительными принадлежностями.

Мужчина посинел и вцепился пальцами в прилавок.

— Воды!

Продавец испуганным зайцем метнулся в глубь магазина и притащил начальнику минералку.

— Трубки, — простонал Алексей, залпом опусто-
шив стакан, — они пострадали? У господина Полянского в коллекции раритетные экземпляры!
Лучше лишиться глаза, чем любимой трубки!

— Нет, — я решила успокоить нервного мужчину, — сами трубки Макс хранит в специальной витрине, домработница лишь табак рассыпала.

— Вот дура! — в сердцах воскликнул управляющий и тут же опомнился. — Простите, пожалуйста,
за резкость.

— Абсолютно с вами согласна! Косорукая идиотка, — начала я ругать мифическую прислугу, — я
выгнала девку вон! Но табак от этого в доме не появится! Очень не хочу волновать мужа, вот и приехала к вам! Несите «Кристалл-классик», мне нужно
десять банок.

Алексей посмотрел на продавца, парень быстро
сказал:

— В наличии всего две упаковки.

— Мало, — плаксиво протянула я, — хочу восстановить статус-кво. Макс обожает, когда все забито
под завязку.

— Сейчас же отправлю заказ в Лондон, — засуетился Алексей.

— И когда он прибудет?

— Через месяц.

Я скорчила гримасу.

— Издеваетесь? Макс на днях возвращается.
Ужасно! Он расстроится! Ему нельзя нервничать!
Повышенное давление! Гастрит! Язва желудка! Сло-
манная нога!

Не успели последние слова вылететь изо рта, как
я сообразила, что перегнула палку. Человек с повре-

жденной ногой не отправится в командировку, но Алексей не заметил моей оплошности.

— Поверьте, я очень хочу вам помочь, но не знаю как!

— Придумала! — подпрыгнула я. — В начале недели «Робсон» рассылал подарки vip-клиентам. В черных шелковых мешках с золотым узором, кроме всего прочего, лежал и «Кристалл-классик». Дайте список этих покупателей, я обзвоню их и попрошу продать мне табачок.

Алексей смущенно кашлянул.

— К сожалению...

— Никому не скажу, кто предоставил мне информацию, — перебила я его.

Управляющий покачал головой.

— Дело в другом. «Робсон» никогда не воспринимает клиентов как безликую массу. Мы же торгуем не сосисками! Здесь скорее клуб, чем обычный магазин. К каждому человеку мы ищем индивидуальный подход и подарки составлялись с учетом его вкуса.

Я насторожилась, отлично продуманный план начинал разваливаться.

— Хотите сказать, что в мешках был разный табак?

— Абсолютно справедливо. Зачем господину Полянскому «Виски»? Он к нему даже не прикоснется и обидится на нас. Вашему мужу презентовали «Кристалл-классик», редкий сорт, мало распространенный в России.

— Никто, кроме Макса, его не курит?

— Еще один человек.

— Кто?

Алексей опустил глаза.

— Не имею права разглашать информацию.

Я вытащила из сумочки упаковку бумажных носовых платков, вскрыла ее, подцепила ногтями один и прижала к глазам...

— Умоляю, не расстраивайтесь, — прошептал Алексей.

Я всхлипнула.

— Роман Кириллович Бурков, — быстро сказал управляющий, — владелец «ОКОбанка»[1].

— Адрес, — усиленно шмыгая носом, потребовала я, — и телефон.

— Но я не могу столь грубо нарушать правила, — занервничал Алексей.

Я стала издавать звуки, похожие на повизгивания нашего мопса Хуча, когда он видит ветеринара со шприцем.

— Хорошо, — окончательно сдался Алексей, — сейчас принесу вам его визитку.

ГЛАВА 8

Романа Кирилловича в Москве не оказалось, экономка безукоризненно вежливым голосом сообщила в трубку:

— Хозяева вернутся только в марте.

— Вот беда! — воскликнула я. — Может, вы мне поможете?

— Слушаю, — не выразила ни малейшего энтузиазма экономка.

---

[1] Название банка придумано автором, совпадения случайны.

— Вас беспокоят из районного отделения милиции.

— Что случилось? — растеряла профессиональную холодность женщина.

— Меня зовут Дарья Ивановна Васильева, я следователь, а с кем разговариваю?

— Вероника Павловна, — испуганно раздалось в ответ, — экономка.

— Я занимаюсь делом Сергея Иванова.

— Не знаю такого!

— Это курьер из магазина «Робсон».

— Впервые о нем слышу.

— В начале недели Сергею велели доставить vip-клиентам фирмы дорогие презенты. Иванов часть подарков присвоил себе.

— И при чем тут мои хозяева?

— Сделайте одолжение, посмотрите, есть ли в доме пакет с надписью «Робсон». Там в черном шелковом мешке с золотыми завязками должен быть...

— Ой, не знаю, — перебила меня Вероника Павловна, — Роману Кирилловичу много чего дарят.

— Может, спросите у охранника?

— Николай и Петр уехали с хозяевами.

Я почувствовала себя верблюдом, который бежал по пустыне и вдруг уперся лбом в высокий бетонный забор.

— Может, Семен в курсе? — вслух подумала Вероника Павловна. — Погодите-ка, я поинтересуюсь у шофера.

Я замерла, по-прежнему держа трубку у уха, слушая звуки, доносившиеся из квартиры банкира: лай собаки, мерное постукивание, отдаленное бормотание то ли радио, то ли телевизора, в конце концов прорезался запыхавшийся голос экономки:

— Тот подарок доставили. Семен говорит, что помнит пакет из «Робсон», только его привез не парень, а девушка.

— Там все на месте? — уточнила я.

— Сеня! — закричала Вероника Павловна. — А где мешок из магазина?

— Игорь забрал, — долетел далекий голос, — я его не пускал, но он меня отпихнул, в машину влез и упер. Еще очки взял хозяйские, зонт и перчатки Романа Кирилловича.

— Слышали? — спросила экономка.

— Кто такой Игорь?

— Игорь сын Буркова, — холодно ответила Вероника Павловна.

— И где его можно найти?

— Еще нет пяти вечера, молодой человек спит, — язвительно заявила экономка.

— Советуете мне позвонить еще раз после обеда?

— Да, но не сюда! Игорь здесь не живет.

— Вас не затруднит дать его координаты?

— Наоборот, с огромной радостью сообщу их представителю милиции, — отчеканила экономка, — но сразу проясню ситуацию, Роман Кириллович с Игорем давно не общается. Мой хозяин о нем даже слышать не хочет.

Сын богатых родителей обитал неожиданно в пятиэтажке самого затрапезного вида. Стараясь не дышать, я поднялась на последний этаж и стала звонить в дверь. Минут через пять, когда я твердо решила, что хозяин изменил своим привычкам и ушел из дома в несусветную рань, около двух часов дня, створка распахнулась, и на пороге появилась симпатичная девушка лет двадцати. Волосы ее были замотаны полотенцем, на лице толстым слоем лежала косметическая маска голубого цвета, а розовый стеганый халат скрывал стройное тело.

— Здрассти, — прохрипела она.

— Не хотела вас потревожить, мне нужен Игорь, — сказала я.

Девушка попыталась сдвинуть брови, вспомнила про маску и сердито осведомилась:

— В чем дело? Это личная квартира! Хочу впущу вас, хочу — нет!

— Давайте познакомимся, — попыталась я наладить контакт. — Дарья Васильева.

— Ну... Лиза, — не особо охотно представилась девушка.

— Я расследую дело о краже из магазина «Робсон».

— Милиция? — дрожащим голосом уточнила Лиза. — Мы ничего плохого не делали! Живем тихо! Гарик выпивает, но в меру, а я ни-ни! Если его родители другое сказали, то они врут! Игоряха к наркоте не прикасается, он бухальщик. А меня они считают в этом виноватой... Но я не сильно пью!

— Никто вас не хочет ни в чем обвинять, — сказала я, — лучше дослушайте до конца!

Разобравшись в сути дела, Лиза повеселела.

— Я не видела пакета.

— Можно войти? — попросила я.

— Зачем?

— Спрошу о нем у Игоря.

— Он не ответит! Спит еще.

— Давайте его разбудим.

Елизавета зябко закуталась в халат.

— Ладно, входите, а то очень холодно. Меня после вчерашнего трясет!

— И где ваш сожитель? — старательно изображая из себя сотрудницу милиции, поинтересовалась я и сняла теплую куртку.

— В спальне, — девушка махнула рукой в направлении маленького коридора, — сюда!

Я прошла мимо кухни и невольно проглотила слюну. Наверное, Лиза готовила обед, потому что я ощутила аромат жареного мяса и свежей зелени.

— Вкусно пахнет, — отметила я.

— Добавляю в блюдо кинзу, — охотно поделилась секретом Елизавета и толкнула дверь.

Я постаралась не измениться в лице. На черном от грязи паркете валялся ватный матрас, на нем, положив голову на скомканную подушку без наволочки, под замасленным ватником спал светловолосый парень.

— Гаря! — позвала Лиза.

Алкоголик не пошевелился.

— Очнись! Из милиции пришли.

Никакой реакции.

— Хотят узнать, где пакет с подарком из магазина, — сказала Елизавета.

На мой взгляд, девушка вела себя глупо, пьяница определенно не мог ее слышать.

— Игоряша, — заныла девушка, — открой глаза. Эй! Вот гад! Буди его целый час! А у меня после вчерашнего башка гудит!

Выпалив последнюю фразу, Лиза изо всей силы пнула парня ногой под зад.

Ватник свалился: сын банкира спал в мятых джинсах и свитере.

— Че надо? — прохрипел он и сел.

— К тебе из ментовки приперлись, — объяснила девушка.

Игорь раскрыл глаза, рукой начал приглаживать наэлектризовавшиеся, стоящие дыбом волосы. Пока очаровашка приходил в себя, я молча разглядывала наследника богатой семьи. Положительных эмоций милый Гарик не вызывал. Лицо опустившегося на дно бутылки недоросля было украшено неаккуратной бородой и усами, но глаза оказались ясными, без сеточки красных сосудов. Наверное, Игоря еще можно вернуть к нормальной жизни, если он в скором времени обратится к наркологу, то сумеет восстановить здоровье.

— Вы взяли из машины родителей подарок из магазина «Робсон»? — спросила я.

— И чего? — вяло отреагировал парень.

— Где он?

— Не помню, — равнодушно пожал плечами юноша, — а чего?

— Мне нужно знать, куда вы его дели?

— А чего? — тупо повторил алкоголик и попытался справиться со сваливающейся на лоб челкой, напоминающей пух.

Я набрала полную грудь воздуха.

— Курьер, который доставлял презенты от «Робсон», украл часть пакетов.

— И что?

— Мы устанавливаем размер ущерба.

— А чего? — бубнил сын банкира.

— Посыльный находится под следствием! Срок

наказания зависит от количества похищенного! — потеряла я терпение. — Конечно, я понимаю, что вам наплевать на постороннего человека, но, если вы покажете, что в пакете, принесенном вашему отцу, были пепельница, книга, табак и прочее, упакованное в черный шелковый мешок с золотым узором, Сергею меньше лет дадут!

— Показываю! Была эта лабуда.

— И где сейчас подарок?

— А что?

— Отвечайте! — гаркнула я.

Игорь потряс головой, челка облаком взметнулась вверх и вновь свалилась ему на лоб.

— Папаша гондон, — заявил юноша, — денег, блин, не дает. Хочет их с собой на тот свет прихватить. И мать сука! Лизка ей не понравилась!

— Упрекали они меня, — влезла в разговор девица, — типа я такая, из Гарьки бабло тяну. И ваще, мол, это я его бухать научила, потому что происхожу из плохой семьи. Неправда! Игоряха третий год квасит! Предки его еще когда в больницу ложили! Ну и че, что я пью? Я меру знаю!

Я вздрогнула и тут же удивилась своей реакции, почему меня так покоробил глагол «ложить»?

— Денег нет, — грустно признался парень, — ну я и взял у шнурка эту дрянь, хотел продать, с кривого дерева хоть что-то содрать. И чего? Отец заявил о краже?

— Нет, — ответила я.

— Тогда и причины для возбуждения дела нет, — серьезно заявил Игорь.

Я удивилась таковому повороту беседы, последние слова Гарика никак не монтировались с образом парня, у которого вместо мозга бутылка с дешевой выпивкой, но тут Лиза с явной гордостью произнесла:

— Игорь умный! Он на юридическом учится! Только сейчас отпуск взял, по здоровью, но законы знает!

— Давайте лучше вспомним, куда делся пакет от «Робсон»? — Я вернула беседу в прежнее русло.

— Хрен его знает, — ответил Игорь, — продал я его.

— Кому?

— Хрен знает, — бубнил пьяница, — вроде у метро... водиле отдал.

— Опишите шофера, — наседала я.

— Хрен его знает! Джихад-такси! Чего на лицо смотреть! Он мне бутылку, я ему дерьмо из отцовской машины. Отвалите! Голова болит!

Игорь шлепнулся на матрас и тут же захрапел.

— Чего пристали? — разозлилась Лиза. — Он вам про пакет сказал? Ну и до свиданья.

Поняв, что больше не вытяну из очаровательного юноши ни слова, я покинула квартиру, доехала до метро, попыталась поболтать с местными таксистами, но потерпела неудачу. Все водители, как на подбор, смуглолицые, черноволосые и кареглазые, на мои вопросы мигом отвечали:

— Ничего не помню. Людей много. По-русски трудно понимать. Куда вас отвезти?

Так ничего и не добившись, я пошла к машине и стала невольной свидетельницей чужого семейного скандала. Немолодая пара темпераментно ругалась около магазина бытовой техники.

— За фигом тебе электромясорубка? — недоумевал мужчина лет пятидесяти.

Его спутница, худенькая женщина в дешевом пуховике, визгливо ответила:

— За тем, что кое-кто вечно котлеты жрет!

— Дома есть механическая мясорубка, — повысил голос муж, — наточи нож и верти ручку.

— Сам верти, — огрызнулась жена, — упырь!

— Ладно, — неожиданно пошел на попятную супруг, — возьмем ту, что подешевле.

— Хочу мощную, — взвизгнула тетка, — чтоб зверем молола!

— Ты кого туда запихнуть решила? — заорал мужик, которому, по-видимому, смертельно не хотелось расставаться с заначкой. — Если тещу, то ради такого случая я разорюсь!

— Урод! — Баба перешла в диапазон ультразвука и ринулась в магазин.

Я уставилась на красного от злости мужика, который продолжал топтаться у витрины. Мясорубка! Марат-Максим сначала демонстрировал мне пистолет, а потом пообещал сделать из меня фарш. Помнится, я, чтобы хоть чуть-чуть разрядить обстановку, сказала:

— Не влезу целиком в раструб!

Марат-Максим же очень серьезно ответил:

— Мясорубка здоровая, целиком войдешь, да и тащить будет недалеко.

И мне стало понятно, что он не шутит, где-то рядом есть подобное устройство.

Дрожа от пронизывающей сырости, я рысью домчалась до машины и схватила атлас. Нужна ли гостинице мясорубка для огромных кусков мяса?

Думаю, нет. Наверное, на кухне ресторана полно всяких электроприборов, но они нормальных размеров, может, несколько мощнее тех, что предназначены для домашних хозяек. И где искать здоровенную мясорубку?

Я изучала атлас, вот один мост, севернее есть второй. Нет, не то, слишком густонаселенная местность и плотно забитые дороги. А вот это что? Улица Вторая тупиковая! Жилых зданий на ней нет, одним концом, оправдывая свое название, она упирается в гаражный кооператив, есть и мост, миновав его, шофер очутится неподалеку от «Центра Клеопатры», пешком можно дойти за пару минут. В столице иногда путь на автомобиле занимает большее время, чем путешествие на своих двоих. Вот и в этом случае водителю придется попетлять, на его дороге окажется три светофора.

От возбуждения я сломала карандаш, который сосредоточенно грызла, изучая карту. Знаете, что расположено на Второй тупиковой? Несколько складов и небольшой мясокомбинат! Можно ли наладить производство колбас и сосисок без мощной электротехники?

Я бросила атлас на сиденье и завела мотор. Почти все сошлось, правда, тачка со мной тормозила шесть раз, а светофоров всего три, но ведь еще бывают и непредвиденные обстоятельства: старухи, медленно плетущиеся через шоссе, или нерегулируемые перекрестки. И странный запах около гостиницы! Во дворе воняло отходами мясного производства.

Проработав не один год репетитором, я хорошо изучила родной город, но досконально узнать Москву невозможно. Мегаполис — густонаселенная страна, житель Марьина, очутившись в Тушине, легко растеряется. Аборигены северной части столицы могут носить иную одежду, нежели жители юга. Я хорошо помню, как школьницы из Бутова украшали себя стразами, наклеенными на щеки, но дальше этого района мода не распространилась.

Я до сих пор никогда не бывала на Второй тупиковой улице, и меня неприятно поразила мрачная местность: сплошные бетонные заборы, тянущиеся вдоль узкой проезжей части, да торчащие за ними трубы.

Вход на комбинат стерегли два ужичка в военной форме без погон. Один был маленьким и толстым, другой долговязым и тощим.

— У вас есть мясорубка? — чуть запыхавшись, спросила я. — Большая, куда меня целиком запихнуть можно?

Один охранник закашлялся, а второй с самым серьезным видом поинтересовался:

— Пришла себя на колбасу продавать? Извини, не подойдешь, из костей фарш не получится.

— Чудесная шутка, — улыбнулась я, — тонкая и умная. Так что насчет мясорубки?

— Ты дилер, да? — предположил второй секьюрити. — Продаешь оборудование? Не вовремя примоталась, сегодня суббота, начальников никого, приезжай в понедельник.

— Мясорубки здесь есть? — упорствовала я.

— Конечно, — кивнул мужчина, — всяких полно, от огромных до мелких.

— А где гостиница? — подпрыгнула я. — Она должна стоять вплотную к комбинату!

Охранники переглянулись.

— Ох, бабы, — укоризненно протянул один, — вечно вам прикидываться надо! Сказала бы честно: «Ищу клуб», а ты пургу про мясорубку гонишь.

ГЛАВА 9

— Тут есть клуб? — обрадовалась я.

— Для любителей вязания, — засмеялся охранник.

— Где он находится? — не отставала я от него, еле сдерживая желание запрыгать от восторга.

— Склад они под клуб переделали, — сердито вступил в разговор другой секьюрити, — с виду как было дерьмо, так и осталось. А внутри, говорят, унитазы с бриллиантами. Ни вывески нет, ни объявления, да только здесь после часа ночи такие машины стоят!

— Да уж, — вздохнул его коллега, — золотая молодежь! Ты не вовремя пришла, у них веселье около полуночи стартует, тогда и подваливай.

— Можешь не стараться, — заржал напарник, — тебя не пустят! Фейсконтроль тормознет! На входе людоеды стоят! Зарплата у них, как у нашего директора! Видал я автомобили, на которых их парни из охраны подруливают!

— Охо-хо, — протянул коллега, — уж не на ржавой «копейке» мотыляются.

— Почему мне нельзя войти в клуб? — искренне удивилась я.

— По возрасту, — язвительно пояснил толстяк, — всем, кто старше двадцати пяти, от ворот поворот.

— Так в каком из складов гудит веселье? — повернулась я к более приветливому, тощему мужику.

— А через забор, — сказал тот, — наш хозяин бывший разделочный цех и склад им продал. Иди вдоль забора, увидишь синюю дверь, туда и ломись.

— Не старайся, ты слишком старая, — не упустил возможности сказать гадость толстяк.

Мне пришлось пинать дверь минут десять, пока откуда-то сверху не прозвучал грубый голос:

— Че надо?

— Войти, — призналась я.

— Закрыто. Работаем с полуночи.

— Я не веселиться, мне надо просто поговорить.

— Закрыто.

— Скажите, здесь есть гостиница?

— Закрыто.

— Пожалуйста, позовите управляющего.

— Закрыто.

— Немедленно откройте! Я из милиции!

— Ордер?

— Сейчас его у меня нет, но...

— Закрыто, — перебил голос. — Работаем с полуночи. Вход по приглашениям.

— А где его взять?

— Закрыто.

— Ладно, — сдалась я, — ухожу. Но можете по-человечески ответить хоть на один вопрос? Как называется ваше заведение?

— Закрыто, — без агрессии или раздражения гундел голос.

— Я не имею никакого отношения к милиции!

Работаю в журнале для молодежи и хочу написать о вашем популярном клубе, — изменила я «легенду».

— Закрыто, — привычно отреагировал голос и вдруг заорал: — ...! ...! ...! Блин, дура!

Признав свое поражение, я села в машину и решила позвонить Машке. У Манюни есть подруга Леся Караваева. Она немного младше Маши, но имеет репутацию заядлой тусовщицы.

— Мусик, — заговорщицки прошептала девочка, — как ты там?

Я решила не заниматься светскими любезностями и сразу перешла к делу:

— Продиктуй телефон Леси Караваевой.

— Может, лучше эсэмэской послать? — предложила Манюня.

— Отличная идея.

— Лови, — хихикнула Маруська и отсоединилась.

Я положила телефон на колени, у Манюни необыкновенная интуиция, она чувствует, когда речь идет о серьезных вещах, и никогда в этот момент не задает глупые вопросы вроде: «А зачем тебе Караваева?»

Мобильный издал пару коротких гудков, я нажала на зеленую кнопочку и почти сразу услышала тихий голос:

— Алло.

— Леся?

— Ну я.

— Как дела?

— Хреново, это кто?

— Даша Васильева, мама Маши.

— Ой, здрассти, — изменила тон девочка.

— У тебя неприятности?

— Бабка нажаловалась родителям, — поделилась бедой приятельница дочери, — насвистела им в уши, что я плохо учусь, и папа кредитку закрыл. Сказал: «Деньги на развлекуху получишь, когда пятерку по математике увижу». Вторую неделю дома сижу! Думаете, это приятно?

— У тебя двойка по алгебре?

— Не! Две тройки огребла, случайно! Училка прицепилась! Не понравилась ей моя юбка, ну она и отомстила! А бабка злая! Она папе постоянно бубнит: «Твоя жена не способна ребенка воспитывать! Зачем она с тобой в Швейцарию поехала? Ей бы в Москве сидеть, девочку пасти, у той сложный возраст!» Брехня! Нет у меня никаких трудностей, а мама отцу помогает, они вместе бизнес ведут.

— Родителей надо слушаться, тройки исправить, но ведь нельзя сутками только учебник зубрить. Иногда и отдохнуть можно, — коварно сказала я.

— Я всегда Машке говорю, тебе с матерью повезло! — вздохнула Леся. — Васильевой бы с моей бабкой денек покантоваться, живо свое счастье осознает.

— Хочешь сегодня вечером пойти в клуб? — тоном змея-искусителя спросила я.

— Шутите?

— Серьезна, как никогда. Собери компанию, человек пять.

— Денег нет!

— Я за всех заплачу.

— Вау! Круто, — бурно обрадовалась Леся, но потом спросила: — Наверное, это не спонсорская акция?

— Верно, — не стала я врать, — мне необходимо попасть в одно место, но фейсконтроль не пропустит меня по возрасту, вот я и хочу прикинуться девочкой.

— Че за заведение? — деловито осведомилась тусовщица Леся.

— Названия я не узнала, зато могу сообщить адрес: Вторая тупиковая, около мясокомбината.

— Жесть! — взвизгнула Леся. — Колбаса!

— Прости? — растерялась я.

— Это клуб «Рокко»[1], — заверещала Караваева, — но пипл ему кликуху «Колбаса» дал. Теть Даш, вы серьезно?

— Хорошее место?

— Круче нет! А че вы наденете? Надо придумать! Иначе не пустят, — занервничала Леся, — езжайте ко мне! Найду правильный прикид! И...

Девочка неожиданно осеклась.

— Говори, — велела я.

— Тетя Даша, вы суперски выглядите! С вами можно френдить, но... э... э...

— Мой возраст не для клуба, так?

— На фейсе в «Колбасе» Мишка рулит, — сообщила Леся, — он ваще без башки! Не понравится кто, и вон пинает. Стареньких герлов Миха не пускает, вот кенту зеленый свет, хоть он полтинник справил и от старости ржавые кости теряет.

— Миша женоненавистник?

— Пидор, — коротко сообщила Леся, — по мозгу! Так-то он нормальный, с Несси живет. Ниче! Я разрулю ботву!

---

[1] Название придумано автором, любые совпадения случайны.

Медсестра Анечка закончила смену, на ее место заступила не менее приятная Танечка, которая сразу же сказала:

— Я ночью по коридорам не хожу, зачем больных тревожить. Если кому плохо станет, он позвонит, но в нашем отделении народ обычно крепко спит, таблетки примут и на бочок. Центральный вход заперт, а черный нет, в заборе есть дыра. Была у нас девушка, она по ночам к любовнику бегала, и никто не узнал!

— Вот проказница, — делано возмутилась я, пряча похудевший кошелек, — нет бы лечиться спокойно!

В двадцать минут первого я в составе стайки весело хихикающей молодежи подошла к синей двери. Она оказалась незапертой. Интересно, что бы сказали Маня с Зайкой, увидев меня в крохотном, тесно обтягивающем фигуру розовом платье с блестками, подол которого обрывался чуть пониже пупка, белых сапогах-ботфортах на спицеобразной шпильке и меховом полушубке нереально фиолетового цвета. Скорее всего манто сшили из зайца, который ел одни баклажаны и свеклу, запивая их чернилами соответствующего колера. На носу у меня сидели огромные черные очки, губы мне Леся щедро намазала красной помадой, щеки покрыла толстым слоем тонального крема, пудры и румян.

— Прокатит, — убежденно закивали члены команды, с которыми я собиралась пробраться в гнездо бесшабашного веселья.

— Серый, обними тетю Дашу, — скомандовала Леся, когда мы очутились перед узким трубообразным тоннелем, украшенным мигающими лампочками.

— Может, не надо? — засомневалась я.

— Герла с френдом фейс не запарит, — пробормотал Сергей и положил мне на плечо не очень чистую руку.

Наверное, Караваевой следует после школы идти учиться на режиссера-постановщика. Сурового вида парни, одетые в отличие от яркой публики в черные костюмы и белые рубашки с узкими галстуками-селедками, молча посторонились, и мы очутились у стойки, за которой сидело несколько полуголых девиц в смешных шапочках.

— Вход бесплатный, — заученно сказала одна, — но я предлагаю вам сделать благотворительный взнос в фонд охраны здоровья московских верблюдов.

Мои сопровождающие загоготали, а Леся запищала:

— У Даши днюха! Она и бабло швыряет.

Получив от кассиров пластиковые браслеты, мы ввинтились в основной зал, и я на секунду оглохла, такой шум там стоял. Через некоторое время уши слегка привыкли к грохочущей музыке, и я попыталась сориентироваться в пространстве. Многие девочки украсили свои личики очками с черными стеклами, поэтому на меня никто не обращал внимания.

Оставив Лесю с ребятами на танцполе, я стала бродить по клубу, обнаружила туалеты, вход в них был платным, нашла дверь в служебное помещение, куда постоянно ныряли официанты с подносами, и в конце концов уткнулась в тяжелую бархатную занавеску, расшитую золотыми звездами.

Не успела я отодвинуть драпировку, как из темноты материализовался толстомордый мужик и зло сказал:

— Сюда нельзя.

— Почему? — прикинулась я дурой.

— Потому, — отчеканил охранник и грубо добавил: — Вали отсюда!

Я вернулась в общий зал, внимательно понаблюдала за снующими официантами и в конце концов остановила хорошенькую брюнеточку.

— Что хотите? — заученно спросила девочка, поправляя сползающую на лоб шапочку из блестящего материала.

— Стеллу, — сказала я, — где ее найти?

Брюнетка прищурилась.

— А ты ей кто?

— Лучшая подруга, — воскликнула я.

Официантка поправила волосы.

— Ну тогда должна знать, что Стелка уволилась!

— Когда? — заморгала я.

— На бла-бла у меня времени нет, — отрезала девушка, — нам процент с продажи идет и чаевые.

— Я заплачу за потраченное на меня время.

— Ну, ладно, — согласилась подавальщица.

— Тут можно найти тихое местечко?

Девушка поманила меня пальцем.

— Сюда.

Через пару минут мы очутились в чуланчике, где тесными рядами стояли железные шкафы. Официантка села на длинную скамейку посередине раздевалки и скомандовала:

— Гони бабульки.

Я сняла очки.

— ...! — выпалила халдейка. — Тетя, вам сколько лет?

— Мой возраст к нашему разговору отношения не имеет. Тебе нужны деньги?

— Кто-нибудь отвечал на этот вопрос: «нет»? — протяжно вздохнула девушка.

— Отлично, значит, мы договоримся. Для начала познакомимся, я Даша, а ты?

— Лолита, — скорчила гримасу собеседница.

— Красиво, — одобрила я, — игру «Кто хочет стать миллионером» видела?

— Пару раз, — пожала плечами Лолита, — с бабкой смотрела, она от отстоя фанатеет. Мне время фачить нельзя, я на институт зарабатываю, учусь на коммерческом отделении. А почему вы спрашиваете?

— В нашем разговоре будут те же правила, — пояснила я. — Первый вопрос — сто рублей. Получу нужный ответ, задам следующий и заплачу уже двести. Ок?

— До миллиона дойдем? — хихикнула Лола.

— Как получится, — совершенно серьезно ответила я, — итак, ты готова? Что находится за бархатной занавеской со звездами?

— Комнаты, — пояснила официантка, — для чего сами понимаете.

— Кровать под розовым балдахином, стеганое красное покрывало, ковер. Это похоже на интерьер одной из них?

— Меня туда не пускают, — раздраженно сказала Лола, — я по залу ношусь.

— Номер может заказать любой посетитель?

— Нет, конечно, — заявила она, — только vip-клиент.

— Что надо сделать, чтобы получить привилегию?

Лола вытянула ноги.

— Родиться у правильных предков, раскрутить их на шикарную тачку, шмотки и золотую кредитку, тусоваться здесь каждый день, приводить приятелей, вот тогда Джонни vip-карту даст.

— Джонни?

— Управляющий, — уточнила Лолита, — он здесь круче бога. Может любой девчонке жизнь наладить. Если Джонни кто понравится, будет в шоколаде. Но на меня он даже не смотрит, у меня возраст не тот, уже двадцать три стукнуло. Мне бы до лета продержаться, диплом получу и уйду.

— Много людей пользуется особым расположением управляющего?

— В основном компания Дикси.

— А это кто?

Лола изумленно распахнула глаза.

— Дикси? Наикрутейший чел, он журнал издает! А отец у него в списке журнала «Форбс».

— Хорошо, теперь про Стеллу. Она обслуживала vip-комнаты?

— Ага, — кивнула Лола.

— Можешь мне телефон горничной дать?

— Я его не знаю, — похоже, честно ответила официантка, — а ее самой давно нет. Уже почти неделю. Может, она уволилась? Сколько мне дадите, если я приведу Беатрису? Они вместе со Стелкой пахали.

Я протянула Лолите несколько купюр.

— Хватит?

В глазах девушки загорелась плохо скрытая радость.

— Супер. Сидите тут, никуда не уходите, — заговорщически шепнула она и испарилась.

Я, сообразив, что могла отделаться меньшей суммой, осталась ждать в раздевалке.

ГЛАВА 10

Лолита не подвела, она вернулась довольно быстро с хорошенькой блондинкой, та настороженно спросила:

— Вы мне заплатите, если расскажу про vip-кабинеты?

— Да, — пообещала я.

— Двести евро, пятьдесят процентов вперед, и торговаться я не стану, — выдвинула условие Беатриса.

— Идет, — в тон ей ответила я, — но, если я услышу хоть на один из моих вопросов слово «не знаю» или поймаю тебя на лжи, тогда лишишься остальной оплаты.

— Спрашивайте, — кивнула блондинка, быстро пряча полученные купюры.

— Рассказывай все про vip-номера и их посетителей, — потребовала я.

Беатриса, как послушная первоклашка, сложила руки на коленях и затрещала сорокой.

— Комнаты, где самые важные клиенты могут веселиться от души, оборудованы в подвале. Для пущего удобства туда ведет отдельный вход, со двора. Если не желаете пользоваться парадной дверью, можно проникнуть в помещение незаметно. Джонни поставил на обслуживание випов самых опытных людей, готовых выполнить любой их каприз. Взбредет гостю на ум съесть экзотическое блюдо, которое не способен состряпать местный повар, — отправят гонца в нужный ресторан. Захочет посетитель погладить живого тигра — притащат хищника из зоопарка, весь вопрос упирается только в количество казначейских билетов, с которыми согласен расстаться клиент. Правда, до общения с хищниками дело пока не доходило, до сих пор посетители требовали лишь гастрономических безумств, элитной выпивки, девок, кокаина или других стимуляторов.

— Джонни рискует, связываясь с наркотиками, — поморщилась я, — вдруг кому-нибудь плохо станет или, не дай бог, умрет.

Беатриса хмыкнула.

— Во всех клубах есть дилеры: травка, экстази, герыч и новая забава, «райский сон». Если в общем зале кто переберет, его охрана вынесет. А с випами Марат занимается, он все может, псих недоделанный!

— Почему вы так его называете? — Я обрадовалась, услышав знакомое имя.

Беатриса поежилась.

— Я его боюсь. Хорошо хоть, мы редко сталкивались.

— Он такой страшный? Или вы трусиха? — подначила я девушку.

Горничная покосилась на дверь и, понизив голос, объяснила:

— Говорят, Марат в Чечне служил и там всяким

трюкам научился. Вроде его бандиты в плен взяли, а он всех прирезал и ушел. Может, врут, но только у мужика тик, ртом дергает и глаза тухлые. Фу! Я жуть как обрадовалась, когда он уволился.

— Марат бросил работу в клубе? Почему?

Беатриса заерзала на жесткой скамейке.

— Знаю только, что Джонни матерился, орал в своем кабинете в телефон: «Марат ...! ...!» Переманили его! Он позвонил и заявил: «Джо, тут денег много дают, а работы мало. Прощай!»

— Давно Марат рассчитался? — трясясь от нетерпения, словно терьер, почуявший крысу, спросила я.

Беатриса закатила глаза.

— В понедельник он был. Во вторник у меня выходной, а в среду я пришла и вопль Джонни услышала. Стелка, кстати, тоже с работы свильнула, но ее уход Джо не разозлил, он Мэрилин сюда из зала перевел.

— Джонни, Стелла, Мэрилин, — это ведь псевдонимы?

— Имена для работы, — подтвердила Беатриса.

— Почему Стелла решила бросить службу?

— Она мне ничего не сказала, — обиженно протянула горничная, — мобильный выключила! Ну и пусть! Плевать я на нее хотела!

— Вы дружили?

— Курили вместе, когда смены совпадали.

— Знаете адрес Стеллы? И как ее на самом деле зовут?

— Давайте остаток денег, — потребовала горничная.

Когда очередная порция купюр перекочевала в карман сверхкороткой юбчонки, Беатриса отцепила от пояса блокнот, взяла прикрепленную к нему ручку и, нацарапав пару строчек, протянула мне листок.

— Вот, Стелла Панкратова. Нам велят красивые имена себе для службы придумывать, но у Стелки родное подошло.

Я прочла: метро «Марьино», на маршрутке до остановки «Гараж», пешком мимо зеленого забора. Пятиэтажка на пустыре, третий этаж, квартира слева, на двери краской написано «Киллер водка». Очень подробно описан путь.

— Спасибо. Но нельзя ли указать название улицы и номер дома?

Беатриса развела руками.

— Я у нее два раза была, меня Стелла привозила, точного адреса я не знаю. У нее есть сестра любимая, вот Стелка ее и развлекает, чтобы Алла не скучала, девочка инвалид.

Проведя большую часть ночи в клубе, в воскресенье я проспала до двух часов дня, а потом, ругая себя за безделье, поспешила к метро «Марьино». Беатриса не обманула, первый же спрошенный мною водитель микроавтобуса ответил:

— Гараж? Отправляйся по шоссе прямо, тут заплутать невозможно, нет ни одного поворота. Как увидишь здоровенный зеленый забор, там и остановка.

Я послушно отправилась в путь, довольно легко нашла забор, проехала вдоль выкрашенных в цвет взбесившегося салата бетонных плит, увидела пустырь и блочное здание, сплошь залепленное балконами, похожими на собачьи будки. Наверное, мысль о конуре для Шарика пришла мне в голову, потому что небольшие лоджии жители заделали чем бог послал, одни использовали фанеру, другие пластик, третьи стекло. С улицы дом выглядел отвратительно, и внутри он оказался на редкость неприятным. Очевидно, это был экспериментальный проект начала шестидесятых годов, времени, когда партия и правительство требовали от строителей возводить как можно больше домов, архитекторы вынуждены были планировать квартиры с четырехметровыми кухнями, ваннами, куда с огромным трудом помещался карлик, и комнатками, напоминавшими спальные отсеки матросов-первогодок, служащих на подводных лодках. Но пятиэтажка, в которой я сейчас находилась, побила все рекорды по миниатюрности.

Лестница здесь оказалась такой узкой, что даже мне пришлось подниматься по ней боком. Окна, выходившие на площадки, напоминали форточки, они не имели подоконников, здесь отсутствовали батареи, и температура в подъезде почти сравнялась с уличной.

Звонка у двери не было, зато надпись «Киллер водка» резко выделялась на ободранном дерматине. Не решившись наступить на кусок телогрейки, служившей жильцам половиком, я постучала по филенке кулаком.

— Хто? — спросил грубый голос, и дверь отворилась.

Первым моим желанием было зажать нос рукой, таким смрадом несло из квартиры, но огромным усилием воли я заставила себя улыбнуться и спросила:

— Семья Панкратовых здесь проживает?

— Из поли...ми...кл...ни...мики? — с трудом
справился с трудным словом тощий мужик, невесть
где откопавший раритетные портки, которые во
времена моей юности называли «треники». Темно-
синие спортивные штаны из дешевого хлопчатобу-
мажного трикотажа «пузырились» на коленях, хи-
лую грудь алконавта прикрывала рваная майка, ро-
весница брюк.

— Зойка! — заорал мачо, не дав мне ответить. —
Подь отсюда!

На пороге появилась баба в халате.

— Че п-п-п, — прокурлыкала она.

— Дохтор, — отрубил муж.

— Тттуды, — махнула рукой жена и визгливо зарыдала.

Плохо понимая, что происходит, я прошла несколько шагов, очутилась перед дверью, распахнула
ее и увидела относительно чистую комнату, в которой почти впритык друг к другу стояли две узкие
кровати, разделенные тумбочкой. На одной лежала
бледная до синевы девочка лет тринадцати. Держа в
руках растрепанную книжку, она с изумлением
спросила:

— Вы кто?

— Даша, — представилась я, — ищу Стеллу. Ты,
наверное, Алла?

Девочка кивнула, и тут же из-за двери понесся
вой. Я невольно вздрогнула.

— Не бойтесь, — успокоила меня Алла, — это мама плачет! У нее горе, брат умер.

— Извини, пожалуйста, — смутилась я, — что не

вовремя, но мне очень нужно поговорить со Стеллой.

— Все нормально, — ответила Алла, — дядя под машину десять лет назад попал, я его совсем не помню.

— Видно, твоя мама очень любила брата, раз до сих пор безутешна, — пробормотала я.

Аллочка уперлась тонкими руками в матрас и села.

— Не, она ищет повод для пьянки. Утром проснется, заведет: «Ой, Виталик нас покинул» и за бутылку хватается.

— Весело, — грустно сказала я.

— Сюда они с отцом не лезут, — вздохнула Алла, — их Стелла отучила. Пару раз по фейсу дала — и порядок.

— Где твоя сестра? — переменила я тему.

— Уехала, — настороженно ответила девочка.

— Можно ее здесь подождать?

Аллочка засмеялась.

— Вам вещи понадобятся! Она надолго улетела.

— Куда?

— Не знаю, — с вызовом произнесла девочка, — почему я должна вам рассказывать?

— В клубе, где работала Стелла, убили девушку, — объяснила я Алле, — твоя сестра, вероятно, видела преступление.

— Вы из милиции? — ощетинилась больная.

— Нет, нет, — поспешила я ее успокоить, — кстати, к Стелле претензий не имеется. Но она, похоже, влипла в неприятную историю.

Аллочка схватила край одеяла и стала его комкать.

— Стелла тебя любит? — спросила я.

— Да, — тихо ответила Алла.

— Защищает от пьяных родителей, покупает еду, книжки?

— Да, — подтвердила Аллочка.

— Извини, конечно, за мой вопрос, ты сама способна ходить?

Алла кивнула.

— Плохо только, с костылями. У меня с детства поражение тазобедренных суставов, если поставить протезы, буду бегать, но операция больших денег стоит, еще потом понадобится восстановление. У нас средств нет.

Я чуть не задохнулась от возмущения. На свете есть люди, которым строго-настрого нужно запретить иметь детей. Почему, чтобы получить водительское удостоверение, вы должны сдать экзамены, подтверждая свое право сесть за руль. А чета алкоголиков может произвести на свет заведомо больного ребенка, потом бросить его на произвол судьбы, не лечить, не заботиться о нем. На водку у супругов деньги находятся, а на эндопротезы нет? Сложи они вместе прогулянные в дым рубли, Алла бы уже прыгала через скакалку! Надо ввести лицензию на рождение ребенка! Пусть сначала комиссия оценит ваше материальное положение, умственные способности, проверит, какой образ жизни ведут потенциальные родители, и примет решение. Только не надо кричать о правах человека! Почему мы соблюдаем права пьянчуг и наркоманов и не думаем о правах несчастных Аллочек! Да, ребенку необходимо расти в трезвой семье с хорошим достатком. Не способен содержать малыша? До свиданья. Жестоко? Отнюдь нет. Может, тогда в стране наконец не будет брошенных детей, которых родили в промежутке между запоями и ломкой.

— Кроме Стеллы за тобой никто не ухаживает? — продолжила я беседу.

— Нет, — призналась Алла.

— Ты ходишь в школу?

— Да, тут рядом, во дворе, — пояснила она, — но там все злые, дразнятся, толкают, учителя меня дебилкой называют. У меня много троек, но двоек нет.

Я села на кровать к Аллочке.

— А Стелла тебя любит?

— Очень, — прошептала Алла.

— Значит, она не могла тебя бросить, и ты отлично знаешь, куда уехала твоя сестра, — сделала я напрашивающийся вывод.

— Нет, — упорствовала Алла.

— У Стеллы есть татуировка на руке? На внутренней стороне запястья звезда?

— Это счастье по-японски, — объяснила Алла, — к ним в клуб клиент пришел, хозяин тату-салона, вот он Стелле и посоветовал ее набить, сказал, удачу приманит.

— Сестра уехала, — жестко сказала я, — о тебе не подумала, значит, она не очень-то и хорошая.

— Неправда, — рассердилась Алла.

— Понятно, — фальшиво вздохнула я. — Стелла молодая, красивая, решила жить без проблем.

— Вы не имеете права так говорить! — взвилась Аллочка. — Стелла из-за меня согласилась на...

Девочка захлопнула рот.

— На что? — быстро спросила я.

— Не важно, — нахмурилась больная.

— Аллочка, а ты сама любишь сестру? — сменила я тактику.

— Обожаю, — с жаром отозвалась она.

— Тогда выслушай меня и поправь, если я ошибаюсь. Некий человек предложил Стелле хорошие деньги за то, что она изобразит невесту на свадьбе, так?

Алла зажала рот ладонью.

— Затем новобрачным предстояло уехать за границу.

— А вы откуда знаете? — с отчаяньем спросила Алла.

— Догадалась. Ты со мной неоткровенна, и я не хочу сообщать тебе подробности.

— Справедливо, — пролепетала Алла, — Стелла решилась на это из-за меня. Она сказала: «Никогда столько денег мне зараз не получить. Надо рискнуть, вот вернусь и сразу тебе операцию оплачу. Главное, не волнуйся, если я вдруг задержусь. Помни, я непременно приеду назад, жди, терпи. Знаю, тебе будет нелегко, но ты выдержишь это испытание и научишься ходить». Вот. Она мне денег оставила, на еду. Но я продукты не покупаю, потому что их родители продадут.

— Как же ты питаешься? — поразилась я.

— Бомж-пакет, — пояснила Алла, — беру по две штуки лапши на день, ничего, нормально. Еще пакетик чаю и булочку. Вечером подожду, пока предки задрыхнут, и на кухню иду.

Я схватила Аллу за руку.

— Кто пообещал Стелле заработок?

— Она не рассказывала.

— Алла!

— Правда! Чес слово, — запричитала девочка, — у них в клубе... ой, ладно! Уходите!

Я встала и сказав: «Жаль», пошла к двери.

— Эй, стойте, — окликнула меня Алла, — чего вам жаль?

— Кого, — поправила я, — Стеллу. Она попала в большую неприятность. Спасибо за беседу.

— Псих ей предложил, — вдруг объявила Алла, — Марат. Он в клубе стремные дела улаживает. На неделе там такая фенька стряслась! Пришел постоянный клиент по кличке Дикси. Стелла рассказывала, что он богатый и дурак, вечно всех поит, кормит, деньгами швыряется. С большой компанией заваливается, с девками и парнями, думает, он крутой, раз деньги раскидывает. Но в понедельник Дикси приехал с одной девушкой. Стелка очень удивилась, потому что она эту девчонку раньше в клубе встречала, нечасто, но иногда видела.

— В vip-отделе? — уточнила я.

— Нет. Стелла сначала в зале работала, официанткой, Джонни ее потом повысил, — улыбнулась Алла, — за хорошую работу. Девушка эта, Лида, с приятельницами приходила, она студентка, из обычных. И вдруг — с Дикси!

Горничная поразилась, но виду не подала, принесла вино, фрукты и ушла. Парочка сидела тихо, вдруг Лида вышла из номера и, закрывая дверь, сказала Дикси:

— Хочу танцевать, мы уже обо всем договорились! — и ушла в зал.

Дикси сидел один, что было еще удивительнее, чем его появление с единственной «дамой». Парень пропустил пару коктейлей и отправился туда, где царило общее веселье.

В районе четырех утра Марат принес с танцпола на руках крепко спящую Лиду и положил в одной из vip-комнат. Стелла решила, что девчонка перебрала, это обычное явление среди клабберов. Потом Стелла поняла, что творится нечто странное. Некоторые vip-клиенты могут провести в клубе неделю, ночью напиваются, днем спят в комнате, и так до тех пор, пока выйдут из загула. Но Дикси не принадлежал к этому славному отряду, он всегда уезжал домой, и, если уж совсем честно, парень больше изображал опьянение.

— Стелла считала его милым, — говорила Алла, — Дикси на ботана похож, ему веселье было не очень по нраву. И бухать он не любил. Сестра один раз заметила, как Дикси в раковину бутылку коньяка незаметно вылил, а потом начал шуметь:

— Несите еще выпивон, я уже целое стекло уговорил.

— И зачем он так себя вел? — не поняла я.

Алла поправила сбившиеся под спиной подушки.

— Фиг его разберет, Стелка не заморачивалась, но часто повторяла: «Дикси не противный!» А тут он прямо в истерику впал! Стул сломал! Нажрался! Остался на ночь и во вторник не уехал. Марат ему днем какую-то бабу из города доставил, спящую, она пару часов в клубе подрыхла, потом Стелка ей кофе подала. Дальше вообще чудеса! Всем работникам велели уйти в раздевалку и не высовываться, пока не позовут. Они там долго сидели. Ну а закончилось все предложением Марата Стелке сыграть свадьбу с Дикси.

— Стелла ведь не под своим именем расписывалась?

— Она мне sms прислала, — кивнула Алла, сунула руку под подушку и вытащила старенький дешевый аппарат, потыкала в кнопки и произнесла: «Держись. Все будет хорошо. Лидия Анатольевна Визжалкина. Это я. Чмоки».

ГЛАВА 11

Едва очутившись на улице, я позвонила секретарше начальника Дегтярева и весело сказала:

— Тонечка! Я купила тебе платок от «Гермес», розовый с лошадками.

— Дашута! — завопила подруга. — Нет слов! Зачем ты так потратилась!

— Ты дома?

— Вообще сегодня никуда не пойду, — загрустила Тоня, — мой уехал в командировку, а Ванька лежит со сломанной ногой. Легче сто девчонок воспитать, чем одного пацана поднять.

— Можно я приеду? Косынку привезу.

— Конечно, — обрадовалась Тоня, — что тебе приготовить? Хочешь куриную грудку в сухарях?

— Нет, — отмела я гастрономические радости, — мне нужна справка на Лидию Анатольевну Визжалкину, студентку, с большой долей вероятности не москвичку.

— Ладушки, — ответила понятливая Тонечка, она давно работает помощником у большого милицейского начальника, — хоть чаю выпьешь?

— С вареньем, — согласилась я, — надеюсь, есть из крыжовника?

— Имеется в загашнике баночка, — засмеялась Тоня.

Спустя пару часов я покинула уютную квартиру подруги, имея адрес общежития института, в котором на четвертом курсе училась Лидия Визжалкина. Ехать к временному пристанищу девушки из небольшого городка Новопольска[1] было недалеко, но, добравшись до него, я сообразила, что вечером воскресенья навряд ли кто-нибудь из молодых людей сидит на месте. Но раз уж я приехала, решила попытаться найти хоть кого-нибудь.

Когда я училась в институте, вход в общежитие стерегли противные злые бабки, при виде любого москвича истерически оравшие:

— Не хрена сюда шляться! Гуляйте по городу! Показывай пропуск! Где живешь? Дома? Уходи вон! Здесь столичным не место.

Двери общаги крепко запирались в десять вечера, и тем, кто задержался, старухи не открывали.

Я приготовилась увидеть на входе оголтелую старуху, но в холле было пусто, современных студентов не стережет Аргус. Более того, тут, похоже, не имели ничего против гостей, потому что на большой доске висело объявление с изумившим меня текстом. «Уважаемые посетители! Убедительная просьба тщательно вытирать ноги и не мусорить в здании. У нас нет уборщиц, полы моем сами. Если вы не знаете, в какой комнате проживает ваш знакомый студент, изучите список жильцов. Напоминаем вам

---

[1] Название города придумано автором, любые совпадения случайны.

о необходимости соблюдать тишину. Курение запрещено. Кухня закрывается в 23.00».

Ниже шли напечатанные фамилии, и я быстро
узнала, что Лидия Визжалкина проживает в сорок
седьмой комнате на четвертом этаже.

— Вам кого? — без улыбки, но вежливо спросила
коротко стриженная, очень худенькая малорослая
девушка, увидев меня на пороге.

— Ищу Лидию Визжалкину, — ответила я.

«Дюймовочка» повернулась и крикнула:

— Вера, тут к Лидке пришли!

Из-за шкафа, перегородившего комнату, выплыла толстушка, отважно натянувшая на объемную
филейную часть узкие джинсы-дудочки.

— Вы кто? — без особых церемоний спросила
она.

— Дарья Васильева, — представилась я, — ас-
систент режиссера Владлена Меркулова по актерам.
Лидия оставила свою фотографию в актерской базе
на «Мосфильме», Владлен Михайлович просматри-
вал снимки и попросил меня привезти Визжалкину,
она идеально подходит на роль главной героини в
стосерийном телесериале «Моя веселая домработница».

Вера не проронила ни слова, зато другая студентка не сдержала эмоций:

— Ну блин! Везет же некоторым! Все получила!
Мужа с деньгами! А теперь еще и роль!

— Замолчи, Света, — строго сказала Вера, — за-
видовать нечему. Визжалкина здесь больше не живет.

Последняя фраза адресовалась мне, я сделала
озабоченное лицо.

— Девочки, вы же учитесь на артисток!

— Вроде так, — кивнула Светлана, — лично я буду звездой!

Вера еле заметно усмехнулась, но ничего не сказала.

— Значит, вы понимаете, что режиссер-постановщик бог и царь, — сказала я, — возраст у меня не юный, поэтому...

— Вы отлично смотритесь, — поспешила отпустить комплимент Света, — вашей фигуре многие позавидуют, и шмотки шикарные.

— Спасибо, — потупилась я, — но, если я не выполню приказ Меркулова, он выгонит проштрафившуюся сотрудницу, а новую службу мне трудно найти. Очень прошу, подскажите, где Визжалкина?

— Из уважения к вашей старости могу повторить: она уехала, — не пошла на контакт Вера.

Света оказалась более сердобольной.

— Понимаете, мы сами растерялись! Не знаем, верить или нет!

— Девчонки! У кого курица на кухне горит? — заорали из коридора.

— Черт! — разозлилась Вера. — Совсем забыла! А все из-за особ, которые по общаге шляются без приглашения!

Окинув меня злым взглядом, толстуха поспешила спасать гибнущий обед. Света замела хвостом.

— Верка не противная, просто у нее полоса неудач! Юрка ее бросил, и танец она не сдала. Верушка тоже есть в базе «Мосфильма», но ею никто не интересуется. Она Лидке завидует, той круто повезло. Хотя сейчас я и не знаю, происходящее перестало походить на везенье.

— Светочка, — заныла я, — объясните детально, пока я ничегошеньки не понимаю.

— Лида замуж вышла, — сказала девушка, — нашла ну очень богатого парня. Имя у чела прикольное Кузьма, я обхохоталась, когда услышала. Но как узнала, чем кент занимается и кто у него предки, живо ржать перестала. Ну жуть какие богатые!

— Где же простая девочка встретила принца?

Света дернула плечом.

— Она скрытная. В одной комнате живем, а ничего про нее не знаем. Только накануне свадьбы о торжестве услышали, Лидка вот тут встала и объявила: «У меня в среду бракосочетание. Пожелайте мне счастья». Я чуть с кровати не скатилась, стала к ней прилипать: кто жених, где жить будут. Лидка только имя с фамилией сказала и слиняла. Верка от любопытства в Интернет полезла, и там про этого Кузьму прочитала. Снимки мы их потом в газетах видели, а после и про ее смерть прочитали. Но ведь это может быть и неправдой! Так?

— Пресса порой дает непроверенную информацию, — согласилась я, — значит, Лида ничего вам не рассказывала?

Света села на табуретку и навалилась грудью на стол.

— Идите в сорок первую комнату, там Надя Политова живет, Лидкина родня и лучшая подружка. Они из одного города, вместе поступать приехали. Надюха точно про Лидку все знает. Но только она Штирлиц почище Визжалкиной, лишний раз рта не откроет.

— Думаешь, Надя дома? — засомневалась я. — Сегодня вечер воскресенья.

— У нас сессия заканчивается, — вздохнула Света, — народ учебники зубрит.

Она не ошиблась, Надя Политова сидела в своей комнате, грызла гранит науки за столом, заваленным книгами и тетрадями.

— Не знала, что Лида отнесла фото в базу киностудии, — удивленно отреагировала она на мое сообщение, — вы ничего не путаете? У нас на курсе еще одна Лидия есть.

— Нет, мне нужна именно Визжалкина, — подтвердила я.

— Лида погибла, — тихо сказала Надя.

— Господи! — Я убедительно изобразила изумление. — Такая молодая! В катастрофу попала?

Надя кивнула, но ничего не сказала.

— Пьяная за руль села? — не успокаивалась я.

— Нет, — мрачно ответила студентка, — на яхте перевернулась, вместе с мужем.

— Ужас! А скажите...

— Я ничего не знаю, — остановила меня Надя, — похоронами занимаются родители ее мужа. Тело в Россию не привезут, свекор решил невестке место на кладбище за границей купить.

— Вот уж странность! — подскочила я. — Неужели ее родители согласились?

— Валентина Сергеевна, ее мать, умерла, — нехотя ответила Надя, — а отца Лида никогда не видела. Из родственников остались только я и моя мама. И какая разница, где могила, если человек помер? Вашему режиссеру придется искать другую актрису. До свидания.

Политова отвернулась к окну.

— Вы, наверное, дружили? — тихо сказала я.

Девушка кивнула.

— Общались с самого детства?

Надя снова затрясла головой.

— Делились секретами?

— Уходите, — прошептала Надя, — мне к экзамену готовиться надо.

— У Лиды была татуировка?

Студентка встала.

— Нет, конечно. Мы будущие актрисы, лучше не уродовать кожу.

— Многие звезды Голливуда снимаются с наколками.

Надя нахмурилась.

— И что?

— Ничего, конечно, — доброжелательно сказала я, — только татушка еще и отличная примета. Ее можно замазать гримом, но он легко сотрется, в особенности, если соприкасается с тканью. Вы присутствовали на свадьбе?

— Нет, — призналась Наденька.

— Ну и ну, — всплеснула я руками, — только что говорили, что являетесь одной из двух родственниц невесты.

— Это так, — грустно подтвердила Политова.

— И Лида вас не позвала? Да уж, права поговорка: из грязи и в князи!

— Не смейте говорить глупости, — вспыхнула Надежда, — мне Лида первой принесла приглашение.

— Почему же вы им не воспользовались?

Надя скрестила руки на груди.

— Вечером, накануне торжества, мне позвонил отец Кузьмы и сказал: «Буду с тобой откровенен.

Мы с женой не в восторге от того, что наш сын женится на нищей девице без роду и племени. Но делать несчастным его не хотим. Завтра Лидия станет богатой женщиной, светской дамой, они с Кузьмой начнут вести соответствующий образ жизни. Подумай, какова будет твоя роль? Приживалка при родственнице? Хочу предупредить, чтобы у тебя не возникло зряшных ожиданий: на невестку я готов потратиться, снохе Богородова положено носить бриллианты и роскошные вещи. Но ее оборванок двоюродных сестер я содержать не намерен. Короче, сколько ты хочешь отступных? Заплачу один раз хорошую сумму за твое исчезновение из жизни Лидии. Мне чужие прихлебалы не нужны, своих хватает».

— Милое предложение, — протянула я, — и какова сумма выплаты?

Надя вздернула подбородок.

— Ни копейки. Я отправила его прямым текстом в пешее путешествие с сексуальным уклоном. И на свадьбу не пошла. Обиделась на Лидку!

— Почему? Кузина ничего плохого не совершила, она могла не знать о звонке будущего свекра.

— Ага! — растеряла сдержанность Политова. — Мы накануне свадьбы договорились пойти в магазин, я хотела новые туфли купить. Лида сказала, что она вечером в понедельник идет с Кузьмой в клуб, потом поспит до полудня и сюда притопает. Но я ее не дождалась. Вера сказала, что Лида не ночевала, а потом его папашка-гоблин мне позвонил. Лидка со мной не связалась. Все она знала, но решила в новую жизнь старые тапки не брать, небось родители Кузьмы ей мозг выели. Вот! Больше мне нечего сказать.

Я без приглашения села на стул.

— Поселиться тут решили? — схамила Надя. — Так свободного места нет!

— Лиду убили, — тихо сказала я, — когда Богородов хамил тебе, сестра твоя уже была мертва. Отец Кузьмы не хотел, чтобы родственница невесты присутствовала на бракосочетании. Ты единственный человек, который даже в укутанной с головой новобрачной мог заметить подлог. Скажи спасибо, что сама осталась жива.

— Это шутка, да? — дрожащим голосом спросила Надя.

— Увы, нет, я, кстати, никогда не работала помрежем на киностудии, но имя Даша настоящее. Выслушай меня спокойно, — попросила я.

— Сказка бредовая, — испуганно откликнулась Надя, когда мой рассказ иссяк.

— Скорее триллер, — поправила я, — если ты знаешь хоть что-нибудь, это поможет найти убийцу Лиды.

Надя обхватила себя руками за плечи.

— Лида плохо знала Кузьму.

— Правда? Почему же согласилась на свадьбу?

Студентка затряслась, хотя в комнате было очень тепло, даже душно.

— Ей Валентина Сергеевна велела. А Кузьме отец! Кузя Лидку не любил. У него другая на примете была! Лиза! Но Павел Петрович Кузе про нее даже думать запретил. Лиза красивая, да бедная, она в каком-то клубе барменом работает, там они и познакомились. Кузьма по ней сох!

— Значит, Павел Петрович запретил сыну брак с

Елизаветой, мотивируя свое решение бедностью избранницы?

— Да, — кивнула Надя.

— Но приветствовал его союз с Лидой?

— Верно.

— Лидия имела большое состояние?

Надя рассмеялась.

— Огромное! Чемодан с тремя трусами и стипендию.

— Тебе поведение старшего Богородова не кажется, мягко говоря, не логичным? Он отвергает нищую кандидатку в невестки и приводит Кузьме малообеспеченную Визжалкину. Павел Петрович садист? Он решил досадить отпрыску? Кузьма обозлил папеньку? Хамил ему? Пил, гулял, веселился, просаживал деньги? Ладно, я могу понять, когда два крупных бизнесмена решили слить капиталы и поженить своих детей. Но за каким, прости, чертом нужна Богородову Лида?

Надя обхватила себя руками за талию, согнулась пополам и стала раскачиваться.

— Это Валентина Сергеевна все устроила. Она ей сказала, а он согласился, а она потом влюбилась, так вот и вышло!

— Попробуй растолковать сказанное более внятно! — потребовала я.

Политова выпрямилась и, прижав к груди руки, поведала мне сказочную историю маленькой Золушки из провинции.

Валентина Сергеевна была сумасшедшей матерью. В раннем детстве Надя отчаянно завидовала Лиде и часто негодовала:

— Ну почему наши мамы такие разные? Они ведь

сестры, но тебе покупают все, а мне даже на день рождения велик не подарили!

Валентина Сергеевна была патологоанатомом, пропадала на работе сутками, но ухитрялась самоотверженно заботиться о дочке. В небольшом провинциальном городке дети обычно были предоставлены сами себе, а Валентина Сергеевна наняла для дочери няню. Лиду никогда не оставляли одну. Другая бы стала протестовать, устраивать истерики, но Лида была полностью под пятой у авторитарной матери. Девочка знала: мама все равно настоит на своем, лучше сразу покориться. Один раз, правда, восьмиклассница Визжалкина проявила своеволие. Вместе с тремя подружками, в числе которых была и Надя, Лида отправилась в Москву, благо столица недалеко, меньше часа езды на электричке. Прогульщицы намеревались вернуться домой до прихода родителей с работы, но их подвела железная дорога, часть поездов отменили. В Новопольск притихшая от ожидания неминуемой расправы компания прибыла около полуночи.

ГЛАВА 12

Надю мать от души выдрала ремнем. А Валентина Сергеевна поступила иначе, на следующее утро она привела дочь в морг и откинула простыню, прикрывавшую один труп.

Лидочка в ужасе зажмурилась.

— Смотри, — строго приказала мать, — эта несчастная девочка твоя одногодка. Поздно вечером она повстречала ублюдка, который сначала изнасиловал ее, а потом убил. Думаешь, бедняжка хотела умереть?

— Нет, — пролепетала Лида.

— По роду своей работы я часто сталкиваюсь с жертвами преступлений, — спокойно сказала Валентина Сергеевна, — и не желаю в один черный день увидеть на столе родную дочь.

Посещение прозекторской так подействовало на Лиду, что она с тех пор никогда не возражала матери. Только не подумайте, что та вила из Лидочки веревки, нет, Валентина Сергеевна всегда прислушивалась к желаниям дочери и, несмотря на то, что воспитывала ее одна, покупала ей модную одежду и дорогие игрушки. В толпе новопольских школьниц Лида выделялась шикарной стрижкой, Валентина Сергеевна возила дочь в московский салон. У Лидочки была своя отдельная комната с телевизором, а это по меркам Новопольска очень круто. Валентина Сергеевна не запрещала дочери приводить домой подруг и угощать их, у Лиды первой в школе появились мобильный телефон и компьютер, у нее была косметика лучших французских фирм. Когда дочь объявила, что хочет учиться в Москве, да еще стать актрисой, Валентина Сергеевна не стала орать, как мама Нади: «Не позволю тебе превратиться в проститутку! Иди в наш педагогический!»

Более того, Валентина уговорила свою сестру, и та отпустила Надю в столицу вместе с Лидой.

Разбалованная матерью до предела девочка никогда с ней не спорила, советовалась по любому поводу, даже собираясь купить лак для ногтей, она звонила Валентине Сергеевне и спрашивала:

— Здесь все красятся темно-вишневым. Как полагаешь, мне его купить или розовый?

И это не было желанием угодить маме, продемонстрировать ей свое послушание, Лидочку на самом деле интересовало мнение Валентины Сергеевны, дочь считала ее своим лучшим другом.

В Москве у Лиды появились новые знакомые, она ходила с ними в кино или клуб, но близких друзей у нее не было, парня она тоже не завела. Лидочка мечтала стать знаменитой, она бегала по кастингам, пыталась получить роль, старательно занималась, роман не вписывался в ее программу. На втором курсе финансовое положение Лиды сильно пошатнулось: Валентина Сергеевна заболела и ушла на пенсию. Несмотря на плохое здоровье и небольшие деньги, она старалась с любой оказией передать дочке подарки, но полностью, как раньше, содержать Лиду уже не могла. Лида устроилась на работу в кафе, веселиться стало некогда. Надя, которая тоже зарабатывала себе на жизнь, прекрасно знала, что у сестры нет ни с кем романа. Представьте ее удивление, когда Лида сказала:

— Я выхожу замуж за Кузьму Богородова. Он из очень богатой семьи.

Надя налетела на нее с вопросами, но Лида, всегда откровенная с сестрой, лишь бормотала:

— Мне нечего рассказать!

— Вот ты какая, — обиделась Надя, — ни словом мне не обмолвилась. Вы давно встречаетесь?

— Ну... не очень, — промямлила Лида.

— Сколько? — наседала Надя.

— Неделю, — призналась сестра.

— И уже в загс намылилась?

— Нельзя упускать такой шанс, — пояснила Лида, — отец Кузьмы очень богат.

— Ты с кем жить собралась? С папой или сыном? — уколола ее Надя.

— Павел Петрович обожает Кузьму, — вздохнула Лида, — он невестке дорогу по жизни золотом вымостит, сериал для меня проспонсирует.

Надя испытала прилив обычной человеческой зависти. Ну скажите, разве справедливо, что Лиде достаются самые лакомые кусочки? Сначала чудесная мама, а теперь еще и богатенький муж? Когда же повезет Наденьке?

— По-моему, ты попросту решила продаться за рубли! — заявила она.

— Деньги не помешают, — Лида не заметила оскорбления, — я буду обеспеченной и смогу тебе помочь!

— Во-первых, я не собираюсь иметь дело с содержанкой, во-вторых, богатые очень жадные, тебя оденут, обуют, брюликами обвесят, но в руки ни копейки не дадут, — остудила пыл сестры Надя.

Лида резко повернулась и убежала. Наде тут же стало не по себе, до сих пор она с сестрой не ругалась, и зависть не самое светлое чувство, нет бы порадоваться за Лидушу, которая нашла мешок с миллионами.

Надя уже хотела броситься за сестрой, но та неожиданно вернулась и сказала:

— Прости!

— Это ты меня извини, — захлюпала носом Надя, — знаешь, как мне обидно стало! Ну почему ты богача встретила, а я нет?

Лидочка обняла Надюшу.

— Пообещай, что никому не проговоришься.

— Я умею держать язык за зубами, — заявила Надя.

— Я не люблю Кузьму, — призналась Лида, — хотя он, кажется, милый! Я его плохо знаю, видела пока один раз!

— Зачем тогда такая гонка со свадьбой? — поразилась Надя.

— Мама велела, — после небольшого колебания ответила Лидочка, — помнишь, я к ней в конце ноября ездила? Вот тогда она и сказала: «Мое здоровье плохое, долго я не проживу. Очень хочу видеть тебя устроенной. Есть у меня один жених на примете, богатый, миллионы девать некуда. Выйдешь за него, и я на тот свет спокойно уйду».

Надя разинула рот, а Лида продолжала:

— Я попыталась объяснить маме, что пока не планирую связывать себя обязательствами и не хочу детей. Знаешь, что она ответила?

— Нет, — сгорая от любопытства, сказала Надя.

— Улыбнулась и сообщила: «Брак будет фиктивным, муж к тебе не приблизится, просто станет тебя содержать, а потом вы разведетесь. Ты получишь хороший денежный кусок. Но никому о своих планах не говори, даже Наде. Я все устрою». Вот так все и получилось.

— Ваще! — только и сумела вымолвить двоюродная сестра.

Далее события развивались таким образом, что Наде казалось, будто она следит за сюжетом дамского романа. Кузьма стал выводить Лиду в свет, он купил ей красивую одежду, несколько колец и серьги, отвел к элитному парикмахеру. Мать всегда элегантно одевала Лиду, но Валентина Сергеевна не могла себе позволить приобрести ей соболиную шубку, а Кузьма, или, как звали его друзья, Дикси, купил разом манто, полушубок, горжетку и жакет. Жених водил невесту в лучшие рестораны, где не забывал оповестить окружающих о своих чувствах к Лидочке. Еще неделю назад считавшая копейки девушка превратилась в представительницу золотой молодежи. Тусовка настороженно относится к любому новичку, решившему звездить на вечеринках без должного на то основания, ему живо укажут на место, подвергнут остракизму, перестанут звать на мероприятия. Но для будущей жены Дикси все двери были открыты нараспашку, ей улыбались, кланялись, говорили любезности и завидовали. Вместо вагона метро, набитого злыми пассажирами, она теперь ездила на уютной иномарке с телевизором, баром и вышколенным шофером, готовым выполнить любой каприз пассажирки. Новые платья Лидочка мерила не на крохотном пятачке, отгороженном от любопытных взоров посетителей вещевого рынка грязной занавеской, она не стояла босыми ногами на картонке, не покрывалась мурашками от холода. Нет, Лида заходила в просторную кабинку с зеркалами, а рядом, в vip-гостиной, ее ждали чай, конфеты и услужливая продавщица. А квартира, в которой молодым предстояло жить после свадьбы! А Марина Евгеньевна, мама Кузьмы, которая нежно целовала будущую невестку и отвела ее в потрясающий спа-салон! Прибавьте самого Дикси, веселого, остроумного, воспитанного, дарившего невесте не только дорогие вещи, но и милые пустячки. Сложите все вместе и поймете, почему Лидочка беззаветно влюбилась в парня и стала строить планы счастливой семейной жизни.

— Уж не знаю, что почувствовала Золушка, увидев дворец и принца, но Лидке капитально башню снесло, — вздыхала Надя, — она через десять дней после того нашего разговора могла говорить только о Дикси и описывать, какое счастье их ждет! Ее колотило в ожидании брачной ночи, Кузьма к невесте и пальцем не прикоснулся. Лидка попыталась его соблазнить, но Дикси ответил:

— Не надо портить себе удовольствие. Интим только после росписи.

— Святой Иосиф, — не удержалась я, — весьма необычное поведение для плейбоя и видного светского персонажа.

— Погодите, сейчас еще кое-что услышите, — пообещала Надя. — В понедельник Дикси привез Лидку на новую квартиру, якобы цвет стен обсудить.

Будущие молодожены поднялись в апартаменты, Кузьма запер дверь и сказал:

— Есть разговор, лучше провести его здесь, без чужих ушей и глаз. Согласна?

— Да, — прошептала Лидочка, ожидавшая жарких признаний и объятий.

Но Кузьма сел на подоконник и неожиданно рассказал о своем детстве и отрочестве.

— До того, как я пошел в детский сад, мы жили в Новопольске, — начал он, — город я совсем не помню, уехал из него в два года. Вроде там у отца с мамой случилась неприятность... Да ладно, не стану бантиками сортир украшать. Отец завел любовницу, мать его вычислила, заставила прервать отношения, и от греха подальше перевелась в Москву. Матушка служила в Новопольской больнице главврачом, отец был хирургом. У них там были авторитет, положение, но мамуля решила, что семейное счастье дороже материального благополучия, и разрушила привычный уклад жизни.

В столице Марине Евгеньевне пришлось устроиться районным терапевтом, Павел Петрович временно стал безработным. Семья теснилась в съемной однушке. Кузьма той квартиры не помнил, очень скоро дела Богородовых пошли в гору. Павлу Петровичу удалось выгодно продать дом в Новопольске и удачно начать бизнес. С тех пор призрак нищеты никогда не маячил перед ними, Павлу везло в каждом затеянном им деле.

Марина Евгеньевна перестала бегать по вызовам к больным гриппом и сосредоточилась на ландшафтном дизайне, она самозабвенно сооружала на приусадебном участке альпийские горки, высаживала розы, разводила виноград. Кузьма учился в школе. Мальчик очень любил маму, но отец для сына был настоящим кумиром.

В седьмом классе у Кузьмы начались сложности с точными науками, ясное дело, ему тут же наняли репетитора, но мальчик не хотел напрягаться, он повзрослел и понял: родители сделают все, чтобы единственное чадо не угодило в армию, он по-любому поступит в институт.

Учитель пытался вбить в голову младшего Богородова азы физики и математики, но знания, влетев в одно ухо, со свистом вырывались из другого. Под Новый год Кузьма притащил дневник с двойками, мама, как водится, не стала ругать сына, отец же, увидевший его «успехи», нахмурился, потом сказал:

— Пошли в кабинет.

Кузьма приуныл, в глубине души он понимал, что виноват, по делам лентяю и награда, но слушать отцовские нотации не было никакой радости.

Павел посадил сына на диван, сам устроился рядом, обнял недоросля за плечи и ласково сказал:

— Сейчас я открою тебе семейную тайну. Через год после рождения ты сильно заболел.

— Смертельно? — испугался Кузьма, ожидавший другой беседы.

— Да, — подтвердил отец, — не стану вдаваться в подробности. У детей бывают неполадки с кровью. Мы с мамой использовали все возможности для лечения, но результат был нулевым. И тогда специалисты в качестве последней меры предложили маме родить еще одного ребенка.

— Зачем? — ахнул Кузьма. — Вы думали, я умру, а он взамен останется?

— Нужен был донор, — пояснил Павел, — ни я, ни мама, к сожалению, не подходили. Оставался шанс, что у малыша будет совместимость с братом.

— И как вы поступили? — заморгал Кузьма.

— На свет появился мальчик, — тихо продолжал отец, — тебе сделали операцию, болезнь ушла навсегда. Малыш оказался идеальным донором, врачи очень удивлялись, все параметры совпали как у близнецов.

— А где теперь брат? — спросил потрясенный Кузьма.

Павел побарабанил пальцами по колену.

— Он умер. Доктора занесли ему инфекцию, никто не виноват, такое порой случается даже в лучших клиниках у превосходных специалистов. Но тебя-то спасли.

Кузьма вжался в угол дивана.

— Получается, что он погиб из-за меня? Лежал в больнице, чтобы спасти старшего брата, и заразился!

— Нет, брат скончался, чтобы ты жил, — поправил отец, — после того случая мама отказалась рожать детей, хотя мы были еще молоды и могли стать родителями. Но Марина слишком тяжело пережила болезнь старшего ребенка, а потом уход младенца, поэтому ты растешь один. Теперь подумай! Ты единственный наследник моего бизнеса, которому я посвящаю всю жизнь. Мне некому передать дело, когда-нибудь оно станет твоим. Заботиться в старости о нас с мамой тоже придется тебе одному. Ты живешь за двоих: за себя и за умершего брата. Имеешь ли ты право плохо учиться? Если ты ответишь: «Да», значит, малыш зря погиб, отдал свою жизнь недостойному.

Бедный Кузьма не нашел слов, а отец встал и, уходя из кабинета, попросил:

— Сделай одолжение, мама не должна заподозрить, что ты в курсе семейной трагедии. Она заставила меня поклясться, что я никогда не раскрою тебе тайну.

Школу Кузьма закончил с золотой медалью и даже во вредном подростковом возрасте никогда не спорил с родителями, он навсегда запомнил, что сделала мама, желая его спасти, и какие надежды возлагает на него отец.

Но, выполняя сыновний долг, Кузьма не был счастлив. После получения аттестата младший Богородов хотел пойти учиться в литинститут, однако Павел Петрович вскинул брови.

— Писатель? И как человек без нормального образования справится с бизнесом?

Кузьма отправился в тот вуз, который выбрал папа, но мысль стать литератором не покидала юношу, на лекциях он частенько, делая вид, что конспектирует лекцию, писал книгу. Работа шла тяжело, роман рождался в муках. Павел Петрович великолепно знал о мечтах сына. После того как Кузьма получил диплом, он сказал ему:

— Давай пойдем на компромисс. Ты мечтаешь заниматься творчеством, а мне хочется, чтобы мой сын практиковался в бизнесе. Можно совместить два дела. Я дам тебе денег, организуй популярный журнал, сделай его успешным, тиражным. Тут тебе и литературный труд и бизнес. Начинай проект. Я вмешиваться не стану. Продемонстрируй на что способен, первое время я сделаю финансовые вливания, но потом разбирайся сам!

Кузьма рьяно принялся за работу. Больше всего ему хотелось засесть за роман, но нельзя же упасть в глазах отца. Если вы думаете, что хозяин печатного издания занимается только тем, что ходит по светским вечеринкам, то жестоко ошибаетесь. Младшему Богородову пришлось поднимать все с нуля, быть одновременно журналистом, бухгалтером, генератором идей, переговорщиком и прорабом, который параллельно с созданием журнала наблюдает за строительством здания, где предполагается разместить редакцию. Иногда Кузьме казалось, что отец специально повесил на него возведение офиса, а не купил готовый, хотел посмотреть, утонет ли щенок, кинутый безжалостной рукой в селевый поток.

Кузьма удержался на плаву, научился говорить людям «Нет» и выгонять лентяев. Теперь у него была хорошая команда, действия которой требовали лишь легкой корректировки. Как вы думаете, что оказалось для молодого руководителя самым тяжелым? Финансы? Поиски рекламодателей? Увеличение тиража издания?

Нет, наиболее трудной обязанностью оказалось поддержание имиджа светского льва, обаяшки, очаровашки и гуляки. Именно такой образ подсказал младшему Богородову нанятый пиарщик.

— Хозяин гламурного журнала не может быть мрачным букой, сидящим взаперти. Ему положено быть успешным светским персонажем, — посоветовал специалист.

И Кузьма внял его указаниям. За короткий срок он получил кличку Дикси и превратился в желанного гостя на всех тусовках. Дикси щедрый, Дикси веселый, Дикси успешный, Дикси зажигалка, Дикси легко выпивает бутылку коньяка и остается трезвым! Все вышесказанное было правдой и ложью одновременно. Никто не знал, что Кузьма категорически не переносит алкоголь, с трудом выдерживает гвалт ночного клуба, не любит блондинок, плюхающихся ему на колени, стесняется стриптизерок и больше всего на свете хочет жить спокойно. Но позволить себе уединение Дикси не мог, единственное, что он рискнул сделать, — это выдрать из своей иномарки радиоприемник, и уничтожил в автомобиле устройство для проигрывания дисков.

ГЛАВА 13

Сколько раз Кузьма хотел сбросить с себя личину Дикси! На прошлый Новый год он запсиховал, выкинул все приглашения на обеды-ужины, сказал родителям, что едет в Швейцарию, где намерен провести рождественские каникулы в одиночестве, и улетел в Женеву, «забыв» дома ноутбук. Поселившись в небольшом отеле, Кузьма отключил мобильный и начал писать книгу. Две недели Богородов просидел в номере, только по вечерам он выбирался на воздух и всякий раз сталкивался с молодой, симпатичной американкой, которая тоже предпочитала ни с кем не общаться. Исключительно из вежливости Кузьма здоровался с постоялицей, та воспитанно отвечала:

— Хай!

Как-то раз незнакомка попросила у него зажигалку, и молодые люди немного поболтали. Богородов рассказал, что он русский, пишет свой первый роман, а красавица, представившись Кэт, сообщила о постоянной мигрени, лечиться от которой приехала на Женевское озеро. На следующий день они пошли погулять в небольшой городок. Парень и девушка болтали о всякой ерунде, пили горячий шоколад, ели пирожные. Все было невинно, как у пятиклассников. В день отъезда Кузьма подарил Кэт розового мишку, она чмокнула нового друга в щеку и протянула визитку со словами:

— Звони.

Богородов помахал рукой вслед уехавшему лимузину и пошел работать, глянцевую карточку он, не читая, сунул в карман куртки, никакого романтического чувства у него к обаятельной американке не возникло.

Когда Кузьма вернулся в Москву, его телефон и электронная почта рухнули под грузом сообщений. Очаровательная девушка из отеля оказалась актрисой Голливуда, звездой первой величины, из тех, что получают не менее двадцати миллионов за роль. Конечно, Дикси видел ленты с ее участием, но в жизни, без грима, прически и в обычном пуховике с джинсами, не узнал кумира киноманов. А вот папарацци, случайно наткнувшийся на них в провинциальном городке Швейцарии, мигом понял, какой шанс ему выпал, и защелкал фотоаппаратом.

Снимки Кузьмы и Кэт обошли весь мир. Российские желтые газеты безумствовали, Дикси стал «номером один» в столичной тусовке, ухитрился обойти в рейтинге даже поп-певца, убившего свою жену. Но самую неожиданную реакцию выдал отец, Павел Петрович хлопнул сына по спине и весело воскликнул:

— Знай наших! Красть, так миллиард! Любить, так секс-символ. Ну, Кузьма! Только о тебе и говорят! Мне-то скажи, какая она? Сильно от обычных баб отличается?

И младший Богородов понял, что отец наконец-то стал гордиться сыном, личина Дикси прилипла к Кузьме навсегда. Если сейчас владелец журнала взбрыкнет, бросит издавать гламурный ужас, отнесет в издательство свой серьезный роман, посвященный проблемам самовоспитания личности, его ждет дождь из камней от критиков и читателей. А еще есть папа!

И Дикси продолжал «веселиться», в глубине души надеясь, что когда-нибудь сможет вырваться из круга светских обязанностей, уедет в тихое место и там наконец займется тем, что считает делом всей своей жизни.

А потом случилось невероятное событие, Дикси впервые в жизни влюбился, как подросток. Его избранницей стала девушка Лиза, работавшая в одном из клубов второй сортности. Кузьма никогда не посещал низкопробных заведений, но в судьбоносный день его машина заглохла прямо у дверей шалмана. Вызвав эвакуатор, Дикси зашел внутрь, сел у стойки, взглянул на барменшу и пропал.

Жизнь стала невыносимой. Нет, Лиза ответила ему взаимностью, но свидания проходили в условиях строжайшей секретности. Кузьма боялся репортеров, он понимал, что отец не одобрит его отношений с Елизаветой. И дело вовсе не в крайней бедности любимой. Лиза происходила из социальных низов, ее родители не работали, собирали бутылки у метро. И благополучно скончались от пьянства. Даже не это было самым плохим, в конце концов, одна из суперуспешных манекенщиц мира в детстве торговала фруктами с лотка, а потом стала звездой подиумов и женой лорда. Но та красавица сначала обрела славу, а лишь затем пошла под венец. Лиза же стоит за стойкой бара, она старше Кузьмы на пять лет, была замужем за парнем, который мотает срок по обвинению в торговле наркотиками. Правда, отличная невестка для Павла Богородова?

Кузьма осознавал, что Дикси не имеет права расписаться с такой, как Лиза, но он с каждым днем любил ее все больше и больше, это походило на наваждение. Девушка, кстати, не требовала от кавалера никаких решительных действий, она просто радовалась встречам и никому о них не рассказывала. Почти год Кузьма вел двойную жизнь, безмерно устал от необходимости скрываться, мучился чувством вины перед Лизой и боялся испугать родителей сообщением о той, кто войдет в их семью. В конце концов у Кузьмы началась депрессия, он думал, что хуже ему еще не было и навряд ли будет, но тут отец позвал наследника и сказал:

— Нам надо, чтобы ты женился.

Кузьма постарался не измениться в лице и отшутился:

— Я еще не нагулялся, да и невесты на примете нет!

— У меня есть, — крякнул папа.

— Ты серьезно? — изумился Кузьма.

— Вполне, — кивнул отец.

— Это уже слишком, — вспылил сын, — я способен сам о себе позаботиться.

Павел Петрович опустил голову и сказал:

— Нам с мамой нужно, чтобы ты расписался с Лидией. В качестве утешения могу сказать: брак зарегистрируют лишь на бумаге. Вам придется принять участие в пышной церемонии, но потом вы уедете в свадебное путешествие. Вернувшись в Москву, вы разъедетесь по разным квартирам, а спустя пару лет без шума разведетесь.

— Бредовее ничего не слышал! — взвился Кузьма.

Отец сел на стул.

— Мы попали в крайне трудное положение. Мама не может тебе сказать правду, я тоже не готов к разговору. Но поверь, наше благосостояние, карьера и даже жизнь зависят от свадьбы с Лидией.

— Это как-то связано с твоими выборами в Думу? — решил разогнать туман Кузьма.

— И это тоже, — кивнул Павел.

— Ты мне сейчас же говоришь правду, или я ничего не делаю, — сын проявил редкую строптивость.

Старший Богородов помолчал, потом еле слышно ответил:

— Не могу! Некоторым тайнам лучше уйти с теми, кого они касаются, в могилу. Пожалуйста, помоги нам!

— Ладно, — сдался Кузьма, — кто она?

Когда отец ввел сына в курс дела, Кузьма впал в еще большее изумление. До того, как узнал о невесте подробности, он думал, что у родителя возникли крупные неприятности с деньгами или Павел решил слить свой капитал с капиталом какого-то олигарха, вот и затеял свадьбу с богатой девушкой. Но суженая — студентка без гроша в кармане, с мамой-инвалидом и неизвестным отцом! Согласитесь, такая кандидатура может вызвать оторопь.

— А она ко мне не полезет? — по-детски испугался Дикси, вертя в руках фото предполагаемой супруги.

— Нет, — успокоил его отец, — Лидия в курсе, что отношения будут фиктивными.

— Хоть одна хорошая новость, — попытался пошутить Кузьма.

— Но никто, кроме вас, не должен догадаться о реальном положении вещей, — предостерег Павел Петрович, — вози ее по ресторанам, клубам, дари подарки. Люди должны говорить о вашем романе. Ну да не мне тебя учить.

Дикси рассказал все Лизе.

— Конечно, я все понимаю! Обо мне не волнуйся, в наших отношениях ничего не изменится, — грустно произнесла любимая.

И Кузьма стал играть предложенную отцом роль.

Светские репортеры живо разнесли сплетню, газеты печатали статьи под заголовком «Принц и нищая», девушки на вечеринках шептали:

— Какая любовь! Познакомились на улице, и он ее полюбил! Мог жениться на больших деньгах, но послушался своего сердца! Дикси супер!

За несколько дней до свадьбы Лиза прислала любимому sms странного содержания. «Уеду на неделю, не волнуйся». Ясное дело, Кузьма встревожился, помчался к девушке и выдавил из нее правду.

— Я беременна, — нехотя призналась Елизавета, — надо сделать аборт, но у меня есть сложности со здоровьем, поэтому я пропаду на неделю.

— Никогда, — решительно заявил Дикси, — ты родишь мне ребенка.

— Это невозможно, — возразила Лиза, — я знаю, каково приходится матери-одиночке и ребенку в бедной семье.

— Мы оформим наши отношения, — заверил ее Кузьма.

— Ты на этой неделе женишься на другой, — напомнила Лиза.

Еле-еле упросив любимую подождать, Дикси отправился домой, он чувствовал себя героем детской загадки. Наверно, вы в детстве тоже пытались дать ответ на вопрос: куда деваться человеку, стоящему спиной к бездонной пропасти и видящему, как навстречу несется стая голодных тигров. Что лучше: быть разорванным кровожадными зверями или сломать шею, упав на камни? Дикси знал ответ, следовало воскликнуть: «Я уцеплюсь за веревку, которую сбросят с пролетавшего мимо вертолета, и спасусь».

Жаль только, что в реальной жизни никаких винтокрылых аппаратов над головой не было. Если Дикси откажется от женитьбы на Лиде — плохо будет родителям и в конечном итоге самому Кузьме. Если Дикси отправится в загс с Лидой, то плохо будет Лизе и опять же самому Кузьме. В двух решениях менялись пострадавшие, только младший Богорадов оставался константой. Выхода не было! И вдруг Кузьму осенило!

Жених привел Лидию в квартиру, приготовленную для молодоженов, раскрыл перед ней карты и сказал:

— Не знаю, что или кто толкает тебя на этот брак, но счастья нам не будет. Давай поступим так. Мы справим свадьбу и уедем в аэропорт. Я отправлю тебя куда пожелаешь: Карибы, Сейшелы, Бали! Отдыхай там сколько захочешь, потом отправляйся в Лондон, Париж, в любой город мира, сними квартиру и живи в свое удовольствие, денег получишь сполна. Я же с Лизой укачу в Голландию и спрячусь там. Единственное условие: все вокруг должны думать, что мы с тобой путешествуем, абсолютно все, включая и моего отца. Идет?

— Нет, — воскликнула Лида, успевшая по уши влюбиться в Дикси, — я не согласна! Мама сказала, что я буду твоей женой! Это условие договора! Значит, мне предстоит одной тосковать, бросить институт, прятаться от приятелей, ради чего? Чтобы какая-то Лиза все получила вместо меня? Нет и еще раз нет! Мы можем наладить настоящую семейную жизнь, если оба постараемся, все получится!

Дикси уламывал Лиду долго, сначала в пустой квартире, потом в машине, затем в клубе. В конце концов Лида убежала в общий зал, забилась в женский туалет, в слезах позвонила Наде, рассказала ей о беседе и спросила:

— Что мне делать?

— Стой насмерть, — предложила сестра, — ему деваться некуда. Свадьба послезавтра, гости созваны, ресторан заказан. Кузьма побоится поперек отца идти, распишется с тобой, а там ты сумеешь ему голову вскружить. Знаешь что, пугани его, конкретно скажи: «Прекрати меня на глупость подбивать. Надоело слушать! Сию секунду еду к Павлу Петровичу и рассказываю о твоей затее». Он испугается и заткнется!

— Ладно, — согласилась Лида, — думаешь, Кузьма мною в конце концов заинтересуется?

— Конечно, — подтвердила Надя, — куда вы должны на медовый месяц лететь?

— На остров Сул, — прошептала невеста.

— Супер, — еле подавила зависть Надя, — пару раз перед ним в бикини прошвырнешься, и готово! У тебя шикарный бюст, ни один мужчина не устоит.

— Ты права, — обрадовалась Лида, — сейчас я его Павлом Петровичем пугну! Знаешь, мама сказала, что Кузьме некуда деваться, он обязан на мне жениться, иначе всей его семье будет полный финиш!

— Шикарно, — подхватила Надя, — действуй по плану. Пригрози на него отцу нажаловаться! Думаю, женишок сразу хвост подожмет!

Надя замолчала.

— Дальше! — поторопила я.

Она вздохнула.

— Больше мы не встречались, когда старший Богородов велел мне на торжестве не показываться, я решила, что дело выгорело, Лидка Кузьму обломала.

— И вы не забеспокоились, не получив от сестры весточку?

Надя опустила голову.

— Нет! Они улетели на остров, ей там было не до родственников. Потом я немного обиделась, подумала, Лида решила, что я ей не ровня теперь.

— С матерью она тоже не общалась, странно, что Валентина Сергеевна не подняла шума!

Надя скрестила руки на груди.

— Тетя Валя умерла. На следующий день после Лидкиной свадьбы. Мне мама позвонила и сказала:

— Отмучилась Валька! Сообщи Лидии.

Но мне не удалось с ней соединиться, мобильник оказался выключен.

— И как ты поступила?

— Нашла телефон офиса Богородова-старшего, трубку сняла секретарь, записала сообщение, минут через десять он сам мне позвонил и сказал: «Не стоит молодым медовый месяц портить. Я отправил в Новопольск служащего, он организует и оплатит похороны. А тебя прошу навсегда забыть о Лидии». Это все.

— Значит, историю с бракосочетанием придумала Валентина Сергеевна, — заметила я, — скажи, твоя мама дружила с сестрой?

— Они часто ругались, — прошептала Надя, — мамахен выпить любит, тетя Валя ее за это сильно чехвостила.

— Не знаешь, с кем Валентина Сергеевна дружила?

Надя вытерла нос рукавом свитера.

— С тетей Алей. Алевтина Михайловна Долецкая, детский врач, она нас с Лидой лечила.

— Адрес ее знаешь?

— Новопольск, улица Ленина, дом четыре, — шепотом сказала студентка и разрыдалась.

ГЛАВА 14

Понедельник начался плохо. Ровно в девять утра меня разбудила Анечка и запела веселой канарейкой:

— Карелий Леопардович ждет вас в группе.

Я, мечтавшая как можно быстрее отправиться в Новопольск, живо оделась, вышла в коридор и спросила:

— Когда закончится мероприятие?

— Как пойдет, — ушла от прямого ответа медсестра.

Я насторожилась.

— А что там с людьми делают?

— Ничего плохого, просто поговорите, — обнадежила меня Аня и втолкнула в кабинет.

— Отлично! — обрадовался врач. — Дарья, выбирайте место по вкусу.

Я оглядела не очень просторную комнату и покосилась на улыбающегося врача. Он издевается? В помещении только четыре кресла. В одном вольготно развалился Карелий, в другом сидит тетка, нацепившая жуткую темно-фиолетовую хламиду, третье захвачено маленьким, похожим на обиженную мышь дядечкой. У меня нет выбора.

— И где вы устроитесь? — поторопил меня эскулап.

— Там, — я ткнула пальцем в пустое кресло.

— Отличное решение, — похвалил Карелий, — нуте-с! Приступим. Даша у нас первый раз, ей трудно сразу начать откровенный рассказ. Давайте, Тася, покажите, как работают в группе.

Женщина в хламиде кивнула и пронзительным высоким голосом заявила:

— Уже давно я ощущаю бесцельность жизни. На душе лежат несгибаемые камни!

Я попыталась сохранить невозмутимое выражение лица. Несгибаемые камни! Емкий образ.

— Собственная никчемность толкнула меня на действия, — продолжала Таисия, сверля меня взглядом, — однажды я поняла: мне не нужен синий! Нет! Синий лишний! Ведь есть зеленый! Его я сама захотела! Это было мое собственное решение! Полюбить синий! Взять его домой! Ухаживать за ним! А зеленый от мамы. Она восторгалась зеленым! Хотела его! Постоянно! Запрещала мне иметь дело с синим! Понимаете, Даша?

Опешив, я кивнула, Таисия вытянула вперед руки.

— Мать всегда подавляла меня! Выбивала почву из-под ног! Постоянно была права! Зудела, воспитывала, мучила!

Я изумилась. Таисии на вид лет шестьдесят, к этому возрасту люди, как правило, теряют отца и мать. И кто такие синий и зеленый? Наверное, мужчины, которым Тася присвоила такие клички.

— Как я любила синего! — причитала Тася. — Но ему не нашлось места в доме! Мать выставила его за порог! Вечером! Ясное дело, зеленый остался! Она

хотела зеленый! А я синий! И когда напряжение
дошло до точки... я... я... я... Карелий Леопардович,
не могу! Очень трудно признаться.

— Давайте, котенька, мужайтесь, — закурлыкал
врач, — вы же освободите душу, и она обретет крылья. Ну... Я с вами. Даша!

— Что? — очнулась я.

— Поддержите Тасю.

— Как? — не поняла я.

— Социальная глухота, — бормотнул Карелий, —
синдром отсутствия соучастия. Ничего, Дашенька,
мы справимся. Видите, как вылезают на группе
проблемы. Вы знали, что не способны на сопережи-
вание? Впрочем, займемся Таисией. Даша, поддержите подругу, это ее утешит. Начинайте, Тасе требуется добрая дружеская рука.

— Мне вас жаль, — завела я и остановилась.

— Ну ладно, ладно, для первой попытки неплохо, — ободрил меня Карелий, — Тимофей, ваш черед.

Крохотный мужчинка дернулся.

— Сердце рвется на части, когда слышишь о чужих муках, слезы закипают на глазах, дыхание прерывается, ноги подламываются и болит-болит-болит аппендицит от глубочайшей жалости к страданиям. Тася, вы не одна!

— Замечательно! — подпрыгнул Карелий. — Таисия, далее! Ждем вашего признания!

Тетка закатила глаза.

— Я не могла позволить и дальше унижать себя,
топтать мое достоинство! Я поняла: если зеленый
уйдет, мать вернет синий! У нее не будет иного выхода! Никогда! Зеленый должен умереть! И я... я...
его убила!

По моей спине побежали мурашки, а Таисия, раскрасневшись, стала живописать процесс умерщвления.

— Сначала я ударила его о перила! Потом ножом выковырнула внутренности! Топтала их ногами! Расшвыряла в разные стороны!

— Вы это проделали на лестнице? — спокойно уточнил Карелий.

— Да! — с вызовом выкрикнула убийца.

— А реакция матери? — спросил врач.

— Она рыдала! Умоляла не трогать зеленый! Обещала, что вернет синий! Но я ей не верила! Распахнула окно и швырнула во двор останки зеленого! Вот! Ну а потом упала в обморок и очнулась в больнице.

— Странно, что вас не отправили в институт судебной психиатрии, — вырвалось у меня.

Таисия надулась.

— Я не сумасшедшая! Она хочет меня обидеть!

— Конечно, нет, котик, — быстро сориентировался Карелий, — проблема Даши серьезней вашей, у нее развивается социопатия с элементами нарциссизма и комплекса кастрации. Вы своим откровенным рассказом помогаете установить ее диагноз.

— Если женщина убила зеленого, — возмутилась я, — ее нужно изолировать от общества. Знаю, что врач обязан блюсти тайну, но речь идет о тяжком преступлении. Если у Карелия Леопардовича руки связаны врачебной этикой, то я не давала клятву Гиппократа!

Карелий встал и похлопал меня по плечу.

— Спокойно. За сломанные утюги не сажают.

— Утюги? — изумленно повторила я.

Доктор сел.

— Мать Таисии доминирующая личность, желающая всецело контролировать дочь. Она не дает ей никакой самостоятельности. Тася купила утюг синего цвета, мама моментально сбегала в магазин и приобрела такой же, но зеленый.

— Весь сыр-бор из-за электроприбора? — заморгала я.

— Да! Ужасная трагедия, — с чувством произнес Карелий Леопардович.

Тася истерически зарыдала.

— Можно мне? — робко поднял руку Тимофей.

— Пожалуйста, — кивнул врач.

— Сердце рвется на части, когда слышишь о чужих муках, слезы закипают на глазах, дыхание прерывается, ноги подламываются и болит-болит-болит печень от глубочайшей жалости к страданиям. Тася, вы не одна.

— Хорошо, но я уже слышал сей текст, — с легким недовольством прогудел Карелий Леопардович.

— Раньше у меня болел аппендицит, а теперь печень, — не согласился Тимофей.

— Отлично! — Доктор стукнул рукой по колену. — Даша! Вам жаль Тасю?

— Нет, — откровенно призналась я.

— Диагностирую комплекс снежной королевы, — заявил Карелий. — Почему?

— Разбитый утюг еще не повод для драмы, — пожала я плечами, — а где работает Таисия?

— Моя мать не дала выбрать мне дело по вкусу, — всхлипнула женщина, — я сижу дома.

— А сколько вам лет? — заинтересовалась я.

— Сорок, — плаксиво отозвалась Таисия, — кому нужна некрасивая, необразованная неудачница.

— В больницах всегда требуются нянечки, — парировала я, — зарплата невелика, зато дел полно. Весь день занят, на глупости ни сил, ни времени не останется.

— У меня депрессия! — зарыдала Таисия. — Я не могу работать! Очень плохо себя чувствую!

— Можно я? — поднял руку Тимофей.

— Прошу, — разрешил Карелий.

— Сердце рвется на части, когда слышишь о чужих муках, слезы закипают на глазах, дыхание прерывается, ноги подламываются и болит-болит-болит...

— Желудок! — не выдержала я.

Тимофей замер, потом спросил:

— А вы откуда знаете?

— Чисто логическое предположение, — усмехнулась я, — сначала аппендицит, затем печень, на очереди желудок и легкие.

— Нет сил терпеть издевательства, — закричала Тася, — Карелий Леопардович! Не хочу быть с ней в одной группе.

— И я! — подхватил Тимофей.

— Давайте голосовать, — развел руками врач, — кто за то, чтобы Даша осталась в составе нашего коллектива. Никого. А против? Двое! Дарья, что вы чувствуете после изгнания из общины?

— Легкий голод, — честно призналась я, — не успела позавтракать.

— Симптом пищеварительной агрессии я ставил

вам и раньше, — обрадовался Карелий, — а теперь к нему присоединяется аутический диссонанс.

— Мне можно уйти? — обрадовалась я.

— Нет, занятие не окончено, — посуровел доктор, — у вас желание панического бегства. Мда, не совсем радостная картина.

— Разве меня не выгнали? — расстроилась я.

— Это понарошку, — вдруг улыбнулась Тася, — для вашей же пользы, чтобы душа выздоровела.

— Ясно, — приуныла я.

— Переходим ко второй части, — торжественно объявил Карелий, — тактильные упражнения. Даша, пощупайте Тимофея.

— Не хочу, — решительно заявила я.

— Почему? — прищурился Карелий.

— Ну... просто не желаю.

— А причина?

— Не люблю прикасаться к посторонним.

— Вы боитесь всего-то руку на плечо положить? — расстроился доктор.

— Нет.

— Стесняетесь?

— Нет.

— Подавляете сексуальные желания?

Я вцепилась в ручки кресла.

— Пусть Тимофей не обижается, но он не похож на принца моей мечты.

— Вы тоже страхолюдина, — огрызнулся мужик, — можно я Тасю пощупаю?

— Нет, — решительно возразил Карелий, — это задание для Даши. Мы сейчас помогаем ей стать лучше. Ясно?

— Да, — хором ответили Тимофей и Тася.

— Наш девиз? — не успокаивался Карелий.

— Доброта и понимание, безграничное внимание, — проскандировали члены коллектива.

— Отлично, — кивнул врач, — похоже, у Даши не только социальная патология. Придется начать с первого упражнения.

— Гусеница! — захлопала в ладоши Тася. — Обожаю! Обожаю!

— Нет, — разочаровал убийцу утюгов доктор, — круг любви.

Мои одногруппники живо встали.

— Дашенька, — сладким, как густой сироп, голосом занудил Карелий Леопардович, — присоединяйтесь.

Пришлось подчиниться, Тимофей взял левую руку Таси, правую протянул мне.

— Встаньте дети, встаньте в круг, — фальшиво запел врач, — встаньте в круг, ты мой друг и я твой друг...

— Да! — заорали Тася и Тимофей.

Я от неожиданности вздрогнула и выдернула свою ладонь из липкой длани мужчины.

— Вижу реакцию врага, — щелкнул языком Карелий, — Дашенька, попытайтесь полюбить своих одногруппников, стойте вместе с ними.

И куда мне было деваться? Похожие на скользких червяков пальцы Тимофея и напоминавшие на ощупь горячие сардельки персты Таси крепко вцепились в мои ладони.

— Встаньте дети, встаньте в круг, — фальцетом запищал Карелий Леопардович, — ты мой друг, и я твой друг...

— Да! — взвизгнул дуэт.

— Нет, — отчего-то сказала я.

Карелий закашлял, Тася и Тимофей замерли с обиженными лицами.

— То есть как «нет»? — спросил врач.

— Извините, — потупилась я, — само собой вырвалось.

— Не беда, — потер руки эскулап, — ну-ка, Тимофей, скажите, как называется наша группа.

— Твори добро, как Прометей, — отозвался мужик.

— Вот! — поднял указательный палец Карелий.

— Можно я скажу? — запрыгала Тася.

— Конечно, заинька, — милостиво разрешил врач.

— Помогая другому, ты помогаешь себе!

— Молодец, — похвалил врач.

— Полюби соседа и полюбишь себя! — не успокаивалась Таисия.

— Даша, ваше мнение? — уперся в меня взглядом Карелий.

— Думаю, все же лучше любить только членов своей семьи, — не утерпела я, — а к тем, кто живет на одной лестничной клетке, надо относиться всего лишь по-дружески.

Тася и Тимофей стали корчить рожи, Карелий Леопардович вытащил носовой платок, трубно высморкался и оптимистично заявил:

— Ничего, вы в начале пути! После пятидесятого занятия кардинально измените свою точку зрения.

— Какого? — с неподдельным ужасом уточнила я.

— Душа сразу не воспитывается, — менторски объявила Тася, — я уже шестой год к Карелию Леопардовичу хожу, но еще недовольна собой.

— А меня он всего за десять месяцев перепахал, — сообщил Тимофей, — страшно представить, каким я был! Хотел убить Галю! Строил планы!

— Галя — наверное, стиральная машина? — съехидничала я.

— Нет, — серьезно ответил Тима, — моя жена. Несколько месяцев я обдумывал: что лучше — отравить ее или удушить!

— Хотите анекдот? — оживилась Тася. — Сидят в камере трое. Один рассказывает:

— Я зарезал тещу, восемнадцать раз ее ножиком пырнул.

Второй говорит:

— А я жену бросил.

— За это не сажают, — удивляется третий, — я свою тоже кинул.

— Правда? — радуется второй. — А вы с какого этажа ее бросили? Я с пятнадцатого.

Ха-ха-ха! Очень смешно.

— Повеселимся послезавтра, — пообещал Карелий, — будет занятие на развитие чувства юмора, а сегодня вам надо показать Даше, что, хорошо поработав в группе, вы стали другими. Потеряли злобу, вредность, скандальность, а приобрели... Ну, Тася, что?

— Умение дружить, — протянула тетка.

— Любовь ко всему миру, — масляно улыбнулся Тима.

— Сострадание.

— Желание делать добро.

— Неконфликтность.

— Способность не замечать чужие недостатки.

— Хорошо, отлично, замечательно, — фоном бубнил Карелий.

Внезапно Тася замерла с открытым ртом.

— Ну, кисонька? — поторопил врач. — Не зависайте.

— А почему он сегодня мне в глаза не смотрит? — совсем другим, отнюдь не нежным голосом осведомилась Таисия, показывая пальцем на Тимофея.

— Ты опять нацепила дурацкое платье, — не замедлил тот с ответом.

— Это мое любимое, — взвизгнула Тася.

— Ненавижу фиолетовый, — заявил Тимофей, — Галина вечно в таком ходит.

— И что? — подбоченилась Таисия.

— Фиолетовый мешает мне сосредоточиться, — топнул ногой Тимофей, — купи розовое.

— Давай бабло, — заржала Таисия, — может, я и подумаю.

— Господа, мы любим друг друга, — напомнил Карелий.

— Ага, — кивнул Тимофей, — но она нарочно эту тряпку нацепила и назло мне носит, после того как я про Галин халат разболтал.

— А ты дерьмом воняешь, — пошла в атаку Таисия, — где этот одеколон взял? На помойке?

— На себя посмотри, — бросился на абордаж Тимофей, — ты страшнее голода.

Карелий Леопардович захлопал в ладоши.

— Брэк! Делаем упражнение на любовь! Немедленно!

Скандалисты схватили меня за руки.

— Встаньте дети, встаньте в круг...

— У него ладони скользкие! — взвизгнула Таисия. — Фу! Пусть вытрет.

— У нее бородавки, — отбил подачу Тимофей, — а от них рак бывает.

— Дорогие! — запричитал Карелий. — Главное, сострадание к ближнему. Таисия! У Тимофея стресс, оттого он и вспотел. А вам, Тима, как не стыдно! Еще скажите, что можно заработать папилллому, погладив лягушку!

— О! Точно! — захохотал Тимофей. — Таська жаба и есть. Жуть, какая противная и дура. Калерий Леопардович, переведите меня в другую группу, к нормальным людям. Здесь моя личность уже переросла рамки, не может дальше совершенствоваться.

— Кто же психа к обычному народу посадит, — заухала Тася, — жену он убить хотел! А она вообще была? Он все навыдумывал! Виртуальный киллер!

— У Тимофея нет супруги? — влезла я в чужой скандал.

— Ну! — уперла руки в боки баба. — Глянь на него! Козявка с инфекцией! Кто на такого польстится! Выдумал он про свою семейную жизнь. Конек-Горбунок с темным прошлым.

Я не удержалась от смешка. Таисия любит оригинальные высказывания. То несгибаемые камни, а теперь Конек-Горбунок с темным прошлым. Может, ей нужно перестать убивать утюги, а предложить свои услуги какой-нибудь газете? Из Таисии может получиться золотое перо, у нее задатки борзописца!

— Кто? — заревел Тимофей и бросился на Тасю с явным намерением подбить ей глаз.

Но тихая, задавленная авторитарной матерью, нежная фиалка дала ему достойный отпор. Тася схватила с письменного стола карандашницу и швырнула в обидчика.

— Встаньте дети, встаньте в круг, — заблеял Карелий.

Куда там! Для обуздания любящих все человечество агрессоров требовались более решительные меры. В кабинете начались военные действия.

Тимофей изловчился, схватил Тасю за талию и стал бить ее головой о стену. Карелий Леопардович, продолжая громко и фальшиво распевать все ту же песенку, юркнул за кресло. Таисия вырвалась из объятий Тимы и стукнула его кулаком по кумполу. Тимофей взревел и запустил в даму цветочным горшком. Он угодил в застекленный книжный шкаф, осколки стекла водопадом посыпались на линолеум. Я присела и закрыла голову руками. Голос, нудивший «Встаньте, дети, встаньте в круг», начал удаляться, краем глаза я увидела, как Карелий Леопардович на четвереньках резво покидает поле битвы, очевидно, доктор не ждал от добрых самаритян ничего хорошего и предпочел благоразумно смыться.

ГЛАВА 15

Мою душу затопило негодование. Психотерапевт, оказывается, вульгарный трус! Служебная этика не позволяет ему бросать пациентов в беде, врач обязан защищать больного, но Карелий Леопардович предпочел спасать собственную шкуру, он прытко удрал из кабинета, воспользовался тем, что находился около двери. Мне подобный трюк не проделать, я притаилась у окна, а посреди комнаты отчаянно дерутся Тася и Тимофей. Они самозабвенно молотят друг друга кулаками, выдирают волосы из головы противника и виртуозно матерятся.

Сообразив, что сладкая парочка начисто обо мне забыла, я доползла до письменного стола и схватила трубку местного телефона. Потыкала в кнопки, не имея понятия чей номер набираю, но очень надеясь, что кто-нибудь из сотрудников клиники отреагирует на мой звонок.

— Приемная, — безмятежно сказала дама.

— Помогите, — зашептала я, — на четвертом этаже в кабинете Карелия Леопардовича пожар!

— Да? — с недоверием спросила женщина. — А вы кто?

— Еще здесь эпидемиологическая атака, — сгустила я краски, — споры сибирской язвы летают в воздухе! Поторопитесь!

Из трубки полетели гудки, я приуныла, мне явно не поверили, а тем временем битва набирает обороты, Тася повалила щуплого Тимофея, села на него верхом и старается придушить согруппника. Необходимо вмешаться, но как утихомирить разбушевавшуюся убийцу зеленых утюгов?

Дверь в кабинет распахнулась, внутрь ворвались двое мужчин с огнетушителями. Я мысленно перекрестилась, слава богу, прибыли спасатели. Хотите мой совет? Никогда не орите: «Помогите! Здесь драка!» Лучше всего кричать про пожар, вот тогда у вас есть шанс остаться целой и невредимой.

Растрепанных, окровавленных, шипящих как змеи, Тасю и Тимофея уволокли прочь. Я оглядела разгромленный кабинет Карелия Леопардовича, вышла в коридор и была взята в кольцо взбудораженными пациентами.

— Что там случилось? — спросили они хором.

— Ерунда, — махнула я рукой, — не стоит волноваться, огня нет, сибирской язвы тоже. Группа лиц, обожающих все человечество, пыталась выцарапать друг другу глаза. Дайте пройти.

Больные расступились, я поторопилась в свою палату, но по дороге остановилась около поста и спросила у Анечки:

— Когда Карелий уходит с работы?

— Обычно после обеда сматывается, — заговорщически подмигнула медсестра, — но сегодня уже уехал. Сказал, что очень устал, занятие тяжело прошло.

— Чудесно, — обрадовалась я и побежала одеваться.

Прошли те времена, когда москвичи презрительно именовали жителей области «колхозниками». Нынче многие хотят переселиться из шумного и грязного мегаполиса в тихое местечко за столичной Кольцевой автодорогой. Если у вас нет жесткой необходимости ежедневно являться к девяти на работу, то лучше дышать свежим воздухом, а не коктейлем из выхлопных газов и отходов производства.

Новопольск мне понравился. В отличие от Москвы дороги тут были тщательно очищены от грязи и снега, а пробки отсутствовали. По тротуарам спешили люди, по внешнему виду ничем не отличающиеся от модников с Тверской, и повсюду висела привычная реклама. Тут только не громоздились небоскребы, самое высокое здание имело этажей семь, местная мэрия не стала тратить деньги на переименование улиц и снос памятников, поэтому гипсовый Ленин на центральной площади указывал рукой на огромную растяжку с надписью «Покупайте окорочка «Цыпа», а табличка со словами «Бульвар Феликса Дзержинского» соседствовала с указателями «Пицца от лучших американских производителей» и «Памперсы на любой вкус».

Покружив немного по городу, я остановилась у нужного здания, поднялась на второй этаж и нажала на звонок. За дверью не раздавалось ни звука, зато распахнулась соседняя створка, оттуда высунулась старушка в круглых очках и поинтересовалась:

— Вы к кому?

— К Алевтине Михайловне, — ответила я, — специально из Москвы прикатила.

— Аля поздно придет, — пояснила бабушка, — просила своего кота покормить, она может даже остаться ночевать у подруги.

— Не повезло мне, — расстроилась я, — не знаете случайно, куда Долецкая подалась?

— Как не знать, — пригорюнилась соседка, — она вещи Валентины Сергеевны разбирает, подруга у нее умерла, хорошая женщина была, сердечная, долгие годы в нашей больнице работала. Ее весь город уважал. Светлый человек и мать замечательная. Аля с Валей всю жизнь дружили, роднее сестер были.

— Буду очень вам благодарна, если подскажете адрес Валентины Сергеевны, — попросила я.

— Улица Куйбышева, — словоохотливо сказала бабуля, — номер дома не помню, он розовый, с синими балконами. Во дворе спросите, вам квартиру укажут.

Открыв дверь, Алевтина Михайловна удивилась:

— Вы кого-то ищете?

— Госпожу Долецкую, — ответила я, — меня зовут Даша Васильева, я приехала из Москвы, привезла привет от Нади, племянницы Валентины Сергеевны.

— Валя умерла, — мрачно сказала Алевтина, — да вы проходите. Извините за беспорядок, я шкафы разбираю.

— Странно, что хозяйственные хлопоты легли на ваши плечи, — завела я разговор, очутившись на маленькой кухне.

— Я ее лучшая подруга, — вздохнула Долецкая, — мы познакомились на первом курсе, всю жизнь рука об руку прошли. Не хотелось мне Валюшу хоронить, да пришлось. Ужасное ощущение.

— У Валентины есть сестра и племянница — наверное, им и следует убирать квартиру, — забыв о тактичности, выпалила я, — жилплощадь по наследству им отойдет.

Алевтина Михайловна уставилась в окно.

— В каждой семье есть свои сложности, вы по какому вопросу приехали? Ведь не ради привета от Нади в дорогу пустились.

— Вы знаете о смерти Лиды?

Долецкая кивнула, потом тихо добавила:

— Хорошо, что Валя не дожила, она умерла, пребывая в уверенности, что...

Она замолчала.

— Что? — повторила я.

Алевтина Михайловна махнула рукой.

— Ничего.

— Можно я завершу недосказанное вами? — попросила я. — Валентина Сергеевна скончалась, пребывая в уверенности, что ее дочь обеспечена и счастлива.

— Не придуманы слова, которые могли бы определить отношение Вали к дочери, — медленно произнесла Алевтина, — обожание? Нет, это слабо сказано. Валентина была редкостной матерью, я таких больше не знаю.

— А кто отец Лиды? — задала я совсем бестактный вопрос.

— Это был незначительный эпизод, — отмахнулась Долецкая, — Валечке с ее работой было трудно замуж выйти, вот и решила родить для себя. А чтобы избежать сплетен, попросилась на курсы повышения квалификации и уехала в Питер, домой она вернулась беременной, все знали: Валя сошлась в северной столице с неким профессором. Любовник ни малейшего интереса к девочке не проявлял. Он о ней и не знал, Валя не сообщила ему о рождении дочери, хотела, чтобы Лидочка принадлежала только ей. Да кто вы такая?

— Даша Васильева, — повторила я, — ищу убийцу Лидии, поэтому и приехала поговорить с вами.

— Убийцу? — отшатнулась Алевтина. — Я знаю о несчастном случае. Лидия вышла замуж за богатого мужчину, отправилась с ним в свадебное путешествие и погибла при крушении яхты.

— Сведения не совсем точны. Вы их услышали от Павла Богородова?

— Сначала из телевизора, а уж потом информация подтвердилась, — кивнула Аля, — свекор Лиды взял на себя все расходы по похоронам, очень щедрый жест, если учесть, что девушка являлась его невесткой меньше недели. Ужасная трагедия.

— В которой косвенно виновата Валентина, — жестко сказала я.

— Как вы смеете! — покраснела Аля. — Валя уникальная мать! Вы представить не можете, на что она пошла ради Лидии.

— Почему же не могу? — остановила я Долецкую. — Валентина вынудила Павла Богородова женить сына Кузьму на своей дочери.

— Кто вам сказал эту глупость? — пролепетала Алевтина Михайловна и, схватив со стола бумажную салфетку, принялась промокать ею вспотевший лоб.

Я подождала, пока она закончит процедуру.

— Скажите, Валентина, узнав об убийстве дочери, захотела бы найти преступника?

— Конечно! — кивнула Аля.

— А вы считались лучшей подругой Вали? Были ей ближе сестры?

— Марина пьет, — выпалила Алевтина Михайловна, — она висела камнем у сестры на шее. Очень жаль, что ей теперь все отойдет. Валюша небось в гробу переворачивается! Но сделать ничего нельзя. Лидия погибла, следующая в очереди за наследством — Маринка. Вот уж кому нельзя квартиру отдавать. Продаст жилье и выручку пропьет.

— Не будем говорить об алкоголичке. Полагаю, Валентина не обретет на том свете покой до тех пор, пока убийца Лидии не понесет наказания, так? — сказала я.

На кухне повисла вязкая тишина, мне стало душно, воздух словно сгустился и весьма ощутимо давил на голову.

— Вы правы, — неожиданно громко воскликнула Алевтина, — останься Лида в живых, ни за какие блага я не открыла бы сейчас рта, но после смерти девочки все потеряло смысл. Я ведь предполагала, что эта затея ничем хорошим не закончится! Предупреждала Валюшу! Но разве ж она послушается! Хотела Лидочке будущее обеспечить. Лиду точно убили? Она мертва?

— Да, — кивнула я, — на первый взгляд на далеком острове Сул произошел банальный несчастный случай. Но мне удалось раскопать сведения, из которых стало ясно: Лидия умерла в столице еще во вторник.

— Господи, — прошептала Алевтина, — нет, вы ошибаетесь! В среду была свадьба! Это стопроцентно точно! Я там присутствовала!

— Вас позвали на бракосочетание? — изумилась я.

— Нет, — покраснела Аля, — я наблюдала за праздником издали, была во дворе, когда кортеж с женихом и невестой подкатил к порогу загса.

— И тот факт, что невеста с головы до пят укутана в фату, вас не смутил? Лица Лидии не было видно.

— Ну... платье, — растерялась Алевтина, — она матери фото с примерки прислала. Очень приметный наряд, на кринолине, расшитый камнями, я сразу его узнала и сумочку... И Богородовы рядом шли, Павел с женой.

— Все верно, — кивнула я, — родители присутствовали, жених тоже и эксклюзивный наряд искрился кристаллами от Сваровски, вот только в роли невесты была другая девушка. Лидию уже убили.

— Боже, — ахнула Алевтина, — я все расскажу. Но за десять минут чужую жизнь не изложить.

— Я никуда не тороплюсь, — заверила я, осторожно включая в кармане диктофон, — готова слушать хоть до Первого мая.

Валя и Алевтина, подружившись на студенческой скамье, более не расставались. Получив дипломы, они упросили деканат распределить их в один город и отправились в Новопольск.

Валя, более активная и инициативная, быстро сделала карьеру, не прошло и трех лет, как она стала главным патологоанатомом клиники. Алевтине, педиатру по специальности, больше хотелось женского счастья, поэтому, закончив прием детей, Долецкая бегала на свидания, а Валя буквально жила в больнице или пропадала в Москве, перенимая опыт старших коллег. Коллективом тогда руководил Сергей Матвеев, мужчина преклонных лет, мечтавший тихо ловить рыбу и разводить розы. Потом власть переменилась, из Свердловска в Новопольск прибыла новый главврач Марина Богородова, ее муж Павел был хирургом.

Спустя некоторое время Алевтина поняла: у Вали завелся кавалер. Подруга ничего не рассказывала о своем чувстве, но теперь ходила на службу причесанная, красила губы, потратилась на новые туфли. Валя без причины смеялась, постоянно пребывала в замечательном настроении и однажды забрала у Долецкой красный шарф, сказав:

— Хочется яркого! Весна наступает!

— В ноябре? — изумилась Алевтина. — Осень еще не кончилась.

— Все равно март впереди, — не растерялась Валечка.

Аля не стала приставать к подружке с расспросами, но стала наблюдать, навострила уши и в конце концов поняла, кто «Ромео».

Под Новый год Валя смущенно сказала:

— Устала, как савраска. Извини, придется тебе

без меня праздник отмечать, мне дали путевку в санаторий, хочу желудок в порядок привести. Целебные источники в Ессентуках — панацея от гастрита.

— Скатайся, — кивнула Алевтина, — Кавказ от Подмосковья далеко, Маринка вас не застукает.

— Она к родителям в Свердловск собралась, — на автопилоте сказала Валя и осеклась, — ты знаешь?

— Да, — кивнула подруга.

— Невероятно, откуда?

Алевтина улыбнулась.

— Я заметила, как ты на него во время конференции поглядывала.

— Мы очень осторожны, — испугалась патологоанатом, — Паша не хочет Марину нервировать, та ждет ребенка.

— Шикарно, — всплеснула руками Алевтина, — а теперь рассей мое недоумение. Зачем нужна любовница мужику, который воздерживается от сексуальных контактов, чтобы не повредить беременной, я понимаю. Но с какого бока он тебе? Бесперспективные отношения. Или ты надеешься развести Богородовых?

— На чужом несчастье свое счастье не построишь, — вспомнила подруга старую поговорку, — нет, я не собираюсь рушить их семью. Просто подбираю крошки с чужого стола.

— Ну и брось Павла! Посмотри на рентгенолога Игоря, он одинокий, и ты ему нравишься.

— Я люблю Пашу, — отрезала Валентина, — хоть день, да мой!

— Ладно, ладно, — пошла на попятный Аля, — извини, больше не буду.

Алевтина не знала, где встречалась парочка, но не сомневалась, что отношения продолжались и после рождения мальчика, названного несовременным именем Кузьма. Когда малышу исполнилось два года, Богородовы перебрались в Москву, а через двенадцать месяцев Валентина родила Лидочку.

— Хотите сказать, — испугалась я, — что ее дочь и Кузьма брат с сестрой?

— Нет, нет, — замахала руками педиатр, — я ведь говорила, Лидин отец профессор из Петербурга. Отношения между Павлом и Валей прекратились незадолго до отъезда Богородова в столицу. Однажды вечером Валечка прибежала ко мне в слезах и сказала:

— Я страшная дура! Он меня использовал! Думаю, Марина тоже в этом участвовала!

Алевтина, испуганная истерикой, которую закатила всегда сдержанная Валя, начала задавать вопросы, но подруга остановила Долецкую.

— Не могу говорить, очень больно. Надеюсь, Богородовы переберутся вскоре в Москву, и я их позабуду!

— Чем же супружеская пара ей досадила? — не сумела я скрыть любопытства.

— Я не знала правды до того момента, пока в голову Валюши не пришла мысль о свадьбе! — с отчаяньем воскликнула Долецкая.

ГЛАВА 16

Пару лет назад Валечка стала плохо себя чувствовать, у нее ослабла память, пришлось уйти на пенсию.

— Она сама себе поставила правильный диагноз:

болезнь Альцгеймера, — говорила Алевтина, — и отлично понимала свои перспективы, впереди слабоумие, инвалидная коляска и прочие прелести. Мы много говорили с ней на эту тему, и Валечка повторяла:

— Личность разрушится раньше тела. Могу я доставить Лидочке столько страданий? Ей придется из-под меня судно таскать! Мать превратится в агрессивное неуправляемое животное.

Долецкая встала и облокотилась о крохотный холодильник.

— Я пыталась ей внушить, что положение не столь трагично, агрессия проявляется далеко не у всех, говорила о развитии фармакологии, новых лекарствах.

Валентина внимательно слушала, кивала, но обе женщины, будучи врачами, прекрасно знали: от болезни Альцгеймера лекарства нет. Можно оттянуть наступление тяжелой фазы, но избежать ее не удастся. И Валентину беспокоило не собственное состояние, а положение Лидочки.

Шесть месяцев назад Валя показала Алевтине глянцевый журнал и спросила:

— Узнаешь кого-нибудь на фото?

Долецкая прищурилась. Снимок запечатлел богато убранную комнату, обставленную мебелью в стиле «дворцовый ампир». Огромная хрустальная люстра, диван и кресла, обитые велюром с золотыми вензелями, пара вычурных торшеров в виде обнаженных якобы греческих скульптур, розовый ковер, драпировки, смахивающие на занавес Большого театра.

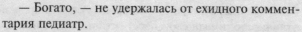

— Богато, — не удержалась от ехидного комментария педиатр.

— На людей посмотри, — велела подруга.

Долецкая стала послушно изучать хозяев. Полная блондинка, мать семейства, явно справила пятидесятилетие. Дама, похоже, тратила немалые деньги на уход за собой и вся была увешана драгоценностями. Мужчина тоже не напоминал гимнаста, но его «пивной» живот скрывал пиджак от дорогого портного, вот лысину замаскировать ему не удалось. Массивные часы, булавка с крупным бриллиантом в галстуке и перстень довершали его образ. Приятнее всех выглядел сын пары, парню было слегка за двадцать, он казался слишком худым на фоне габаритных родителей, не носил ювелирных изделий и в отличие от отца с матерью был одет в ничем не примечательные джинсы и водолазку.

— Ну? Узнала? — нервно спросила Валентина.

— Мальчика я вроде видела, — засомневалась Аля.

— Подпись прочитай! — приказала подруга.

Долецкая пробежала глазами текст и ахнула:

— Богородовы! Марина с Павлом! И Кузьма! Господи, я его совсем крошкой помню.

— Там еще написано, что у Павла теперь денег куры не клюют, — с нехорошим выражением на лице перебила ее Валентина, — а Кузьма считается лучшим женихом столицы.

— Значит, Павел бросил хирургию и занялся бизнесом, — протянула Алевтина, — многие в лихие годы сумели подняться. Повезло Кузьме.

— Главное его везение заключается в будущей жене, — внезапно засмеялась Валентина.

— В статье ни слова нет о помолвке, — удивленно возразила педиатр.

Валя подмигнула подруге.

— Он еще сам не знает про свадьбу. Кузьма поведет в загс мою Лиду.

Алевтина опешила, а потом попыталась остудить Валентину.

— Конечно, хорошо выдать дочь замуж за обеспеченного человека, и я даже не сомневаюсь, что ты, используя старую дружбу с Богородовым, сумеешь познакомить Лидушу и Кузьму. Но, Валя!

— Что? — Та с вызовом вскинула подбородок.

— Богородов вращается в высших кругах, — сказала Аля, — он привык к девушкам из определенной среды. Лидочке не о чем с ним разговаривать, она будет стесняться и своей одежды, и скромного материального положения. Ну подумай сама, разве избалованному парню подойдет девочка из малообеспеченной семьи? Лида милая, симпатичная, но она, прости, Валя, ничем не примечательна внешне. В ней нет сверхнеобыкновенной красоты, шарма, лоска. Судьба Лиды: спокойно закончить институт, вернуться в Новопольск, устроиться в местный театр, выйти замуж, родить детей.

Валентина покраснела и стала листать журнал, показывая снимки:

— Значит, эта профурсетка достойна кататься на яхте! А вон та имеет право носиться по вечеринкам и хвастаться сумкой за миллион рублей! Они что, красотки? Драные кошки! Лида намного их симпатичнее.

— Согласна, — кивнула Аля, — но тем девчонкам

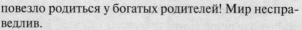
повезло родиться у богатых родителей! Мир несправедлив.

Валентина притихла, затем сказала:

— Не хочу, чтобы Лидочка считала копейки и прозябала в третьесортном новопольском коллективе. Она умница, красавица, талантливая актриса. Говоришь мир несправедлив? Вот я и исправлю это обстоятельство. Кузьма женится на Лиде! Моя дочь достойна жить обеспеченно. Завтра же позвоню Павлу!

Алевтина потеряла терпение.

— И где ты возьмешь его телефон?

— Найду, — решительно ответила подруга.

— Номер и впрямь отыскать можно, — согласилась Аля, — а дальше? Не потащут же Кузьму на веревке под венец! Оставь свою глупую затею.

— Он наденет Лиде обручальное кольцо на палец, — с упорством ишака твердила Валентина.

У Алевтины закончилось терпение.

— Успокойся. Похорони эту идею. Ты не можешь принудить Богородова к женитьбе. Баста.

Валентина вскочила.

— Ошибаешься! Павел сделает все, что я пожелаю!

— С какой радости? — обомлела Аля.

— Ну... так, — опомнилась патологоанатом.

Долецкая схватила подругу за руку.

— Говори! Чего я не знаю?

Валя села в кресло.

— Помнишь, как завершился наш роман с Павлом?

— Вы повздорили, — ответила Аля, — но ты не захотела открывать причину ссоры.

Валя завела рассказ.

Она полюбила Павла с первого взгляда, Богородов (кстати, он очень быстро стал оказывать ей знаки внимания) закрутил с патологоанатомом интрижку. Хирург вел себя как любой женатик, бегающий налево, он сказал Вале:

— С Мариной нас связывает только штамп в паспорте, я давно хотел развестись и честно заявил об этом супруге. Но она любит меня и всякий раз, услыхав о моем желании стать свободным, начинает рыдать. Я слабый человек, не переношу вида женских слез, вот и давал задний ход, продолжал тащить ярмо брака. Марина полагала, что наш союз может скрепить ребенок, но ей не удавалось забеременеть. И надо же такому случиться! Едва я встретил и полюбил тебя, как жена оказалась в положении. Дорогая, давай временно не афишировать наши отношения, нехорошо нервировать беременную.

Старая как мир уловка сработала. Валечка и без того чувствовала себя не очень комфортно, роман с чужим мужем в ее понимании был недостойным поступком, но любовь заставила женщину забыть о своих принципах.

Когда на свет появился Кузьма, Павел стал исполнять другую арию, теперь он не хотел бросать новорожденного сына, Валечке следовало крепко держать язык за зубами и старательно изображать на людях безразличие к Богородову.

Новопольская больница обслуживала несколько небольших городков, медики не имели права отказать в помощи человеку, обратившемуся в приемный покой. Работы персоналу хватало, а вот вакансии врачей оставались незаполненными. Маленький оклад, большая нагрузка, плохая техническая оснащенность — все это отпугивало специалистов, текучесть кадров в клинике была огромной. В конце концов пришел день, когда Валентина осталась единственным штатным патологоанатомом, погребенным под Монбланом работы.

Как-то раз к ней в морг спустился Павел и, хитро улыбаясь, прошептал:

— Солнышко, я соскучился.

Валечка с тоской посмотрела на стол.

— Я тоже, но когда мы сможем встретиться, ума не приложу.

— Прямо сейчас, — обнял ее любовник, — все ушли. Я дежурю. Сказал медсестре, чтобы час меня не беспокоили, хочу отдохнуть.

— У меня труп, — вздохнула Валя, — работы полно.

— Кто? — деловито осведомился Богородов.

Патологоанатом глянула в документы.

— Кравцова Серафима Павловна.

— Это моя старушка, — сообщил Павел, — ее сын привез, они москвичи. Бабушке по дороге в машине плохо стало. Там никаких сомнений. Я лично диагноз поставил. Все чисто, возраст, артериосклероз. Оформляй без вскрытия.

Валя заколебалась. С одной стороны, внезапная кончина пожилой женщины не удивительна, с другой — есть должностная инструкция, предписывающая сделать вскрытие.

— Ты мне не доверяешь? — прошептал Павел, целуя любовницу.

И она наплевала на свои обязанности, старуха была оформлена, естественность ее смерти подтверждена подписью и печатью, а Валя с Павлом отлично провели время в закутке на диване.

Раз начав, трудно остановиться. Дней через десять Валя подмахнула не глядя документы мужика, который скончался от инсульта. Потом была женщина с гипертонией...

Думала ли Валечка о том, что совершает преступления? Нет, она доверяла Павлу, знала, что он замечательный врач, и ни на йоту не сомневалась в его диагнозах. Не забывайте, что Новопольск небольшой город, сохранить в нем тайну трудно. Любовники не имели возможности снять квартиру или номер в местной гостинице, захаживать друг к другу в гости. Валентине и Павлу приходилось устраиваться в машине Богородова. Единственное место, где они чувствовали себя в безопасности, был кабинет Вали в морге. Ночью туда никто не совался. Так можно ли было тратить драгоценное время на очевидно не криминальные трупы?

Больше года Валечка считала себя любимой и желанной. Марина ни о чем не догадывалась, она мило беседовала с патологоанатомом и даже выбила ей повышение оклада. Но потом неожиданно грянул гром.

В ноябре месяце Валечка, автоматически подписав акт о якобы сделанном вскрытии, упала в объятия Павла. В самый интересный момент в морге зазвонил местный телефон.

— Черт, — выругался хирург.

— Не хочу брать трубку, — сказала Валя, удерживая любовника на диване.

— Надо ответить, — занервничал Павел, — вдруг в приемном покое острый случай. Там сейчас дежурит одна медсестра Катя, я ей сказал, что пошел в патологоанатомическое отделение за документами. Катерина дура, потрезвонит безрезультатно и сама сюда припрет.

— Ладно, — с плохо скрытым разочарованием согласилась Валентина и потянулась к аппарату. — Алло! Да, я слушаю! Он здесь. Сейчас. Павел, возьми трубку. Это тебя.

Трубка перекочевала в руки хирурга, тот спокойно ответил:

— Богородов. О! Уже несусь!

Он быстро нажал на рычаг и скороговоркой сообщил:

— Прости! Кузя выпал из кроватки, кажется, руку сломал, его сюда везут.

— Господи! — испугалась Валентина. — Бедный мальчик, позвони Алевтине! И беги в детское отделение!

Богородов умчался, Валечка вышла в анатомический зал. Ехать домой не хотелось, и она стала приводить в порядок бумаги. То, что произошло дальше, невозможно объяснить. Прозектор взяла подписанный ею документ о вскрытии Нестеровой Елены Павловны и почувствовала тревогу. Все вроде выглядело обычно, пятидесятилетняя женщина потеряла сознание в машине по дороге в Москву. За рулем был муж несчастной, который, увидев, что супруге плохо, доставил ее в ближайшую больницу. Но Богородову не удалось ей помочь, Нестерова умерла от сердечно-сосудистой недостаточности. Муж сообщил, что у жены уже было три инфаркта, она, несмотря на отнюдь не преклонный возраст, имела серьезную сосудистую патологию. Но беспричинное беспокойство нарастало, и Валя, выкатив из холодильника труп, сделала у-образный разрез.

Патологоанатому понадобилось немного времени, чтобы опустить сердце Нестеровой в воду и увидеть цепочку пузырьков. Сосудистая система человека замкнута, воздух в нее может попасть только извне, при помощи укола. Крохотный пузырек путешествует по сосудам к сердцу и исполняет роль тромба. Внешне смерть пациента будет выглядеть естественной, а если учесть, что рядом рыдает муж, твердящий о трех перенесенных супругой инфарктах, то у доктора отпадут любые в этом сомнения.

Это очень простой способ избавиться от опостылевшей женушки, нет необходимости тратить много денег, шприцы стоят копейки. Но не советую вам применять этот метод на практике, судебные медики великолепно осведомлены об эмболии[1], преступника в данном случае вычислить легче, чем чихнуть.

Сначала Валентина перекрестилась, она не совершила ошибки, надо просто переписать документы. Павел не виноват, Нестерова не была его пациенткой, бедолаге стало плохо в пути. С какой стати Богородов должен был заподозрить убийство? Но потом в душу Валечки закралось сомнение.

В ту ночь она осталась в клинике и пошла рыться в архиве. Результаты расследования ее потрясли.

В течение минувшего года в Новопольской больнице скончалось пятнадцать неместных человек

---

[1] Эмболия — закупорка сосуда тромбом или воздухом. Массивная воздушная эмболия часто приводит к смерти.

разного возраста. Все они были доставлены в приемный покой родственниками или друзьями. Всем стало плохо в дороге, всех пытался спасти в свое дежурство Павел Богородов, их обязана была вскрывать Валя. Но она просто подписывала заключение о смерти, не делая вскрытия.

Вспотев от страха, патологоанатом изучала документы и сделала новое открытие: в дни, когда на дежурстве оставались другие врачи, подобных случаев практически не было. Зато Павлу «везло» на сердечников.

Едва дождавшись утра, Валечка позвонила Богородову и договорилась с ним о встрече в морге.

Павел спустился в подвал и с порога спросил:

— Почему Нестерову не выдают? Там муж бьется в припадке!

— Возникли проблемы, — ответила Валя и протянула любовнику заключение о смерти.

Богородов просмотрел текст.

— Чушь! Тебе это показалось.

— Нет, — помотала головой Валентина, — необходимо сообщить куда следует.

— Ерунда, — зашептал хирург, — Валюша, я так тебя люблю. Давай поженимся, а? Я не могу жить с Мариной.

— Непременно пойду с тобой в загс, если ты объяснишь очень странные совпадения, — заявила Валя.

Павел выслушал любовницу и пошел к двери. На пороге он обернулся и с горечью сказал:

— Надеюсь, ты скоро поймешь, как оскорбила честного врача. Знай, я все равно тебя люблю. А в милицию не обращайся. Я-то не совершал ничего незаконного, видел картину острого инфаркта и диагностировал его. Людей доставляли с улицы, ошибки вполне допустимы. Ты же, нарушая закон, оформляла бумаги без вскрытия. Но я тебя не выдам, можешь рассчитывать на мое молчание. Лучше не гони волну, пусть муж забирает Нестерову и отваливает. Иначе сюда набегут следователи, перетряхнут все документы, и на свет вылезет неприглядная правда.

— Ты был со мной каждый раз, я не вскрывала тело, потому что мы торопились на диванчик! — прошептала Валентина.

— Не отрицаю, — пожал плечами Богородов, — но за измену жене срок не дают. А теперь подсчитай, сколько лет получишь ты?

ГЛАВА 17

Валечка пошла на новое преступление, она уничтожила верное заключение о вскрытии и выдала другое, и муж увез тело Нестеровой в Москву. Патологоанатом прикинулась больной, ушла домой, легла в кровать и попыталась заснуть, но сон не приходил, в голове кружились мысли, заставлявшие ее вздрагивать.

Через день, придя в клинику, прозектор узнала новость. Ночью в административной части, где хранился архив, случился пожар. Слава богу, сгорели документы только за два последних года, до основной части бумаг огонь добраться не успел. Хирург Павел Богородов случайно заметил дым, валивший из окна, и вызвал пожарных.

Валечку покинули последние сомнения. Теперь она прекрасно понимала, что никакой страсти Павел к ней не испытывал. Хирург помогал убийцам, роман с Валей он затеял ради фальшивых актов вскрытия. А Марина великолепно знает об адюльтере. Муж и жена — одна сатана, они зарабатывают деньги вместе.

Павел прекратил отношения с Валентиной, она старательно избегала встреч с ним в коридорах клиники. Через пару месяцев после пожара Богородовы перебрались в Москву, и Валечка потеряла любовника из вида.

Алевтина слушала подругу с раскрытым ртом.

— Катастрофа! — с трудом выдавила она из себя, когда Валентина завершила рассказ. — И ты жила с этим грузом столько лет! Почему не поделилась со мной?

Валя исподлобья посмотрела на подругу.

— Боялась, стыдилась, думала, ты не захочешь со мной общаться. Я ведь фактически стала пособницей преступников, моя халатность позволила им остаться безнаказанными.

— Но ты же никого не убивала, — стала утешать ее Аля.

— Я, пусть и невольно, помогала им заметать следы, — не согласилась Валентина, — и с тех пор мучилась совестью, все спрашивала себя: «Ну почему я так поступила?» Может, поэтому я и заболела?

— Ты не виновата. Все в молодости теряли голову от страсти и совершали глупости, — заплакала Аля, которой стало очень жаль подругу, — а Павел мерзавец!

— Я была не столь уж юной, — вздохнула Валя, — не пятнадцатилетний подросток, а взрослая женщина, с дипломом о высшем образовании в кармане.

— Бедняжечка, — всхлипнула Алевтина, — ты так переживала, а Богородовы преспокойно жили в столице. Ясно, на какие деньги он бизнес основал.

— Теперь настал его черед расплачиваться, — сквозь зубы процедила Валя, — пора пришла. В статье написано, что господин Богородов метит в Думу депутатом.

— Заработал денег и власти захотел, — пожала плечами Аля.

— Вот я и выдвину ему ультиматум, — сказала Валя, — либо Кузьма женится на Лиде и обеспечивает ей богатую беспроблемную жизнь, либо я рассказываю журналистам об убийствах.

— Даже не думай об этом, — испугалась Аля, — правда, я не знаю законов и не в курсе, можно ли привлечь к суду человека, который губил людей более четверти века назад, но, даже если тебе удастся заставить милицию заинтересоваться столь давними событиями, ничего хорошего из этого не выйдет.

— Почему? — спросила Валя.

— У тебя нет доказательств, — объяснила Аля, — сама говорила, что Павел устроил пожар. Ты не подумала о себе, Богородов мигом начнет топить бывшую любовницу!

— Мне плевать на скандал, я живу на грошовую пенсию и очень скоро превращусь в овощ. В отличие от Павла я не собираюсь делать политическую карьеру и не ворочаю миллионами. Наоборот, с огромной радостью выступлю на процессе и сообщу суду правду, скромной врачихе из Новопольска с болезнью Альцгеймера терять абсолютно нечего. А вот у Богородова другой расклад. Представляешь вой, который поднимет пресса? Суд, кстати, и не так уж нужен, журналисты Павла и без него на крошки расклюют. Партнеры на Западе отвернутся от олигарха, боясь запятнать свою репутацию сотрудничеством с тем, кто заработал состояние преступным путем.

— Если порыться в истории российских бизнесменов, то у многих в анамнезе найдутся темные пятна в биографии, — возразила Алевтина, — и, повторяю, у тебя нет доказательств.

— Согласна, — кивнула Валя, — девяностые годы не зря называют лихими, и почти все нынешние денежные воротилы либо что-то в ту пору удачно сперли, либо совершили более серьезные преступления, но, если шума нет, западные коллеги делают вид, будто им ничего не известно. А вот когда разбушуется скандал, они умоют руки и демонстративно отвернутся от предпринимателя с грязной репутацией. Павел стопроцентно не получит кресла в Думе и потеряет выгодные зарубежные контракты. А в отношении доказательств... Они есть!

— Какие? — занервничала педиатр.

Валентина отошла к окну.

— В тот год, когда Павел, заметая следы, поджег архив, а потом потушил пожар, в Новопольске никаких компьютеров не было. Документы хранили в папках. Накануне я полночи лазила по полкам, отыскивая компромат. У постоянных больных карточки толстые, а у тех, кто умер в приемном покое, всего пара листочков. Я собрала материал на пятнадцать человек, должна была получиться гора карт, но на самом деле образовалась тоненькая стопочка.

Из архива ничего выносить нельзя, но я хотела тщательно изучить документы, поэтому положила их в портфель, намереваясь вернуть через день, но Богородов устроил пожар.

— Он не проверил наличие тех папок в архиве? — поразилась Алевтина.

— Когда он мог это сделать? — хмыкнула подруга. — Павел торопился, он не имел, как я, времени на поиск и не мог предположить, что улики из хранилища испарились.

— Ну и ну, — покачала головой Аля.

— Короче, — ухмыльнулась Валентина, — я имею компромат и собираюсь нарыть еще больший!

— Каким образом? — ошарашенно спросила подруга.

Прозектор улыбнулась.

— Журнал с фотографиями Богородовых я увидела три месяца назад и сразу поняла: вот он, шанс для Лидуши. Помнишь, я в Москву ездила?

— На обследование в институт неврологии?

— Я тебе про это соврала, — призналась Валя, — обратилась к частному детективу.

— С ума сойти, — всплеснула руками педиатр, — ты совсем головы лишилась?

— Наоборот, — крикнула Валентина, — парень ушлый оказался! Денег запросил много, но игра стоила свеч, я знаю, почему Богородов с женой из Свердловска в Новопольск уехал. Сыщик кучу грязи насобирал. Похоже, Павел там тоже убийцам помогал. Ему не отвертеться. Короче, завтра у нас назначена встреча в Москве, Павел страшно «обрадуется», когда увидит ксерокопии некоторых документов.

Алевтина судорожно закашлялась, я подождала, пока она переведет дыхание, и уточнила:

— Валя шантажировала Богородова? Смелый поступок. Из всего вами изложенного мне стало понятно: Павел человек без комплексов.

— Валя проявила хитрость, — прошептала Аля, — она продемонстрировала Богородову собранный материал, ясное дело, не подлинники, и выдвинула условие: Кузьма женится на Лиде. Лишь в этом случае Валентина держит язык за зубами. Павел весь перекосился и предложил ей денег, огромную, по понятиям Алевтины, сумму, но Валя отвергла мешок с долларами, сказала:

— Нет. Лида должна получить не только материальное благополучие, но и положение в обществе. Статус невестки Богородова откроет перед моей дочерью все двери.

Начался торг. В пылу спора Богородов стал угрожать бывшей любовнице, но Валентина не дрогнула.

— Молись за мое здоровье, — сказала она, — не дай бог, я умру раньше свадьбы, документы тут же окажутся в прессе. Я смерти не боюсь, потому что понимаю, какое страшное будущее меня ожидает. Внезапная кончина от пули лучше медленного угасания от болезни Альцгеймера, и ты это, как бывший врач, прекрасно знаешь. Прикажешь застрелить меня — я скажу спасибо. Но, избавившись от женщины, которую предал, ты ничего не добьешься, есть люди, которые знают, как им нужно поступить в случае моего внезапного ухода. И можешь не тратить время и деньги, устраивая слежку, ты никогда не обнаружишь бумаги.

В конце концов, изрядно поскандалив, они пришли к консенсусу. Окончательный договор выглядел так: Кузьма расписывается с Лидией. Они играют свадьбу и уезжают в путешествие, все чин-чинарем, никто не должен усомниться в чувствах младшего Богородова. По возвращении в Москву новобрачные могут не жить вместе, но Кузьма не должен афишировать свою свободу, он обязуется пару раз в месяц вывозить Лиду в свет и демонстрировать окружающим хорошее к ней отношение. Через два года брак можно расторгнуть. Лидия должна получить квартиру, машину, пару ролей в топовых сериалах и солидную сумму денег. Кузьме предписывается никогда не говорить дурных слов о бывшей жене, Лида тоже будет нахваливать супруга.

Когда сыграют свадьбу, Павел получит одну часть документов, а при разводе Кузьмы и Лиды, если Богородов выполнит все условия, он завладеет оставшимися бумагами. Если же бизнесмен попытается обмануть Валентину, расплата наступит незамедлительно.

Алевтина прижала руки к груди и посмотрела на меня.

— Ясно?

— Более чем, — протянула я, — это все объясняет. Скажите, смерть Вали...

Аля замотала головой.

— Нет! Это трагическая случайность, произошедшая практически на моих глазах. Лида звонила матери за два дня до свадьбы. Была очень весела и сказала: «Мама, он замечательный! Кузьма добрый, умный, самый-самый хороший!»

— Лидия не знала о Павле? — перебила я.

— Конечно, нет! И Кузьме родители ни слова не

сказали. Валентина сообщила дочери, что жизнь посылает ей шанс, фиктивный брак с Богородовым.

— Дочь не стала задавать вопросов?

— Попыталась, но Валя ей ответила: «Не нужны тебе подробности. Два года походишь с Кузьмой по вечеринкам, заведешь кучу полезных знакомств, получишь роли в сериалах, жилплощадь, деньги. Остальное тебя не касается». Лидочка была очень послушная девочка, знала, что мама ради нее готова на все.

Алевтина взяла с дивана плед, завернулась в него и, продолжая трястись от холода, договорила:

— Валечка, конечно, не ожидала, что Лида влюбится в Кузьму. Она потом перезвонила мне и радостно воскликнула: «Все складывается отлично. Вероятно, у девочки будет настоящая семья». Но мне известие о чувствах Лидии не понравилось. Валя, как всегда, думала исключительно о своей дочери, Кузьма ею в расчет не принимался. А если жених не ответит Лиде взаимностью?

— Валентина передала первую часть бумаг Павлу?

— Да, — кивнула Алевтина, — по условиям договора на свадьбе не должно было быть ни родственников, ни подруг Лидии. Уж не знаю, по какой причине Богородов настоял на этом пункте. Приглашение получила одна лишь Надя, двоюродная сестра невесты, но она не пришла на торжество. Я, наблюдая издали за тем, как новобрачные выходят из загса на улицу, позвонила кому надо, к Павлу подошел курьер и вручил ему пакет. Валечка была щепетильным человеком, она не собиралась обманывать Богородова.

— Опасно доверять важные документы курьеру, — не удержалась я от замечания.

— Валечка нашла агентство, которое специализируется на таких операциях, курьеры возят бандероли в чемодане-сейфе, прикованном к руке, дают стопроцентную гарантию сохранности отправления, — пояснила Аля. — Курьер ждал моего звонка.

— Недешевое удовольствие!

Алевтина кивнула.

— Очень дорогое. У Вали имелась семейная реликвия: кольцо и серьги, доставшиеся ей от бабушки. Подруга берегла их и хотела передать Лидочке в наследство, даже в тяжелые годы не продала. Но когда решила устроить судьбу дочери, сразу нашла покупателя на комплект.

— Сложила все яйца в одну корзину, — пробормотала я.

— Она была так счастлива, когда узнала, что ее план удался, — всхлипнула Алевтина, — весь день ждала звонка от Лиды, но та не нашла времени звякнуть матери. По-моему, это проявление отвратительного эгоизма со стороны девчонки, уж могла бы улучить минутку и сказать маме спасибо. Я даже не удержалась и покритиковала Лиду, но Валечка выпустила иголки.

— Главное, свадьба состоялась, Лиде сейчас не до меня. Потом пообщаемся. Павел звонил, сказал, что церемония прошла на высшем уровне и пакет он получил. Значит, все удалось. Лидуша теперь богата.

На следующий день я приехала к Вале утром, мы кое-что обсудили. Потом она попросила принести лекарство, сердце защемило. Я дала подруге нитроглицерин. Валю всегда после его приема в сон клонило. Вот и в тот день она прилегла, а я села на кухне телевизор смотреть, часа три в экран пялилась, затем решила Валюшу разбудить, время к шести подкатывало, нехорошо так долго спать.

Алевтина опустила голову и глухо закончила:

— Но она уже умерла. Тихо скончалась во сне. Я запаниковала, хоть всю жизнь проработала в больнице и видела трупы неоднократно, но, увидев бездыханную подругу, перепугалась и растерялась. Отчего-то вызвала «Скорую», врачи долго не ехали. А когда прибыли, обозлились, наорали, поставили «смерть до прибытия» и вызвали милицию. Я двигалась как в тумане, в конце концов сообразила: позвонила сестре Валечки, та на удивление оказалась трезвой. На следующий день рано, семи еще не пробило, приехал Андрей, человек от Богородова. Павел, конечно, преступник и подлец, но в данном случае у меня нет к нему ни малейших претензий. Посланник уладил все формальности, как волшебник, похоронили Валечку по высшему разряду. Он даже поминки организовал, народу пришло много, соседи, бывшие коллеги. Валюшу все любили. Я сидела в конце стола и думала: «Смерть — это страшно. Но Валентине повезло, она не услышала о несчастье с Лидой и не дожила до полной потери разума.

— Откуда вы узнали про гибель Лиды? — резко спросила я.

— По телевизору сообщили, — горестно вздохнула Аля. — Я пошла соседей на похороны звать и в девятой квартире ужасную новость услышала.

Ушам своим не поверила! А потом уж все заговорили о смерти Лидуши!

— Скажите, за те три часа, что Валентина спала на диване, вы никуда не выходили? — Я решила проверить неожиданно возникшую версию.

— Нет, — помотала головой Аля, — я к телевизору прилипла. Хотя... за батоном бегала, решила себе бутерброд сделать, а у Вали ни кусочка хлеба не было.

— Долго отсутствовали?

— Минут тридцать-сорок. А что?

— Так, ничего, — отмахнулась я, — Валентина умерла, но в прессе не появилось разоблачительных статей о Богородове. Почему? Кто тот таинственный друг, хранивший бумаги?

— Она его выдумала, — прошептала Аля, — Валечка прятала документы в тайнике.

— Знаете где он?

— В ее садовом домике, недалеко от Новопольска.

— Поехали! — вскочила я.

— Куда? — вскинула голову Долецкая.

— Заберем компромат!

— Там пусто, — прошептала Аля.

— Почему? — удивилась я.

— Валечка все отдала Павлу!

Я опешила.

— Зачем? По договору ей предписывалось вернуть только часть собранных улик!

Алевтина закивала.

— Вот поэтому она меня утром в четверг и позвала! Поздно вечером в среду ей Павел позвонил. Умолял! Сказал, что Лида на острове Сул, что он открыл на имя невестки счет в банке, там лежит миллион долларов, что уже договорился о сериале. А потом обронил: «Кузьме Лидочка очень понравилась, кажется, у детей роман. Ты же не захочешь разбивать их счастье. Подумай, солнышко, вспомни о нашей любви, что бы ты обо мне ни узнала, я к тебе относился искренне. Я никогда тебя не обману. Уже доказал честность своих намерений. Пожалуйста, рассуди здраво. Мы теперь в одной упряжке, вдруг бумаги украдут? Они попадут в чужие руки, поднимется буча, плохо будет всем, Лиде в первую очередь. Навряд ли ты арендовала ячейку в швейцарском банке». Ну и далее в том же духе.

— И Валя отправила Богородову оставшиеся бумаги? — не веря своим ушам, уточнила я.

— Верно. Валечка подумала о будущем счастье Лиды, и ведь Павел-то ее не обманул! Кузьма с Лидой расписались и гуляли на свадьбе! Валюша опять обратилась в доставочную контору, в четверг в час дня Павел получил все!

— А в шесть она уже умерла?

— Ага, — по-детски жалобно ответила Алевтина. Я вскочила.

— Поехали!

— Куда? — испугалась педиатр.

— К человеку, который арестует убийцу матери и дочери, — ответила я, — к полковнику Дегтяреву. Вы же не хотите, чтобы преступник остался на свободе.

ГЛАВА 18

Усадив Алевтину на заднее сиденье, я устроилась за рулем и позвонила полковнику.

— Кого ты везешь? — с изумлением переспросил Александр Михайлович. — Минуточку! Где взяла машину? Что за безобразие! Ты должна лежать в палате!

— Лучше закажи нам пропуск, — перебила я раскипятившегося приятеля, — кстати, я нахожусь за рулем. Думаю, мне не стоит отвлекаться от дороги.

— Просто черт знает что! — буркнул приятель и отсоединился.

Я включила радио. «Любовь моя, лети как можно выше», — загундосил сладкий тенор. Я переключила радиостанцию. «Взлет любви к небесам», — запищал девичий голосок. Я предприняла третью попытку. «Любовь летит к облакам», — грянул дуэт.

Алевтина вздохнула, и тут из динамика донеслось:

— Самое интересное на этот час. Сегодня наконец были устранены последствия пожара в центре Москвы, скорый поезд Курульск — Марвин сошел с рельсов, в детских игрушках обнаружено ядовитое вещество, в семье бизнесмена Павла Богородова произошла новая трагедия.

— Ну и дела! — ахнула Алевтина. — Что еще стряслось?

— А теперь подробности, — сказал корреспондент.

Мы с Алевтиной молча слушали выпуск, для которого сотрудники радио не нашли ни одного позитивного события. Честное слово, я порой тоскую по советским оптимистическим новостям: «Заработал завод. Открыли библиотеку. Рабочие перевыполнили план. Больше хороших и разных товаров для народа. Космонавты стартовали в небо. Спортсмены заработали золотые медали. И даже в области балета мы впереди планеты всей». Ладно, сейчас у нас демократия, поэтому я каждый день слышу об ужасах, катастрофах и маньяках. Ну неужели нельзя хоть малость приободрить людей? Не верится, что в огромной России не происходит ничего хорошего.

— Над семьей успешного бизнесмена, мецената и благотворителя Богородова, баллотирующегося в Государственную думу, навис тяжелый рок, — азартно вещал диктор, — совсем недавно мы сообщали о трагической гибели во время медового месяца невестки Павла Петровича Лидии. Напомним, девушка утонула недалеко от острова Сул. Ее муж, Кузьма Богородов, в тяжелом состоянии был доставлен в больницу острова, где ему спешно сделали операцию. Но усилия медиков не помогли. Сегодня, около трех утра, Кузьма Богородов скончался. Павел Богородов никаких комментариев не дает, его помощник сказал, что, вероятно, молодой человек будет похоронен на острове Сул, около любимой жены Лидии. И о погоде.

— Какой кошмар, — прошептала Алевтина, — Павел, конечно, мерзавец, но потерять единственного сына. Это ужасно!

— А по телевизору ранее сообщили, что Кузьму перевезли в Лондон, в частную клинику, — пробормотала я, паркуя машину.

— Наверное, корреспондент ошибся, — предположила Алевтина, выбираясь наружу, — куда идти?

— Налево, к проходной, — ответила я и пошла вперед.

Кто выплескивает воду вместе с младенцем? Я отлично понимаю, что крушение яхты подстроили, и смерть Стеллы, наивно хотевшей заработать денег на операцию сестре Аллочке, была запланирована, но кончина Кузьмы? Богородов не мог отдать приказ убить горячо любимого сына. Может, я ошиблась? Вдруг яхта и в самом деле перевернулась случайно?

Целую неделю после разговора со мной и Алевтиной Дегтярев ходил мрачный. В субботу я не выдержала и налетела на полковника.

— Почему у тебя вид человека, пережившего глубокое горе? Наоборот, ты должен испытывать радость!

— Назови хоть одну причину для веселья, — насупился приятель.

— Я не лишилась разума! Абсолютно здорова! Вся история с трупом в клубе произошла на самом деле.

— Ага, — кисло протянул приятель.

— Тебя бы больше устроило известие о моем сумасшествии? — обозлилась я.

— Не пори чушь, — отмахнулся полковник.

— Прошло семь дней, а ты молчишь, — заехала я с другой стороны, — что с Богородовым?

Александр Михайлович нахмурился и, чуть не наступив на развалившегося у подножия лестницы Хучика, пошел вверх по ступенькам. Я поторопилась за полковником, обогнала его, первой ворвалась в кабинет, села в кресло и велела:

— Говори!

— О том, что Павла обвинят в соучастии в тех давних убийствах, можно забыть навсегда, — сообщил Дегтярев, — никаких улик не осталось. Только рассказ Долецкой, но он ничем не подтвержден.

— Ага! — подскочила я. — Женить Кузьму на Лидии Богородов решил исключительно из расположения к своей бывшей любовнице.

— Нет, он выдвигает другую версию бракосочетания.

— И какую же?

— Много лет назад Павел изменил жене, полюбил Валентину Визжалкину. Связь длилась не один год. Хирург планировал развестись с супругой, от решительного шага его останавливало только наличие горячо любимого сына. Павел Петрович честно рассказал о своих чувствах Вале и пообещал:

— Как только Кузьма пойдет в первый класс, мы соединим наши судьбы.

Но Валентина оказалась ветреной. Когда Богородову предложили место в столице, он, естественно, не стал отказываться от карьерного взлета и уехал из Новопольска, сказав Визжалкиной:

— Будем видеться чуть реже, но ведь это не повлияет на нашу любовь?

Валя заверила Павла в своих горячих чувствах, но вскоре изменила ему, родила дочь неизвестно от кого. Павел разорвал отношения и долго переживал предательство, которое спасло его брак. Богородов понял, что его жена Марина преданный ему человек, и остался с ней.

Долгие годы Павел ничего не слышал о Визжалкиной, а потом Валентина позвонила, назначила ему встречу и объявила:

— Ты баллотируешься в Думу. Так вот, или ты выполняешь мои требования, или я иду в редакции желтых газет и рассказываю о наших отношениях! Я сохранила твои записки, и у меня есть снимки, которые мы делали при помощи автоспуска, весьма откровенные. Я разрушу не только твои политические планы, но и семейную жизнь.

Павел хотел откупиться от шантажистки, предлагал ей денег, квартиру в Москве, но Валентина потребовала устроить свадьбу его сына с ее дочкой. Пришлось сдаться.

— Слезы льются из очей, когда слушаешь эту историю, — фыркнула я, — ты ему веришь?

— Пока не доказано обратное, приходится, — кивнул Александр Михайлович. — В целом-то он не сбрехал. И роман имел место, и в Москву они уехали, и вскорости Валентина родила.

— Ладно, — кивнула я, — но он не отрицает свадьбу по сговору.

— Нет.

— И врет, что Лидия зарегистрировалась в загсе?

— Не угадала, — грустно улыбнулся полковник, — наоборот. Самым честным образом в деталях описал случившееся.

Кузьма подчинился приказу отца, стал везде показываться с Лидией, но он любил девушку Лизу, та забеременела, собралась сделать аборт, и младший Богородов решил сбежать. Он предложил Лидии отправиться после свадьбы в Лондон или Париж и там спрятаться на два обусловленных договором года. Сам Кузьма предполагал под другим именем улизнуть в Голландию, жить там вместе с Лизой и новорожденным малышом. Младшему Богородову план казался вполне удачным. И волки сыты, и овцы целы.

— На мой взгляд, это полный идиотизм, — хмыкнула я, — Валентина требовала для Лидии ролей в сериалах и хотела, чтобы доченька активно выходила в свет. Матери бы не понравилось, что девушка сидит за границей!

— Думаю, Павел тоже не пришел бы в восторг, узнав, что сын покинул Москву, — подхватил Дегтярев, — но Кузьма не хотел, чтобы Лиза делала аборт, времени на обдумывание ситуации у него было ничтожно мало, вот он и стал действовать сгоряча. Поразмысли молодой человек спокойно, он бы тут же понял: и Валентина, и Павел Петрович придут в негодование, узнав о его плане. Но главной ошибкой парня стала неправильная оценка Лидии. Кузьма предполагал, что она не испытывает к нему никаких чувств и мгновенно ухватится за возможность провести два года за границей. Но Лида неожиданно призналась жениху в любви и категорически потребовала:

— Нет. Мне обещали свадьбу и штамп в паспорте. Давай попробуем пожить вместе хоть пару месяцев!

Кузьма стал уговаривать невесту, но та была тверда как скала. Младший Богородов, не теряя надежды уломать Лиду, привез ее в клуб, надеялся, что веселая обстановка сделает девушку более покладистой. Однако получилось наоборот. Лидочка, правда, пошла одна танцевать в общий зал, но потом вернулась и заявила суженому:

— Ну хватит! Я сто раз слышала твое предложение и не собираюсь соглашаться. Я хочу жить с тобой, стать женой Богородова, я тебя люблю и буду бороться за свое счастье. Прямо сейчас позвоню маме и расскажу, что договор нарушен. Пусть она соединится с Павлом Петровичем! Вот ему ты про свою великую любовь к Елизавете и расскажешь!

Я кивнула.

— Эту линию поведения Лиде подсказала ее двоюродная сестра Надя! Посоветовала: «Напугай Кузьму, пригрози все его родителям рассказать. А потом на острове Сул ты запросто соблазнишь законного мужа». Невеста Кузьмы не танцевать бегала, она ходила звонить Надежде, не хотела беседовать при Кузьме.

— К сожалению, Лидия послушалась совета подруги, схватилась за трубку, — продолжал Дегтярев. — Кузьма не мог позволить девушке набрать номер и отнял у нее мобильный. Они стали ругаться. В пылу ссоры Лидия заорала:

— Все телефоны в городе ты не разобьешь! Вот ляжешь спать, и я тут же маме нажалуюсь!

Кузьма к тому моменту уже понял, что его идея убежать с Лизой не осуществится. Он сообразил: надо успокоить Лидию, иначе та наломает дров. Жених пошел на попятный, забормотал слова примирения, но Лида впала в истерику.

— Позвоню маме! — твердила она. — Непременно! Пусть тебя отец накажет! Ты хотел нас обмануть!

— Детский сад, — покачала я головой, — мама, не давай Ване конфет, он меня за косичку дернул!

Дегтярев потер рукой затылок.

— Давай не будем сейчас оценивать поведение главных участников драмы, просто проследим, как разворачивались события. Кузьма боится скандала, Лидия теряет самообладание, жених понимает: невеста устроит бучу, ее надо остановить, заставить молчать до свадьбы. В момент регистрации Лида не осмелится затевать истерику и успокоится, заполучив его в мужья. Как жить дальше, Кузьма сообразит потом, сейчас надо ограничить Лидину активность.

— Он дал ей наркотик под названием «Райский сон»! — воскликнула я.

— Точно, — подтвердил Дегтярев, — новая зараза, которая сейчас распространяется по Москве. Глотаешь дозу, пляшешь до упаду, а потом валишься с ног и спишь двенадцать часов.

— Неправильное средство он выбрал! Хотел успокоить девушку и дал ей пилюлю, которая сначала резко возбуждает человека!

— Есть нюанс, — остановил меня Александр Михайлович, — если «Райский сон» растворить в стакане воды, где уже развели таблетку аспирина, фаза активности не разовьется, крепкий сон придет сразу. Вот Кузьма и напоил Лиду, принес ей «коктейль» и пообещал:

— Сейчас ты успокоишься, и мы продолжим разговор. Хлебни газировочки.

Через пять минут он уложил Лиду в vip-комнате, запер снаружи дверь, а сам устроился в соседнем номере. Кузьма рассчитывал, что Лидия проснется спокойной, забудет о своем желании накляузничать матери.

Во вторник в районе полудня Кузьма решил разбудить Лиду, но она никак не реагировала на его действия. Богородов тряс ее, бил по щекам, оттащил в ванную, облил холодной водой, но так и не смог заставить ее открыть глаза. Испугавшись, Кузьма позвал управляющего, тот кликнул местного начальника службы безопасности Марата. В клубе принято присваивать себе псевдонимы, на самом деле Марата звали Максим Карелин. У него был большой опыт по улаживанию щекотливых дел. Мужчины начали совещаться. Положение они не сочли трагичным. Лидия лежала спокойно, не хрипела, не стонала, казалось спящей красавицей. Вызывать «Скорую помощь» никто не хотел, да и Лида не выглядела больной, просто спала.

— Оставьте ее, — предложил Джонни, — еще сутки проваляется и встанет.

— Нельзя, — испугался Кузьма, — завтра у нас свадьба!

— Есть у меня одна идея! — воскликнул Марат. — Я знаю бабу, которая умеет людей из комы выводить. Она творит чудеса. Поит микстурой больного — и тот как огурец. Правда, она дорого берет!

— Я дам ей любые деньги! — заверил Богородов. — Только привези кудесницу.

— Вот идиоты! — не выдержала я.

Александр Михайлович исподлобья посмотрел на меня.

— Тебя удивляет глупость парней?

— Они олухи! Обращаться к знахарке! — возмутилась я.

Дегтярев пожал плечами.

— Недавно, щелкая пультом, я наткнулся на программу про здоровье. Ведущая на полном серьезе советовала пить керосин от ангины! Хорошо хоть не по центральному каналу вещала, в дециметровом диапазоне передача шла, ее не миллионы посмотрели, а потом за керосином побежали. Но я уже говорил, давай не оценивать поступки фигурантов, а воспроизводить события.

Марат-Максим отправил к Кассандре своего помощника Эдуарда. Тот выполнил приказ начальника. Но, будучи человеком, мягко говоря, не академического образования, Эдик забыл заковыристое имя лекарки. На «К» начинается, на «а» заканчивается, а в середине что-то нерусское. Он перепутал двери и позвонил в офис Киры Вольской.

ГЛАВА 19

— Точно. Я открыла дверь и увидела юношу. Он завел: «Ты эта самая, как там...», я ему помогла, уточнила: «Клеопатра? Да», — подтвердила я.

— Молодец! — хмыкнул полковник. — Эдуард тут же набросил тебе на лицо тряпку, смоченную хлороформом. Простое, но очень эффективное средство, чтобы лишить жертву сознания.

— Птица, взмахнувшая крылом, — осенило меня, — мне показалось, будто с улицы прилетела сова.

— В Москве в феврале, как правило, совы роятся стаями! — ехидно сказал полковник. — Дальнейшее тебе известно.

— Марат сам вел переговоры со «знахаркой», наврал мне про Лидию с три короба, попытался убедить меня, что она завсегдатай клуба и таблетку ей дал какой-то посторонний человек. Но несчастная уже была мертва! — грустно произнесла я.

— Верно, — согласился Дегтярев, — она скончалась, пока Эдик ездил за тобой, но ни Джонни, ни Кузьма, ни Марат этого не знали. Они сидели в кабинете управляющего. Потом тебе удалось убедить Марата отвезти знахарку за травами, вы прибыли в «Советы Клеопатры», и тут ему перезвонил Джонни с сообщением: «Герла откинулась, вали скорей назад». Марат снова набрасывает тебе на лицо тряпку с хлороформом, он не хочет, чтобы ты выглянула в окно и записала номер его машины.

— Однако странно! — остановила я полковника.

— Что? — удивился тот.

— В первый раз я очнулась от наркоза быстро, правда, окончательно проснуться мне помог кофе, куда явно подлили стимулятор. А когда Марат вновь меня усыпил, я спала много часов, не слышала ни как пришла Кира, ни как меня везли в больницу.

Полковник кивнул.

— Верно. Ты очень нервничала, пережила стресс, в офисе у Вольской стоит духота, резко пахнет благовониями, хлороформ применили второй раз за короткое время. Сложи все вместе, добавь свой голодный желудок и явно упавшее давление...

— Понятно, — вздохнула я.

— Марат вернулся в клуб и предложил вывезти труп Лидии за пределы Москвы, чтобы закопать в лесу.

Кузьма впал в истерику и позвонил отцу. Павел Петрович моментально прибыл в клуб, сын ему все рассказал. Отец не стал ругать отпрыска, который поставил родителей в почти безвыходное положение. Скандалом делу не поможешь, до свадьбы остались считаные часы, если бракосочетание не состоится, Валентина предаст огласке документы. Было от чего запаниковать.

Выход нашел Марат.

— Стелка похожа фигурой на Лиду, — сказал он, — и волосы у нее белокурые, длинные. Надо нацепить на нее свадебное платье, закрыть морду фатой и ее не поднимать, дескать, жених боится сглаза и не хочет, чтобы папарацци растиражировали фотографии любимой. В загсе их быстро распишут, а на банкете они десять минут посидят и уедут. Типа так друг друга хотим, что невтерпеж. Это должно прокатить.

Стелла очень нуждалась в деньгах, она мечтала накопить нужную сумму на операцию для сестры-инвалида, поэтому без колебаний согласилась участвовать в этом спектакле. Чтобы иметь возможность купировать вероятные нестыковки, Марат стал свидетелем со стороны жениха. Но задуманное осуществилось без сучка и задоринки. Павел Петрович, наверное, почувствовал себя волшебником, Гудвином из Изумрудного города, раз — и разогнал беду руками.

— Скорей уж, если вспомнить литературных героев, эта история про темное прошлое Конька-Горбунка, — вспомнила я смешное высказывание Таисии — убийцы утюга.

Полковник поморщился.

— Да уж, весьма ловкий бизнесмен с темным прошлым. Но сейчас он с пеной у рта твердит: «Смерть Лидии — это трагическая случайность. Кузьма хотел лишь успокоить невесту. Крушение яхты тоже трагическая случайность. Кончина молодоженов случайность. Вы же не думаете, что я решил убить любимого сына?»

— Слишком много трагических случайностей, — перебила я Дегтярева, — Кузьма и Стелла действительно улетели?

— Да, мы это проверили. Они сдали паспорта на контроль, пошли в ресторан, потом отправились на частном самолете в сторону острова Сул. Ничего особенного, разве что Кузьма напился до такого состояния, что его внесли в лайнер на носилках.

Я заморгала, что-то тут не вяжется. Дикси только притворялся любителем спиртного, он выливал содержимое бутылки в раковину и требовал принести новую.

— Мусечка, — заглянула в кабинет Маруся, — извини, у тебя нет воска для волос?

— Не пользуюсь им, — ответила я. — А кому он понадобился?

— Сань, иди сюда, — скомандовала Маня.

В комнату, хихикая, вошла лучшая подруга Машки Саша Хейфец.

— Что у тебя с головой? — ахнула я.

— Круто? Да? — засмеялась Саня. — Одуванчик!

— Мы решили Саньку в блондинку покрасить, — затрещала Маруська, — намазали ей башку, смыли, но получилось некрасиво, оттенок тухлой соломы!

— Взяли другое средство, — подхватила Саша, — подержали подольше. Суперколер! Но волосья дыбом встали и не опускаются! Прихлопнешь их к голове, а они снова пушатся!

— Вы пересушили волосы, — сказала я, — нельзя два раза...

И тут я опешила и замолчала. Блондин с челкой, похожей на пух... Черный мешок с завязками... девушка Лиза с питательной маской на лице... у хозяина «ОКОбанка» сын Игорь — алкоголик...

— Эй, мусик, ты чего? — испугалась Маня. — Плохо себя чувствуешь?

Я кинулась к Дегтяреву.

— Павел уверяет, что он бы никогда не причинил зла Кузьме?

— Да, — растерялся полковник.

— И поэтому крушение яхты «трагическая случайность»?

— Верно, — согласился приятель.

— Он врет, — заорала я, — мне все известно!

— Что? — хором поинтересовались девочки.

— Ступайте в мою ванную, возьмите воск и занимайтесь своими волосами, — скомандовал Дегтярев.

Маня с Сашкой плюхнулись на диван и уставились на меня, я схватила полковника за плечо.

— Слушай! В поисках места, где произошло убийство, я набрела на квартиру некоего Игоря, сына банкира Буркова. Роман Кириллович порвал отношения с отпрыском, потому что тот хронический алкоголик. Помнишь, я рассказывала про черный шелковый мешок, который Марат набросил мне на голову?

— Ну? — встревожился полковник.

— Бурков с женой уехали за границу, Игорь пришел к родителям, надеялся выпросить денег, но предков не было дома. Тогда парень залез в машину папеньки и попросту спер оттуда очки, перчатки и подарок от фирмы «Робсон», упакованный в шелковый мешок. Это я знаю точно, сведения получены от водителя и экономки, которые терпеть не могут Игоря и счастливы сдать его в милицию. Экономка с радостью сообщила мне адрес квартиры Игоря. Знаешь, кого я там обнаружила? Девушку, назвавшуюся Лизой. Ее лицо покрывал слой питательной маски, на голове был тюрбан из полотенца. В квартире пахло мясом со специями, девица готовила еду. Понимаешь?

— Нет, — честно признался Александр Михайлович.

— Лиза пыталась изобразить передо мной девушку, любящую выпить. Разве такая особа станет ухаживать за лицом? И готовить вкусное жаркое она не будет! Думаю, услышав звонок в дверь, девчонка ринулась в ванную, покрыла лицо голубой массой и лишь потом распахнула дверь.

— Зачем? — задал очередной вопрос приятель.

Я поразилась тугодумости толстяка.

— Чтобы скрыть свою внешность! В нашей беседе было много заноз, но я не обратила сразу на них внимания. Сначала Лиза употребила в разговоре выражение «Я кладу туда кинзу», а через пару минут заявила «Предки его в больницу ложили». Но грамотный человек не станет пользоваться такой формой глагола. Елизавета в процессе общения вспомнила, что ей нужно играть роль подруги пьяницы, и постаралась соответствовать этому образу. Она разбудила Игоря, объяснила ему, что пришла женщина из милиции, которая хочет узнать, довез ли курьер подарок от «Робсон». От парня, который якобы спал пьяным сном на матрасе, не пахло перегаром. Лицо у него было грязное, с неопрятной бородкой и усами, но глаза остались ясными, белки не покраснели, как бывает у алкоголиков, он вдруг бросил вполне адекватную фразу про отсутствие мотивов для возбуждения уголовного дела. И волосы!

— А с ними что? — озадаченно поинтересовался полковник.

— Очень светлые, они стояли дыбом, пушились, как у Сашки. Жаль, я только сейчас поняла — их покрасили, передержали блондирующий состав, вот они и образовали облако вокруг головы. Бомж не станет заботиться о прическе. Знаешь что случилось?

— Говори, — коротко велел полковник.

— Игорь спер подарок и решил его продать. Но кому нужен трубочный табак? Его у метро не толкнешь. Предполагаю, что сын банкира был хорошо знаком с Дикси, о Кузьме слышал каждый представитель так называемой «золотой молодежи». Игорь поехал в клуб, нашел Богородова и предложил ему табачок.

Все люди, общавшиеся с Дикси, говорят, что тот добрый и щедрый человек. Кузьма купил мешок из чистой жалости. Игорь тут же набрался водкой, охрана хотела выбросить его вон, но Дикси проявил христианское милосердие, на улице февраль, холодно. Вот он и заплатил за vip-комнату, где пьянчугу уложили спать.

Когда «знахарку» решили отвезти в номер, где спала Лидия, Кузьма дал Марату шелковый мешок из-под табака, чтобы тот натянул его на голову Клеопатры.

И уж потом у старшего Богородова родилась гениальная мысль. Игоря держали в клубе до вечера среды, поили вдоволь, потом отправили в аэропорт. Всем занимался Марат-Максим, которого Павел Петрович, заманив большим окладом, взял к себе на службу. Карелин погрузил в самолет Стеллу с пьяницей Игорем, сам сел вместе с ними, и лайнер улетел на остров Сул. Устроить крушение яхты Марату-Максиму было несложно. Думаю, ни Стелла, ни Игорь ни о чем не догадались. Навряд ли вообще алкоголик понял, что он за границей. Был лишь не-

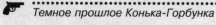

большой косяк, Стелла утонула, а Игоря неожиданно вытащили живым, и он скончался в клинике. Уж не знаю, сам ли он умер или Карелин ему помог.

— Интересная версия, — протянул Дегтярев, — но возникают вопросы. Зачем понадобилось отправлять Игоря со Стеллой на остров?

— Чтобы их утопить, а потом заявить: «Это трагическая случайность! Я не способен убить сына!» Родители Стеллы маргиналы, они не станут искать пропавшую дочь, забеспокоится лишь сестра Алла, но что может сделать девочка-инвалид? Отец и мать выгнали Игоря из дому, их не волнует судьба парня. Бурковы не желали иметь с сыном ничего общего. Стеллу и Игоря можно спокойно убить. И что получим? «Молодожены» погибли на острове Сул, их похоронили, и все шито-крыто. Никто не обвинит Кузьму в убийстве Лиды, двоюродная сестра девушки не будет бегать в милицию. Полнейшая тишина, старший Богородов спокойно баллотируется в Думу. Проверь аэропорты! Думаю, недавно из России улетел Игорь Бурков, вернее, Кузьма под его именем, а его сопровождала женщина по имени Елизавета. Павел Петрович на самом деле очень любит сына, он понял, что совершил ошибку, заставляя его жить жизнью Дикси. Богородову понадобилось пару дней, чтобы оформить нужные документы. Кузьма же с Лизой жили в квартире Игоря, издатель наклеил усы и бороду, выкрасил волосы и стал похож на сына банкира Буркова. Думаю, сейчас Кузьма устраивается в какой-нибудь далекой стране, он будет писать роман и ждать рождения своего ребенка. Наверное, мы опоздали задержать пару. А вот старший Богородов не медлил, он выцыганил у наивной Валентины все документы и отправил к ней киллера.

— Визжалкина умерла в присутствии Алевтины, — напомнил полковник.

— Нет! Долецкая уходила за хлебом, — уперлась я, — очень уж удачно Валя скончалась сразу после того, как рассталась с документами.

— И как, по-твоему, Игорь прошел контроль по паспорту Кузьмы?

Я забегала по комнате.

— Пассажиров частных самолетов не досматривают. Ты отдаешь свои документы служащему vip-зоны и идешь в ресторан. Через час подходит девушка в форме и нежно щебечет:

— Багаж на борту, я готова проводить вас на посадку.

Чтобы не тревожить богатых людей, формальности сведены к минимуму. В аэропорт прибыл Кузьма со Стеллой, пара прошла в харчевню, туда же Марат привел полупьяного Игоря, накачал его водкой и на носилках отправил в лайнер.

— Человека в подобном состоянии не пустят на борт, — возразил Александр Михайлович.

— Верно! Сотрудники «Аэрофлота», «Эйр Франс» и других авиакомпаний откажутся принять алконавта без рефлексов. Но вспомни, самолет-то частный! Хозяин приказал, и экипаж повиновался. Чем больше денег, тем меньше проблем. Немедленно арестуй Павла Петровича Богородова! Он убийца! На его совести множество трупов в Новопольске, еще Валентина, Стелла и Игорь. Настоящая Лидия погибла случайно, таблетка для нее оказалась слишком сильной. Кстати, где ее тело?

— Павел не знает, — мрачно ответил Дегтярев, — труп прятал Карелин. Он сейчас на острове Сул, занимается похоронами «Кузьмы».

— Вот еще одно подтверждение того, что сын бизнесмена жив, — заявила я, — иначе бы папочка привез его тело в Москву.

Александр Михайлович крякнул и потянулся к телефону.

ЭПИЛОГ

Обвинения против Павла Петровича развалились, словно домик поросенка, на который дунул злой волк. Никаких следов преступлений в Новопольске не осталось. Матерые адвокаты свалили всю вину за случившееся в клубе на Максима Карелина, дескать, старший Богородов прибыл в «Рокко» уже после того, как тело Лидии увезли. Стеллу никто убивать не собирался, Павел Петрович только хотел, чтобы Валентина не подняла скандала, не рассказала об адюльтере. Старшая Визжалкина скончалась от инфаркта. Яхта перевернулась случайно. Игорь Бурков жив и здоров, он вылетел в Бразилию спустя несколько дней после трагедии с новобрачными. В одном самолете с ним оказалась Елизавета Павлова, барменша из московского клуба средней руки, но что в этом особенного? В громадном «Боинге» сидела еще масса пассажиров. Тело Лидии не нашли, Максим Карелин не вернулся в Москву, с острова Сул он перебрался в Рио-де-Жанейро, и там его след, как, впрочем, и следы Игоря Буркова, затерялся. Сотрудникам Дегтярева удалось лишь установить, что поздно ночью в понедельник, за день до свадьбы издателя сын банкира приходил в клуб «Рокко», именуемый молодежью «Колбасой». Бурков разговаривал с Кузьмой, оказалось, что они с Дикси учились в одном институте и отлично друг друга знали. Гарик напился, и приятель устроил его в vip-комнате. Джонни продемонстрировал счета, из которых стало ясно: Игорь покинул номер в среду, после полудня.

— Фиг его знает, куда он поехал? — разводил руками управляющий. — Я Гарику не нянька. Дикси за него из жалости заплатил.

Добравшись до этой стадии, расследование забуксовало, а потом окончательно рассыпалось. Слабым утешением мне послужило то, что Павел Петрович снял свою кандидатуру с выборов. На этот раз у него хождение во власть не получилось.

Мне пришлось рассказать Алле о смерти Стеллы. Девочка долго плакала и отказывалась от операции, которую мы оплатили в одной из лучших московских клиник. В конце концов ее уговорила Маша.

— Не будь дурой, — сердито сказала она Алле, — Стелла была бы счастлива узнать о том, что ты стала бегать.

Операционное вмешательство прошло удачно, на период реабилитации мы забрали Аллу в Ложкино, а сегодня опять привезли в клинику. Через неделю Аллочке предстоит улететь во Францию, там она будет учиться в пансионе, перед дорогой нужно еще раз сдать анализы и проверить работу титановых суставов.

Устроив Аллу в палате, мы с Александром Михайловичем и Машей медленно шли по коридору и столкнулись с Карелием Леопардовичем.

— Здравствуйте, — без особой радости сказала я.

Психолог заморгал, потом воскликнул:

— Помню, помню! Маниакальная неприветливость, социопатия вкупе с синдромом безудержного обжорства и комплексом кастрации, осложненным неумением сочувствовать окружающим! Э... э... э... Васильева Дарья!

— Верно, — кивнула я.

— Какими судьбами вы у нас? — заулыбался Карелий.

— Приходила проведать больную, — не вдаваясь в подробности, ответила я.

— Превосходно, — похлопал меня по плечу врач, — занятия в группе не прошли даром. Вы научились думать о других. Я очень рад, что вам помог.

Маша закашлялась, я хотела распрощаться с доктором, но тот продолжал цепко держать меня за руку. Дернувшись пару раз, я спросила.

— А вы почему в хирургию заглянули?

— На консультацию, — пояснил Карелий, — помните Таисию и Тимофея?

— Конечно, их трудно забыть, — усмехнулась я.

— Они поженились! И сейчас тут лежат! Слегка повздорили! В семье разное случается, — закудахтал психотерапевт. — У него проломлен череп, у нее обе ноги в гипсе. Пустяки! А вы, заинька, не хотите походить в группу? Я сейчас как раз набираю новую.

— Извините, Петрозаводск Пумович, но мы спешим, — решительно заявил полковник.

Карелий Леопардович с огромным интересом посмотрел на Дегтярева.

— Как вы меня назвали?

— По имени. Петрозаводск Пумович, — ответил наивный Александр Михайлович.

Я с трудом сдержала смех, вот уж не думала, что приятель запомнит столь дикое имечко. Я же над ним подшутила, когда сказала, что врача так зовут.

Карелий обнял полковника за плечи.

— Понимаю вашу проблему. Глубочайшая обида на мир, стресс, ведущий к аневризме холецистита и закупорке камертонов мозжечка, отсутствие тонуса остеохондроза! Пойдемте, пойдемте. Вам необходима моя помощь! Прямо сейчас, мой бедный, глубоко страдающий друг.

Карелий потащил перепуганного Дегтярева по коридору.

— Муся, — озабоченно воскликнула Маня, — надо отбить полковника! Иначе этот Город Пумович его съест! Что за чушь он нес про камертоны, аневризму и тонус остеохондроза? Петрозаводск Тигрович нормальный?

— Нет, — мстительно сказала я, — нет, он псих, но не надо выручать Дегтярева. Полковник считал меня сумасшедшей и отдал на растерзание Карелию, пусть теперь посидит на занятиях в группе, поучится любви к окружающим!

— Муся, это жестоко! — воскликнула Маня.

— Вовсе нет, — не согласилась я, — ведь я не сообщила Леопардовичу, что Дегтярев обожает жареную картошку с грибами!

— При чем тут еда? — поразилась Маруся. — Пума Петрозаводкович не гастроэнтеролог, а психолог!

Я покачала головой.

— Вот тут ты не права! Любой врач сначала выяснит у пациента, что тот любит есть на обед и ужин, а потом навсегда запретит ему прикасаться к этим продуктам.

Рассказы

НЕРАВНЫЙ БРАК СИНЕЙ БОРОДЫ

Если хочешь быть счастливым — будь им. Не я придумала этот замечательный афоризм, но абсолютно с ним согласна. В жизни людей в основном происходят одинаковые события, мы все плаваем в одном житейском море, вопрос лишь в том, как относиться к тому, что с тобой случается. Для одной женщины ожидание ребенка огромное счастье, несмотря на отсутствие мужа, близких родственников, денег и жилья, она обожает еще не рожденного малыша и в конце концов преодолеет все испытания. Другая, сидя в трехэтажном доме в окружении заботливого супруга, хлопотливой мамы и нежной сестры, отодвинет от себя банку с черной икрой и заноет:

— Боже! Я страшная, толстая, уродливая, меня тошнит по утрам! Из-за живота не могу поехать отдыхать на юг! Катастрофа!

И так девять месяцев подряд. А теперь скажите, кто из двух будущих мамаш счастлив? По логике вторая, но получается, что первая.

Я откинулась на спинку кресла. Автобус, мерно покачиваясь, завернул за темно-синюю гору.

— Сколько нам еще ехать? — капризно-обиженным тоном протянула пассажирка, сидевшая передо мной.

— Подожди, милая, — ответил мужской голос. — Через десять минут будем на месте.

— Ты говорил то же самое полчаса назад! — не успокаивалась тетка. — Отвратительная дорога. Серпантин. Если обратно придется ехать тем же путем, это сведет на нет все удовольствие от отдыха!

Я посмотрела в окно и зажмурилась: создалось ощущение, что большой пассажирский «Мерседес» завис одним боком над пропастью.

— Хочу пить, — громко заявила соседка.

Послышалось тихое шипение.

— На, дорогая, я прихватил с собой из самолета, — услужливо сказал муж.

— Фу, Андрей! — возмутилась капризница. — Ты в своем репертуаре! Жаден до мозга костей! Ну как можно брать газировку из лайнера?

— Почему нет, Олюшка? Стюард принес пару бутылок, я все не выпил, не оставлять же напиток? Кстати, билеты до Афин недешевые, в их стоимость входят еда и питье, которое пассажирам подают на борту. Авиакомпания не разорится.

— Жлоб, — коротко резюмировала жена.

— Вовсе нет, — без всякой агрессии ответил муж, — просто я хозяйственный. Надо думать о деньгах, а не разбрасывать их направо-налево. Право, глупо покупать минералку, если ее можно получить бесплатно!

— Я хочу пить! — противным голосом повторила Ольга.

— Угощайся, милая.

— Эту не буду!

— Но почему?

— Она из самолета! Протухла!

Я закрыла глаза. Однако у Андрея ангельское терпение. Эту парочку я заприметила еще в Москве, они тоже проходили через VIP-зал. Когда мы с Аркашкой и Марусей вошли в просторную комнату, где вежливо улыбающийся таможенник начал досматривать мой багаж, Андрей и Ольга уже находились там, сидели на диване в ожидании паспортного контроля. Я устроилась в кресле неподалеку от них, и дети начали раздавать мне указания.

— Мать, не забудь как следует намазаться кремом от солнца, — велел Аркадий.

— Мусечка, не выключай мобильный даже ночью, — приказала Маша.

Я покорно кивала, ожидая момента, когда объявят посадку.

— Будь осторожна с местной кухней, — напутствовал Кеша, — она специфическая, острая и может спровоцировать гастрит.

— Не заплывай далеко, — вторила ему Машка.

— Послушайте, я не впервые лечу к Наташке! У нашей баронессы Макмайер на Эгейском море собственный дом, у меня там есть личная спальня с ванной, до потолка набитой солнцезащитными средствами. В особняке служит повар, который готовит европейскую еду. Может, он ради экзотики и состряпает нечто из йогурта, чеснока, зелени, перца, баклажан и баранины, но в основном я буду лакомиться все той же куриной грудкой. Ей-богу, вам не о чем волноваться! — не выдержала я.

— Ты первый раз летишь одна в Грецию, — вздохнула Машка, — нам тревожно.

— Кое-кто обожает приключения, — нахмурился

Кеша, — наверное, следовало отправить с тобой Оксану!

— У нее ремонт! — воскликнула я. — И потом, мне же не десять лет! Я давно справила совершеннолетие!

Маруся тяжело вздохнула, а Аркадий тихо буркнул:

— Ты полагаешь?

— Хватит грызть мусечку, — остановила Маня брата, — в конце концов, одна она будет всего несколько часов в самолете! В Афинах ее встретит Наташка.

— Действительно, — подхватила я, — давайте лучше чаю попьем!

Кеша поманил официантку, и мы стали наслаждаться вкусным напитком, невольно слушая, как пара, сидевшая на соседнем диване, выясняет отношения. Вернее, муж помалкивал, а вот жене все было не по вкусу. Дама безостановочно капризничала, требовала одновременно чай, кофе, колу, компот, страдала от жары и холода, хотела есть, спать, читать.

— Иногда человека так закалит семейная жизнь, что он перестает бояться загробной, — заявил Кеша, косясь на дамочку.

— Очень надеюсь, муся, что ты не окажешься с ней рядом в самолете, — шепнула мне на ухо Машка, — жуткая зануда! Такая всю дорогу испортит.

Увы, Машкины надежды не оправдались. Мое место оказалось около окна, а по левую руку села та самая невыносимая тетка и всю дорогу шпыняла своего терпеливого мужа. Перед посадкой в Афинах у меня заболела голова, и я с огромным трудом сдержала желание спросить у несчастного Андрея: «Скажите, какое успокаивающее вы регулярно принимаете? Наверное, это замечательные таблетки, раз они помогают выносить столь занудную спутницу жизни».

Не успела я сойти с самолета, как раздался звонок мобильного, и Наташка простонала:

— Дашута! У меня мигрень!

— Бедняжечка, — сочувственно сказала я, — ложись в кровать.

— Я не сумела тебя встретить! По серпантину с больной головой не рискнула ехать. А шофер позавчера уволился!

— Ерунда! — бойко воскликнула я. — Сейчас автомобиль найму.

— Лучше садись на автобус, — перебила Наташка, — местные таксисты экстремальщики, несутся по горам сломя голову, а транспортная компания нанимает опытных водителей. Иди на площадь, тебе нужен девятый маршрут, его конечная в двух шагах от моей виллы.

Я пошла в указанном направлении, без особых проблем села в здоровенный «Мерседес» и через десять минут дороги поняла, что моя подруга была права. Машины с надписью «taxi» летели мимо медленно плюхающего автобуса как сумасшедшие, их слегка заносило на крутых поворотах. Сиди я в одной из легковушек, давно бы заработала инфаркт. А так, если не смотреть в окно, путешествие до маленького городка на Эгейском море могло даже показаться приятным. Вот только противная зануда Ольга и ее воспитанный муж вновь очутились рядом, теперь они сидели передо мною.

Я засунула в рот мятную конфетку — в любой, даже неприятной ситуации можно найти положительные моменты. Теперь я не вижу надутого лица Ольги. Правда, прекрасно слышу ее голос.

— Хочу в туалет, — в очередной раз закапризничала баба.

— Милая, потерпи, — ласково попросил муж.

— Не могу! Останови автобус.

— Здесь одни горы, — логично заметил Андрей.

— Найди лес! — потребовала жена. — Прямо сейчас!

Я улыбнулась, потом мне стало любопытно: интересно, как мужчина отреагирует на последнее заявление?

— Солнышко, — недрогнувшим голосом ответил Андрей, — думаю, скоро будет заправка, при ней непременно есть туалет.

— Платный, — язвительно уточнила жена, — тебе придется потратить драхмы!

— Это оправданно, — засмеялся супруг.

Автобус резко повернул вправо и стал притормаживать.

— Ну? Что я говорил? — обрадовался муж. — Сейчас ты сможешь привести себя в порядок.

— Я хочу посрать, — грубо ответила Ольга и встала.

Скандалистке удалось растолкать остальных пассажиров и первой выскочить из «Мерседеса». Я видела в окно, как дама торопится к небольшому магазинчику. Очевидно, у нее было свое понятие о красоте, потому что, в отличие от других людей, надевших в дорогу джинсы и кроссовки, Ольга нацепила узкую, вызывающе красную, слишком обтягивающую бедра юбку из какого-то блестящего материала, розовый топик, щедро осыпанный стразами, и ярко-красные туфли на высоченном каблуке, на руке у нее покачивалась объемная модная сумка из бежевой лаковой кожи.

Я не стала выходить из автобуса: небольшая площадка у заправки была раскалена от солнца, лучше посидеть в прохладном салоне, поджидая, пока остальные пассажиры сходят в туалет и выкурят сигаретку. Четверть часа пролетели быстро, народ потянулся на свои места. Очень скоро на солнцепеке остался один Андрей. В отличие от жены он был одет в более подходящий для поездки костюм: легкие льняные брюки, бело-серую футболку и сандалии.

Шофер высунулся из окна и крикнул на ломаном английском языке:

— Сэр, нам пора отъезжать!

— Простите, пожалуйста, жена замешкалась, — отозвался Андрей. — А! Вот и она! Еще раз извините! Дорогая, автобус ждет!

— Не развалится! — гаркнула в ответ Ольга, приближаясь к супругу.

Шофер поднял стекло, и я перестала слышать женщину, но видела, как она отчаянно кривит рот, очевидно, выдает муженьку новую порцию гадостей. Ага, теперь мадам еще и размахивает руками, держит в правой рожок с мороженым, в левой банан и попеременно откусывает то от одного, то от другого... Андрей же стоит, опустив голову.

Внезапно что-то мне показалось странным, но тут Ольга стремглав ринулась в автобус, Андрей поплелся за ней.

— Уж и погодить пару секунд нельзя! — раздалось в салоне. — Расписание у них! Тьфу! Андрей!

Хочу есть! Достань шоколад! Немедленно! Швейцарский! Горький! Живо!

Автобус плавно тронулся вперед, Ольга взвизгнула и наступила на ногу моей соседке, милой женщине, сидевшей у прохода.

— Ой! — тихо сказала та и огорченно уставилась на белую балетку, носок которой теперь украшала царапина.

— А нечего лапы разбрасывать, — обозлилась Ольга, — надо сидеть, поджав копыта.

Андрей умоляюще посмотрел на пострадавшую, та, как ни в чем не бывало, уставилась в яркий томик Смоляковой.

— Милая, не нервничай, — попросил муж, — садись к окошку, полюбуйся видом, сейчас достану конфеты.

— Не на что там глядеть, — забрюзжала скандалистка.

И следующий час я снова «наслаждалась» ее противным громким голосом. В конце концов нервы не выдержали, и я тихо сказала своей соседке, симпатичной женщине в зеленом сарафане:

— Ужасная особа!

— Она и в самолете скандалила, — шепотом ответила та, — мы вместе летели, и вы, кстати, тоже, я запомнила вашу сумку с фотографией мопса.

— Это Хуч, — засмеялась я, — дочь подарила мне на день рождения, заказала у мастера специально для меня.

— Прикольно, — улыбнулась женщина, — а вы в какую гостиницу?

— Еду на виллу «Афина», — пояснила я, — в гости к подруге.

— Здорово, — сказала женщина.

— Любите Смолякову? — улыбнулась я.

— Обожаю, — кивнула соседка, — уже самый конец, а непонятно, кто убил! Она всегда держит в напряжении!

Автобус остановился, двери распахнулись, появилась гречанка со списком в руке.

— Отель «Эллада», — на ломаном русском языке сказала она, — мадам Юлия Никонова здесь?

— Это я! — помахала рукой моя соседка. — Иду! Надо вынуть чемодан из багажного отделения.

С этими словами Юля загнула уголок страницы (я невольно посмотрела на номер — 282), захлопнула томик и, попрощавшись со мной, встала из кресла.

— Так и будем на каждом углу останавливаться? — обозлилась Ольга.

Юлия пошла по проходу к выходу.

— Побыстрей нельзя ковылять? — крикнула Оля. — Другим тоже охота наконец отдохнуть.

Андрей издал стон — очевидно, бабе таки удалось достать сверхтерпеливого мужа до самой печени.

Юлия обернулась, очаровательно улыбнулась и сказала:

— Думаю, вам следует проверить щитовидку, скорей всего, приступы агрессии и немотивированного раздражения связаны с неполадками работы эндокринной системы. Пара курсов лекарств, и вы переродитесь.

Я втянула голову в плечи: ну, сейчас начнется! Но Ольга, на удивление, промолчала. «Мерседес» поехал дальше, я выдохнула и увидела на полу белый конверт, руки сами подобрали находку. «Госпоже Юлии Никоновой лично» — было написано на том месте, где обычно пишут адрес. Письмо оказалось заклеено, я положила его в сумку. Женщина остановилась в отеле «Эллада», это совсем недалеко от дома Наташки. Я не первый раз приезжаю к подруге на Эгейское море и великолепно знаю, какие гостиницы находятся на единственной центральной улице крохотного приморского городка. Тут всего три отеля, и стоят они на холме, ниже расположены виллы, в Греции не очень много свободной земли, поэтому особняки устроились почти вплотную друг к другу. Наташке повезло, ее «Афина» последняя в ряду, с ней соседствует лишь один дом, коттедж «Роза». Вечером поднимусь к отелю и оставлю письмо на ресепшен.

Но, очутившись в Наташкином доме, я мигом забыла о конверте и Юлии Никоновой. Дневная духота пошла на убыль, теплое море плескалось почти у порога, огромные ярко-розовые цветы источали аромат, повар принес из холодильника ледяной апельсиновый сок — жизнь казалась восхитительной.

Поболтав с Наташкой, я искупалась, поужинала и пошла бродить по саду в сопровождении трех местных кошек. Греки любят животных и никогда не обидят бездомную киску. Впрочем, как раз «бездомных кисок» в маленьком городке и нет. Все кошки носят ошейники с жетонами и спокойно заглядывают в любой дом. Собаки толерантны к гостям, то ли их таковыми сделала местная жара, то ли псы так воспитаны. В сонном городишке, особенно там, где расположены виллы с частными пляжами, царит полнейшая идиллия. Единственно, что меня тут пугает, — это кацариды, местные тараканы. Они очень большие и умеют летать. Кацариды похожи на майских жуков, тучных «рогатиков», которые во времена моего детства фланировали даже в самом центре Москвы. Интересно, куда они подевались теперь?!

Я остановилась около раскидистого куста, вдохнула аромат его цветов и внезапно услышала голос, напоминавший звук циркулярной пилы:

— Отвратительный дом! Небось ты снял его по дешевке!

Я осторожно повернула голову и увидела в саду соседней виллы Ольгу и Андрея.

— Милая, это лучший особняк, — тихо ответил муж.

— Всего три комнаты!

— Зачем нам на двоих больше?

— Жлоб! — припечатала Ольга. — Принеси сок. Почему не снял соседний дом? Он большой!

— Там живут люди.

— И что?

— Это частное владение некой баронессы Макмайер, — пояснил муж, — она не сдает виллу. Сама в ней обитает.

— Одна? — взвизгнула Ольга.

— Ну... не знаю, — растерялся Андрей, — наверное!

— Боже, везет же людям! — запричитала Ольга. — А я! Нет бы выйти замуж за «Нефтегазпром» или «Никельсталь». Кое-кто нашел правильную половину и теперь радуется в огромном коттедже. А я! А я! А я! В сарае! Три клетушки! Принеси пить!!!

Андрей кашлянул.

— Я неплохо зарабатываю!

— О боже! — простонала Ольга. — Две копейки

имеем, третью примечаем. Ты даже не понимаешь, что значит: большие деньги! Да люди твою «неплохую зарплату» за один вечер в ресторане на коктейли тратят!

— Навряд ли, — неожиданно возразил Андрей, — тогда бы они спились!

— Да пошел ты! — гаркнула жена.

Я очень осторожно, на цыпочках пошла к вилле. Вот уж повезло так повезло. Угораздило же вечно лающуюся семейную пару снять соседний особняк!

Два дня пролетели, как один миг. Единственное, что нарушало покой, — это капризный, визгливый голос Ольги, долетавший с соседнего участка.

— Я бы ее убила, — сказала в конце концов Наташка, — как только мужик терпит подобную жену?

— Может, она богата? — предположила я. — Муж основал бизнес на средства супруги и попал к ней в зависимость.

— Тем более ее надо утопить! — фыркнула баронесса Макмайер. — Благо море под рукой. Местный начальник полиции, Джон, абсолютный пофигист, ему своих дел хватает. Велит патологоанатому выдать справку о смерти, и валите, вдовец, в Москву. Будь я на месте Андрея, эта Ольга бы и суток не прожила.

Около часа ночи мне, безуспешно пытавшейся заснуть после слишком обильного ужина, захотелось выйти в сад.

Стояла изумительная тишина, прерываемая стрекотом цикад, над головой нависало черное небо, залитое яркими, какими-то декоративными звездами, воздух был насыщен ароматом незнакомых цветов, тихо плескалось море.

Я набрала полную грудь воздуха и вдруг услышала тихое шуршание, поскрипывание, шорох, вздохи...

Ноги сами собой подвели меня к раскидистой туе, загораживающей соседний дом, я встала за зеленые ветви и осторожно посмотрела в чужой двор.

В ярком лунном свете была великолепно видна стройная фигура Андрея, он стоял, опершись на лопату.

Я замерла, боясь издать хоть один звук. Андрей внезапно опустился на колени и тихо сказал:

— Прости, милая, это случайно вышло! Я не хотел! Ей-богу, я даже не думал о таком! Ну прости, прости, прости!

Мне стало холодно, по спине, несмотря на душный вечер, побежал озноб. Андрей тем временем вынул из кармана носовой платок, тщательно вытер ручку лопаты, потом обернул ткань вокруг деревяшки, сунул заступ под мышку и, слегка прихрамывая, пошел в дом.

Я подождала, пока он исчезнет, и, пользуясь тем, что изгородь, разделявшая участки, была всего сантиметров пятьдесят в высоту, легко перешагнула через нее и приблизилась к тому месту, где только что плакал Андрей.

Не надо было иметь специального образования, чтобы понять: дерн сначала аккуратно сняли, а потом не менее осторожно вернули на место.

На следующий день около полудня в дом к Наташке пришел полный грек в полицейской форме.

— Джо! — обрадовалась подруга. — Хочешь холодного компота? Знакомься, это Даша, она приехала из Москвы погостить. Дашуня, это наш мест-

ный Дегтярев. Вообще-то он не Джо, но мне его настоящее имя нет шансов произнести.

— Джо лучше, — кивнул толстяк, — во всяком
случае, короче. Я знаю, Натали, что у тебя гости, мы
же ее регистрировали в участке. Привет, как пожи-
ваете?

— Замечательно, — улыбнулась я, — надеюсь, и
ваши коровы здоровы?

— Мы тут не держим буренок, — удивился
Джо, — только овец, да и то их стало мало.

— Не обращай внимания, — усмехнулась Ната-
ша, — Даша просто хочет казаться вежливой. Что
случилось? У кого на этот раз угнали катер?

Джо похлопал себя по лысине.

— Ваши соседи... вы давно их видели?

Мы с Наташкой переглянулись.

— Слышим каждый день, — сказала подруга.

— Они постоянно ругаются, — добавила я, — а
что?

Полицейский крякнул:

— Господа Лавровы сняли дом на все лето. Сегодня утром муж заявил о пропаже жены.

— Ничего себе! — подскочила Наташка.

— Андрей говорит, что он лег спать, — продолжал Джо, — а жена захотела искупаться. После бур-
ной ночи любви решила освежиться.

— Ромео с Джульеттой! — фыркнула Наташка. —
Что-то не похожи они на страстных влюбленных!
Ругаются каждый день! Безостановочно.

— Я в Москве с ними столкнулась, — перебила
я, — в Домодедове. Ольга капризничала по каждому
поводу.

— Угу, — закивал Джо, — ясно. Но сам Андрей

утверждает, что обожал жену, а она души в нем не чаяла. Они полночи провели в страстных объятиях, а потом он устал и заснул. Утром Андрей не обнаружил жену рядом, но не забеспокоился. Ольга замечательно плавает и каждый день в Греции начинала с заплыва. Лавров спал до десяти, жена плавала по нескольку километров. Но сегодня Ольга не вернулась к завтраку. Андрей забеспокоился, пошел к морю, обнаружил там полотенце, тапки и... ключи. Так он понял, что Ольга не возвращалась с вечера. По ключам.

— Каким образом? — насторожилась я.

— Она запирала виллу, когда ходила купаться по ночам, — пояснил Джо, — а утром нет. У нас туристы тонут, это не редкость, водолазы ищут тело, но его часто не удается обнаружить, здесь есть подводное течение, очень сильное...

Я поежилась.

— Джо! Вчера вечером я стала свидетельницей странной сцены...

Полицейский внимательно выслушал мой рассказ про снятый в саду дерн и склонил голову набок.

— Повторите это в присутствии Андрея?

— Да, — храбро ответила я.

— Тогда пойдемте к соседям, — приказал Джо.

— Я с вами, — заявила Наташка, — ну, Дашута, не успела приехать, как вляпалась в историю!

Не скажу, что мне было приятно озвучивать свое наблюдение в присутствии Андрея, но я в деталях описала увиденное.

— Как объясните ваше поведение? — резко спросил у него Джо.

Андрей замялся.

— Можно я не стану комментировать ситуацию? Она очень неприятная.

Толстяк расстегнул верхнюю пуговицу форменной рубашки.

— Вам не кажется странным, — вкрадчиво сказал он, — ваша жена на рассвете идет купаться. Свидетелей этого нет. Может, она и не приближалась к воде!

— На берегу остались полотенце и тапки! — перебил его Лавров.

Джо кивнул:

— Верно. Но ведь их мог туда положить любой! Вы, например.

— Я? — подпрыгнул Андрей. — С ума сошли! Зачем мне это делать?

— Всякое случается, — обтекаемо ответил Джо, — лучше объясните, почему вы стояли с лопатой в саду.

Лавров повернулся к Наташе:

— Простите, я нечаянно! Вернее... о господи! Все так сложно!

— А вы объясните, — пропел полицейский.

— Хорошо, — с отчаянием в голосе заявил Лавров, — мы с Ольгой хотели детей! Вернее, если говорить честно, о ребенке мечтала она. Я развелся с первой женой, у меня в том браке погиб сын, и я не очень-то был настроен заводить второго. Но Ольга настаивала. М-да! Да только у супруги обнаружились некие отклонения, гинеколог выписал ей гормональные таблетки, и начался натуральный ад! Оля превратилась в фурию. Скандалы, упреки, капризы, скачки настроения: то кричит на меня, то обнимает и признается в любви.

Я молча слушала Лаврова. Гормоны многое объясняют, увы, женщины сильно зависят от количества эстрогенов, многие из нас раз в месяц начинают изводить окружающих. А кое-кто из моих знакомых бросил пить противозачаточные пилюли, потому что они здорово изменили характер, причем не в лучшую сторону.

Андрей понимающий человек, поэтому он толерантно относился к выходкам жены, но в конце концов и у святого иногда заканчивается запас терпения. Лавров заявил супруге:

— Мы поедем на лето в Грецию, и если в Москву ты не вернешься беременной, прекратишь гормональное лечение. Я более не способен жить с Бабой-ягой.

Ольга обиделась, но обещание дала. Едва Андрей ступил на греческую землю, как ему стало понятно: супруга намерена использовать его по полной программе. Оля не хотела выходить в город, она желала оставаться в кровати. В конце концов, Андрей заявил:

— У меня ощущение, что я нужен тебе не как муж, а как спермодонор! Лично мне хочется поездить на экскурсии и просто поваляться на пляже...

Договорить супруг не успел, жена схватила с тумбочки здоровенный бронзовый подсвечник и метнула в него. Андрей в юности занимался баскетболом, да и сейчас иногда в свободное время играет с друзьями, поэтому у Лаврова сработал рефлекс, он поймал подсвечник и, потеряв самообладание, швырнул его в жену. Ольга завизжала, присела, канделябр просвистел над скандалисткой, вылетел в открытое окно... Из сада раздался вопль. Андрей, мигом придя в себя, кинулся во двор и нашел на дорожке мертвую кошку, рядом валялся злополучный подсвечник, убивший животное.

Андрей на секунду замолчал, потом посмотрел на Наташу.

— Простите, бога ради! Это несчастный случай! Я люблю кошек! Никогда бы не смог намеренно причинить вред ни одной! Сразу понял — это ваша питомица, на ней был ошейник с брелоком: «Марта. Вилла «Афина».

— Господи! — подскочила Наташка. — Ты убил Марту!

— Случайно, — с самым несчастным видом подтвердил сосед.

— И похоронил ее у изгороди? — уточнил Джо.

— Нельзя же бросить ее просто так... на дороге, — промямлил Лавров.

— Значит, если мы вскроем могилу, найдем там кошку? — не успокаивался полицейский.

Сосед закивал, а Джо вышел из гостиной.

— Мерзавец! — накинулась на Андрея Наташка.

— Это несчастный случай, — шарахнулся в дальний угол дивана Лавров.

— Почему ты не принес мне останки Марты? — затопала ногами подруга. — Я бы ее искать стала!

— Испугался, — признался Андрей.

Баронесса Макмайер набрала полную грудь воздуха, открыла рот...

Не дожидаясь всплеска справедливого гнева подруги, я пошла за Джо и нашла его на террасе.

— Сейчас мои парни вскроют захоронение, — сказал полицейский.

— Позвоните в Москву полковнику Дегтяреву, я

дам номер. Пусть Александр Михайлович уточнит биографию Лаврова: почему он развелся с первой женой и по какой причине погиб его сын? — предложила я.

— Да, верно, — кивнул Джо, — интересно, был ли у его жены страховой полис?

— Вас волнует, сумеет ли Лавров найти деньги для отправки тела в Москву? — нахмурилась я. — Но Ольгу пока не нашли. Может, она жива-здорова?

— Наш бюджет очень маленький, — со вздохом констатировал Джо, — но я сейчас о другом. Понимаете, люди примитивны, я служу в полиции двадцать лет и за эти годы стал свидетелем большого количества однотипных преступлений. Приезжает на отдых пара, муж или жена тонет в море, а потом выясняется, что погибший удачно застраховал свою жизнь в пользу другого супруга этак на миллион долларов.

— Круто, — вздохнула я.

— Печально, — вздохнул Джо, — но, что еще печальнее, это часто сходит с рук убийце. Я понимаю, что жертву утопили, но доказать ничего не могу, в особенности если тела нет.

Примерно через два часа Джо пришел к нам на виллу и мрачно сел у стола на веранде. Мы с Наташкой, пившие кофе, замерли.

— Там кошка? — с надеждой спросила я.

Полицейский вытащил сигареты.

— М-да, — крякнул он, — в красной юбке и...

— ...розовом топике со стразами, — прошептала я, — он ее убил.

Джо почесал лысину.

— Ну на что он рассчитывал, а? Яма неглубокая,

труп чуть-чуть присыпан. То ли сил не хватило, то ли он испугался! Дождь пойдет, покойница наружу вылезет! Дожди у нас не редкость, они короткие, минут на пять, но проливные.

— Откуда бы москвичу знать такие детали про местную погоду, — справедливо заметила Наташка, — у людей Греция ассоциируется с жарой. Это точно Ольга?

Джо нахмурился:

— А кто еще? Напрасно он ей голову и руки с ногами кислотой облил!

— Чем? — в ужасе спросила я.

Полицейский чихнул.

— У нас тут народ живет по старинке, хоть и имеют компьютеры, мобильные телефоны и спутниковое телевидение, хозяйство женщины ведут, как их бабки. Главное — чистота. Поэтому в туалетах у всех стоят бутылки с очень едким средством. На жаре любая неполадка с канализацией сулит кучу неприятностей, трубы в городке старые. Короче, попользовался унитазом, смыл, налил кислоту, опять промыл.

— Знаю, — кивнула я, — у Наташи такая же система.

— Местная администрация давно просит жителей пользоваться не дедовским, «убойным» средством, а приобретать современные, более мягкие составы, — продолжал Джо, — но разве нашим объяснишь! Да и дорогие они, всякие там «утенки», вот народ и покупает дрянь, которая... В общем, ваш сосед не хотел, чтобы жену узнали, и облил ей голову, руки и ноги едкой жидкостью. Думал, таким образом уничтожит все, что поможет идентификации трупа.

— Одежду и торс он оставил нетронутыми? Ну не идиот ли! — воскликнула я. — Анализ ДНК легко произвести.

— Наверное, он про него не знал, — скривился Джо. — Кстати, мы тут такое исследование не делаем. В Афинах есть криминалистическая лаборатория, но результата надо ждать не один месяц, там очередь, и опять же бюджет не позволяет.

— Хоть бы юбку с приметным топиком снял, — продолжала удивляться я.

Джо развел руками, а потом добавил:

— Ваш Дегтярев хороший профессионал, тут же откликнулся, и выяснились интересные детали. Первая жена Андрея, Катерина, погибла во время совместного отдыха в Египте. Семья взяла простую лодку, весельную, и отправилась покататься. Катер береговой охраны обнаружил Андрея в воде. Он объяснил, что посудина дала течь, Лавров растерялся и не сумел спасти ни жену, ни сына. Тело мальчика и Катерины обнаружили водолазы. Никаких прижизненных травм утопленники не имели, а лодчонка оказалась очень ветхой. Андрей, простите за глупый каламбур, вышел сухим из воды.

— Жесть! — вытаращила глаза Наташка. — У него подобное, оказывается, поставлено на поток.

— Катерина была обеспеченной женщиной, — продолжал Джо, — она практически содержала Андрея. После кончины жены ему досталось огромное наследство: квартира, дача, машины, счет в банке, драгоценности, ну и так далее.

— Он убил своего ребенка, — поежилась я.

— О насильственной смерти речи не было, — напомнил Джо, — всего лишь несчастный случай. Кстати, сын не Андрея. Мальчик был рожден Катериной в первом браке.

— Но какого черта эта Синяя Борода сказал нам, что развелся с первой супругой? — удивилась Наташка. — Зачем врал?

— Вот уж глупость! — подхватила я. — Проверить-то это очень легко! Один звонок в архив! Вы спросили Лаврова, чем он мотивирует свою ложь?

— Ответил, что испугался, — пояснил Джо, — некрасиво получается: первая супруга утонула в море, вторая тоже...

— Обескураживающая периодичность, — фыркнула Наташка, — прямо как в анекдоте: «Вы будете смеяться, но моя седьмая жена тоже повесилась сама, как и шесть предыдущих, наказала себя за подгоревший пирог».

— Лавров утверждает, что он не виноват. Катерину любил, мальчика воспитывал с пеленок, считал его родным ребенком, очень переживал его гибель, даже попал в больницу с нервным срывом.

— Ой, бедняжечка! — издевательски воскликнула Наташка. — Хочется плакать от жалости к нему.

— А еще жизнь Ольги Лавровой была застрахована на крупную сумму, — завершил рассказ Джо.

— Какую? — поинтересовалась Наташка.

— В пользу кого? — одновременно спросила я.

Джо положил ногу на ногу.

— Представитель страховой компании не ответил на эти вопросы. Им нужен официальный запрос, но клерк подчеркнул: сумма очень велика. А еще ваш Дегтярев прислал справку на Ольгу Лаврову. У нее нет никаких родственников, кроме Андрея. Отец и мать умерли, братьев-сестер нет, замуж вышла первый раз. На работе Лаврова служила аудитором, она характеризуется начальством положительно: знающая, аккуратная, неподкупная. Коллеги имеют другое мнение: жесткая, крайне принципиальная. Но не из тех, кто любит говорить правду в лицо, — улыбнется, а потом пойдет к начальству и сдаст с потрохами. Друзей на службе она не имела, ее сторонились, знали, что она способна настучать, и поэтому ее избегали. Правда, отмечают, что Лаврова очень любит мужа и ревнует его чуть ли не к фонарному столбу. Ольга не из тех женщин, кто постоянно заводит романы, до знакомства с Лавровым она жила одиноко. И вот пикантный момент: она весьма обеспеченна. Отец Ольги известный московский нумизмат, он оставил дочери свое собрание монет. А кто наследник Ольги? Правильно, ее муж Андрей.

Над садом повисла тишина.

— Однако Лавров — молодец, — нарушила ее Наташка, — везет ему с бабами. Первая умерла — он получил хороший куш, вторая погибла — заимеет немалые денежки.

— Думаю, наследства от Ольги ему не видать, — подытожил Джо. — Андрея обвинят в убийстве. Есть свидетели его постоянных скандалов с женой, Даша видела, как Лавров стоял у могилы с лопатой, а потом вытирал черенок носовым платком. И эта глупая ложь про ее купание!

— А где кошка? — спохватилась Наташка.

— Там же, — мрачно ответил Джо, — лежала под трупом Ольги.

Моя подруга ойкнула и ушла с террасы.

— Тело Ольги лежало поверх убитого животного? — уточнила я.

— Да, — кивнул Джо.

— Значит, сначала в землю закопали Марту?

— Верно.

— А потом труп Ольги?

— Именно так.

— Почему не наоборот? — поразилась я. — Логичнее маленькое уместить на большом!

Джо отвернулся и ничего не сказал.

— Могила была очень неглубокой, — не останавливалась я. — Неужели Лавров не мог ее выкопать поглубже? И почему, старательно уродуя голову, руки и ноги несчастной, он не снял весьма приметную одежду?

— Если бы преступники не совершали ошибок... — махнул рукой Джо. — Андрей не профессионал, так сказать, любитель... И еще...

Полицейский стал сосредоточенно раскуривать сигарету.

— Ну, дальше, — поторопила его я.

Джо откинулся на спинку стула.

— Отчего-то туристы считают местных полицейских идиотами. Думают: они тут толстые кабаны, способные только гоняться за воришками, тырящими полотенца с пляжа. Это расслабляет преступника, он заведомо ощущает себя неуловимым и совершает оплошности. Думаю, в голове у Лаврова имелся более простой расчет. Они с женой россияне, ну какой смысл греческой полиции тщательно копаться в деле? Погибла не гречанка, следовательно, можно замять происшествие, выдать справку о не-

счастном случае — и ку-ку. Один раз ему такое уже
сошло с рук!

— Но почему он не снял с нее одежду? — тупо
повторяла я. — И зарыл тело в своем саду?

— А куда ему было идти? — усмехнулся Джо. —
Залезть на вашу территорию?

— Мог утопить его в море!

— Я уже объяснил ход мыслей преступника, —
остановил меня толстяк, — кстати, он оставил приметную улику: на одном из кустов у могилы висит
шарф Ольги. Как он его не заметил?!

Вечером я полезла в свою сумку за кошельком и
обнаружила там конверт, адресованный Юлии Никоновой. Настроение у меня было невеселым, сидеть на террасе и смотреть на сад, где до сих пор
бродили полицейские, не хотелось. Я взяла письмо
и пошла в гостиницу. Отдам Никоновой послание,
а заодно и развеюсь.

— Юлия Никонова? — переспросил портье. —
Мадам, она уехала.

— Уже? — поразилась я. — Так быстро?

Администратор развел руками:

— Не всем по карману долгий отдых. Госпожа
Никонова могла позволить себе всего несколько
дней. У вас в России, говорят, тяжелые времена, население вынуждено работать с утра до ночи. Никонова приехала в шубтур.

— Куда? — не поняла я.

Мужчина заулыбался:

— В нашем городе расположена меховая фабрика, небольшое, но хорошее предприятие. Русские
женщины покупают путевку и приезжают сюда,
чтобы приобрести манто. Даже с учетом перелета и

проживания получается намного дешевле, чем покупать норку в Москве. Кстати, если вы возьмете три меховых изделия, фабрика оплатит вам отель, купите десять — слетаете туда-сюда бесплатно. Очень выгодно и вам, и нам. Сходите в демонстрационный зал, от души советую.

— Спасибо, — кивнула я и показала на полочку с книгами, висевшую у ресепшен: — Похоже, у вас много русских постояльцев! Вон сколько томов на моем родном языке.

Портье потер руки:

— Верно. Дамы оставляют прочитанную литературу, вот и получилась неплохая библиотека.

— Вон ту Смолякову бросила Никонова? Можно мне посмотреть детектив?

— О! Пожалуйста, — любезно ответил администратор и протянул мне томик в бумажной обложке.

Я увидела загнутый уголок и открыла детектив. Страница 282, до окончания романа осталось всего несколько страниц, и они склеены. Милада Смолякова мастер, она всегда до последней фразы водит читателя за нос. Я сама недавно нервничала вот над этим ее романом и знаю: фамилия убийцы раскрывается буквально в последнем предложении. Естественно, можно пролистать детектив вперед, но ни один из любителей криминального чтива так не поступит, пропадет весь интерес к роману.

— Если хотите, забирайте! — предложил портье. — Прочитаете и вернете. Не отдадите — беды нет, библиотека постоянно ротируется. Дамы берут из Москвы книжку, прочитают, оставят здесь, а на обратную дорогу возьмут из нашего собрания.

— Никонова тоже взяла томик? — спросила я.

— Нет, я предложил, а она отказалась, сказала: «Мне это не интересно», — ответил портье.

Я вышла на улицу, дошла до ближайшего кафе и позвонила Дегтяреву.

— Да! — гаркнул полковник.

— Милый, ты же любишь меня, — проворковала я.

— Говори, — вздохнул Александр Михайлович, — что на этот раз?

Полковник зануда и любит пофилософствовать на пустом месте, он обожает всех поучать и давать глупые указания, типа: «На улице мороз, надень пальто». Но на профессиональной ниве Дегтяреву нет равных, мышь едва высунет из норки кончик носа, как полковник схватит ее, куда только деваются его медлительность и лень! Через пару часов я получила ответы на все свои вопросы и пошла в полицию к Джо.

— Интересно. — Грек побарабанил пальцами по столешнице.

— Дайте мне поговорить с Лавровым, — попросила я, — со мной он будет откровенным. Я не испорчу дела!

— Хорошо, — согласился Джо, — сейчас его приведут в комнату для допросов. Но я буду за зеркалом!

— Естественно, никто в этом не сомневался, — кивнула я.

За время, проведенное под замком, Лавров похудел, а его щеки покрыла щетина.

— Вы? — изумился он, сев за длинный стол. — Зачем пришли?

— Хочу помочь, — ответила я, — знаю, что вы не убивали Ольгу. История про кошку чистая правда.

— Господи! — воскликнул Андрей. — Да, конечно! С какой стати мне убивать родную жену? А?

— Ну мотив-то был, — нежно улыбнулась я, — Ольга застрахована на огромную сумму, и коллекция ее отца должна была достаться вам, так? Интересно, почему молодая женщина вдруг решила составить завещание? Российские граждане не приучены к таким поступкам.

— Олюшка легла на операцию, — пояснил Андрей, — гинекологическую. Я уже говорил о ее маниакальном желании иметь детей. Она боялась наркоза, смерти на столе, вот и пошла к нотариусу.

— Представляю, как вы испугались, узнав, что в саду закопано тело!

Андрей кивнул:

— Это было ужасно. Кто мог так поступить с Оленькой!

— Действительно, кто? — нахмурилась я. — Вы ведь договаривались с Юлей по-другому.

— С кем? — икнул Лавров.

Я оперлась локтями о стол.

— Могу рассказать, как было дело. Вам нравятся обеспеченные женщины, вот только они капризны и требуют внимания. После гибели Катерины вы женились на Ольге, а та неожиданно захотела иметь детей. Вам младенцы не нужны, им ведь положена часть имущества после смерти мамы.

— Боже, что вы несете! — прошептал Андрей.

Я пожала плечами.

— Просто рассказываю не очень оригинальную историю. Ольга надоела вам, и вы решили повторить трюк с утоплением. Преступники частенько идут по проторенной дорожке. Одна жена погибла в море, и вторая может захлебнуться в воде. Местная полиция расследует подобные дела спустя рукава. Поэтому вы сняли дом в Греции, в маленьком городке, не в Афинах. Знаете, я всю дорогу слушала скандалы Ольги и поражалась: ну почему вы так терпеливы? Теперь стало понятно: вы сохраняли имидж любящего мужа, который потворствует капризам супруги. Весь автобус и пассажиры самолета могут это подтвердить. Но на самом деле вы придумали хитрый план. В Грецию полетела и ваша любовница, Юлия Никонова.

— Глупости! — подскочил Андрей. — Я не знаю эту женщину.

— Не надо, — погрозила я пальцем Лаврову, — уже есть показания по этому поводу. Вы должны были поехать на такси в Афины, Ольга отказалась бы от экскурсии, серпантин не для нее. Вернувшись назад, вы бы узнали, что жена пошла купаться и утонула. У вас стопроцентное алиби. Черная работа по убийству Лавровой должна была лечь на плечи Никоновой. Я сейчас не хочу вдаваться в детали. Просто учтите — правда известна.

Андрей посерел:

— Я ее не убивал!

— Нет, — согласилась я, — и есть одна неизвестная вам деталь! Ольга переписала завещание и переделала страховку. Совершила она это за день до отлета в Грецию. Знаете, кто наследник?

— Ольга сирота, — прошептал Лавров, — ни родственников, ни подруг из-за своего противного характера она не имеет...

— Верно, — кивнула я, — но порой женщины

способны на невероятные поступки. Скажите, сколько у вашей жены сумок?

— В смысле? — растерялся Лавров. — Вы о чем?

— О ридикюлях. У Ольги их было много с собой?

— Ну... не знаю, — ответил Андрей, — я не обращаю на это внимания.

— Плохо, — констатировала я, — впрочем, ваша жена на это и рассчитывала. Помните, она устроила скандал в автобусе, хотела в туалет?

— Может быть, — пожал плечами Андрей, — истерика — это ее любимое занятие!

— Ольга зашла туда, имея при себе сумку бежевого цвета, — сказала я, — а назад, к автобусу, она вернулась с мороженым, но без сумки. Мне еще тогда нечто показалось странным, но я не стала обдумывать происходящее, Ольга скандалила...

— Я не помню, — совершенно искренне ответил Андрей. — Ну какая разница, что у нее было в руках?

— На то и был расчет! Ваша жена постоянно орала, и это отвлекало внимание от всего, кроме ее визга. Но полиция съездила на заправку и поговорила с хозяином, и тот рассказал такую историю. Одна туристка попросила его припрятать сумку, обещала забрать ее через несколько дней. Дама хорошо заплатила и показала, что в торбе лишь одежда и кое-какие документы. Хозяин не стал спрашивать, зачем женщине понадобилось прятать вещи, он решил заработать, главное, что там нет наркотиков и оружия, остальное ерунда. Так знаете, кто наследник Ольги? Юлия Никонова! И страховку, и коллекцию получит она.

— Вы врете! — заорал Андрей, вскакивая со стула.

— Садитесь, — попросила я, — ваши жена и любовница сговорились между собой и решили от вас избавиться. Обе очень обижены на вас, вы обманывали и ту, и другую. Вот дамы и захотели отомстить. План был прост. Ольга подбрасывает вам снотворное в вино, вы мирно засыпаете. Ваша жена режет себе руку, пачкает своей кровью нож, бросает его возле вас, расшвыривает вещи и... убегает. А через час поступает звонок в полицию от Юлии Никоновой. Она гуляла по пляжу вечером и видела, как мужчина выбрасывает с лодки труп. Кстати, лодку тоже собирались замазать кровью Ольги! Вас арестовывают за убийство, через положенный срок Юлия Никонова получает страховку и коллекцию, отдает половину Ольге — и все путем.

— Бред, бред, бред, — твердил Андрей.

— И вновь я согласна с вами, — кивнула я, — но Юлия-то поверила Ольге. Никоновой мысль о получении кучи денег показалась привлекательной. Кстати, вы тоже обещали поделиться с любовницей, но деньги-то и коллекция доставались только вам! А Оля предложила Юлии переделать свое завещание и переоформила его! Почувствуйте разницу. Формально Лаврова мертва, весь трофей Юлин, и только от нее зависит, отдаст ли она Ольге его часть.

Андрей обхватил голову руками.

— Но ваша жена вовсе не наивна, — безжалостно продолжала я, — дело было так. Вы поскандалили и случайно убили кошку Марту. Пока вы зарывали несчастное животное, Ольга позвонила Юле и сказала: «Планы меняются. Убиваем меня сегодня. Приходи на виллу через час». Вы пришли в дом и, думаю, выпили вина.

— Да, — кивнул Андрей, — Оля налила.

— А потом заснули?

— Верно. Я встал около полудня, жены нет, нашел на берегу вещи... Поймите, я подумал: «Вот повезло, она сама утонула». — Андрей умоляюще протянул ко мне руки. — Я очень обрадовался, что не надо... ну... в общем, это же тяжело... мне было жаль Юлю... э... как она утопит... А потом пришла полиция.

Я встала и начала ходить по небольшой комнате для допросов.

— Ольга убила Юлию, переодела ее в свою одежду, сама нацепила сарафан Никоновой, облила голову, руки и ноги вашей любовницы кислотой, слегка припорошила труп землей, повесила на ветку свой шарф и ушла в гостиницу. Она знала, что вы заявите в полицию о пропаже супруги. А местные Шерлоки Холмсы живо найдут труп, тот практически на виду. Или ближайший ливень откроет тело. Полиция выдаст справку о смерти, вас засунут в каталажку. Через положенный срок Юля-Ольга получит деньги, а коллекцию она уже успела перетащить в ячейку банка. Ольга-то сейчас в Москве, улетела туда по билету Никоновой. Самое интересное, что никто не заподозрил плохого — ни портье в гостинице, ни пограничники. Лаврова и Никонова слегка похожи, остальное сделал грим. И потом, тех, кто катается за шубами, особо не проверяют. Единственная неувязочка — Никонова должна была прожить в отеле еще сутки, но портье не удивился скоропалительному отъезду, всякое случается, может, дама решила побегать по Афинам. Кстати, Ольга-Юлия так и поступила.

— Но... но... как она собиралась появиться на работе? — прошептал Андрей.

— Никак. Никонова уволилась перед отъездом в Грецию, Ольга сказала ей, что надо сменить место службы. Кстати, знаете, что было в той, спрятанной на заправке сумке? Российский паспорт на имя Елены Петровой с фотографией вашей жены, ключи от квартиры, которую она предусмотрительно сняла в спальном районе Москвы, и неприметная одежда, не яркая, как носили Ольга и Юля, а серое скромное платье и парик. Ольга тщательно подготовилась, не хотела рисковать, вдруг муж случайно найдет эту сумку. Вам нравятся одинокие бабы, у Никоновой, как, впрочем, и у Катерины, и у Ольги, нет родных, ее бы не стали искать.

— Но я бы узнал о завещании и начал охоту на Юлю! — взвыл Андрей.

— Маловероятно, — возразила я, — вам предназначалось сидеть в греческой тюрьме. Господина Лаврова осудили бы по местным законам, до Москвы он добрался бы лет этак через десять.

— Сука! — стукнул кулаком по столу Андрей. — Она хотела меня посадить! Все подстроила! Спала со мной в одной кровати и... нет, какова мерзавка!

— А вы спали с ней в одной кровати и задумали утопить, — напомнила я. — Юлия рассказала всю правду Ольге. Кстати, зачем вы вытерли черенок лопаты носовым платком? Мне это показалось очень подозрительным.

— На деревяшку что-то налипло, — растерянно пояснил Лавров. — Я не хотел испачкаться.

— Надо же! А я решила, что вы уничтожаете отпечатки пальцев!

Андрей побагровел.

— Ольга дура! Ну как бы она заявилась в страховую компанию за деньгами! Ее же узнают как Лаврову.

— Ваша супруга планировала сделать пластическую операцию, — пояснила я, — изменить форму носа, вкачать гель в губы и подкорректировать овал лица. Затем осветлить волосы, вставить в глаза цветные линзы... Ее бы и родная мать не узнала. Ладно, это все! Вы не убийца. Правда, не знаю, считается ли неосуществленное намерение утопить жену преступлением. Думаю, вас отпустят. Страховка, правда, теперь пропадет. А где, в каком банке находится коллекция монет, Ольга вам не расскажет, и она имеет на это право, спрятала личную собственность, полученную до брака. Лаврову будут судить, но мне это неинтересно. Да. Юлия обронила в автобусе конверт. Я хотела вернуть ей письмо и понесла в гостиницу. В конечном итоге из-за оплошности Никоновой дело и раскрылось.

— Что за письмо? — спросил Андрей.

— Полная ерунда, — улыбнулась я, — в конверте лежал рекламный проспект. Наверное, Никонова получила его перед отъездом от турфирмы, хотела вскрыть в самолете и забыла. Прощайте.

Я вышла из комнаты и налетела на Джо.

— Как ты догадалась, что Никонова — это не Никонова? — спросил полицейский.

— Вам это покажется глупым, — улыбнулась я, — но мне помогла книга Милады Смоляковой. Помню, в автобусе на моих глазах Юля загнула уголок страницы. Она сказала, что обожает этого автора. Но почему тогда она оставила в гостинице недочитанный роман? Последние листки были склеены, их не открывали. Ладно, Юлия занималась покупкой шубы и временно отложила книгу, но, улетая, она непременно должна была прихватить ее, чтобы узнать развязку. Ни один любитель детективов не бросит чтение на самом интересном месте. А еще она отказалась от предложения портье взять новый криминальный роман, сказала: «Мне это неинтересно». И я подумала: вот странность! Человеку несвойственно столь резко менять свои привычки.

— А мне показались странными браки Андрея, — признался Джо, — все жены всегда богаче мужа. Нехорошо!

Я посмотрела на толстяка, но ничего не сказала. Джо полагает, что неравенство в супружестве зависит от денег. Думаю, он не совсем прав. Что такое неравный брак? Это когда жена ненавидит мужа больше, чем муж жену.

МОЯ НЕЗНАКОМАЯ ПОДРУГА

По улицам ходит огромное количество наших друзей, просто мы с ними еще не познакомились.

Около шести вечера я, трясясь от холода, натягивала на себя восьмой по счету сарафан. Семь предыдущих валялись на стуле в примерочной кабинке. Клацая зубами, я одернула подол и уставилась в зеркало. Легкое недовольство превратилось в раздражение. Опять не подходит! Ну по какой причине в наших магазинах продают модели, рассчитанные лишь на очень юных девочек? Почему я, дама, так сказать, элегантного возраста, не могу подобрать себе хорошее летнее платье? Да, я сохранила девичью фигуру, и все эти крошечные лоскуты на лямочках великолепно сидят на мне, но я не хочу щеголять в юбочке размером с ладонь и корсете, из которого почти полностью вываливается бюст! Я же не собираюсь искать на улице клиентов, я не торгую собственным телом, мне нужен простой наряд, прикрывающий колени и не обтягивающий грудь. Но я захожу уже в пятый магазин, и везде взгляд натыкается на одно и то же: тонюсенькие тесемочки, к которым прикреплен кусок ткани размером с носовой платок! Кстати, у меня тридцать восьмой размер одежды, но большинство из представленных в торговых залах моделей мне безнадежно малы. Если учесть, что в России женщины в основном носят вещи сорок восьмого размера, а многие девушки имеют пышный бюст, то остается лишь недоумевать, где они покупают обновки. Неужели все ездят за границу?

Я сняла сарафан и торопливо начала натягивать свою одежду, купленную в Париже. Вот вам еще один вопрос: почему в торговых центрах сейчас царит почти минусовая температура? На улице июльская жара, под раскаленными лучами солнца плавится асфальт, продажа мороженого и газированной воды побила все рекорды, люди разделись почти до неприличия. Но стоит войти в магазин, как попадаешь в Арктику. Я могу понять, когда в супермаркете от прилавков с быстропортящимися продуктами веет холодом, и, отправляясь за молоком и колбасой, всегда, даже в жару, прихватываю с собой шерстяную кофточку, но зачем включать кондиционер на полную мощь там, где висят шмотки?! Платья, юбки и брюки не прокиснут!

Обозлившись, я посмотрела в зеркало и решила причесаться.

— Пустите, — тихо сказал женский голос, — я с вами не пойду.

Я вздрогнула и обернулась: в кабинке никого, кроме меня, не было.

— Отстаньте, — прошептали сбоку.

— Шевелись, — приглушенно произнес мужской голос.

— Мне больно!

— Будет еще хуже!

— Не трогайте меня, пожалуйста, я боюсь!

— Молчи!

— Не надо, не надо!

— Заткнись, гадина!

Повисла тишина, и я, поняв, что не очень-то любезный диалог доносится из соседней кабинки, выглянула в узкий коридорчик. В ту же секунду из расположенной рядом кабинки вышла пара: девушка лет двадцати пяти и шкафообразный парень. Молодая женщина была очень симпатичная, рыжие мелко вьющиеся волосы падали на узкие плечи, лицо с молочно-белой кожей покрывали яркие веснушки, а глаза имели изумрудный оттенок. Вдобавок ко всему незнакомка элегантно одета: белое платье с коротким рукавом и темно-синим поясом, а на ногах — дорогие босоножки, состоящие из одних ремешков. Естественно, я тут же обратила внимание на ее модный педикюр. Ярко-розовый лак подчеркивал красивую форму ногтей, не каждая женщина может похвастаться идеальной формой ступни, но это был как раз тот самый редкий случай, когда большой палец является самым длинным, а остальные постепенно уменьшаются.

— Вам помочь? — спросила я.

Девушка резко остановилась.

— Чё надо? — пробасил парень и поднял на меня мутный взгляд.

Красавица стояла молча, опустив глаза в пол.

— Мне показалось, что она звала на помощь, — решительно заявила я.

— Нет, — еле слышно сказала незнакомка, — вы неправильно поняли. Все нормально.

— Правда? — не успокаивалась я.

— Нам некогда болтать, — с угрозой в голосе

произнес «шкаф», — мы торопимся! Дома дети ждут. Вам чё, заняться нечем? Пристаете к людям!

И тут девушка наконец-то оторвала глаза от ковра, который устилал коридорчик, и посмотрела на меня. Я вздрогнула: во взгляде незнакомки был даже не страх, а подлинный ужас.

— Вы уверены, что все хорошо? — повторила я.

Она быстро закивала.

— Если кто и позовет сейчас охрану, так это я, — зашипел «гардероб», — вроде дорогой бутик, а сумасшедших пускают.

— Вам лучше уйти, — прошептала девушка, — спасибо, я в порядке.

— Как вас зовут? — не успокаивалась я.

Девушка беспомощно посмотрела на мужчину.

— Ну ваще! — обозлился тот. — Тетя, отвали от моей жены!

— Какая у вас красивая сумочка, — цеплялась я за последнюю надежду затеять разговор.

Неожиданно девушка обрадовалась.

— Да, вещь дорогая. Такими торгуют только в «Алонсо», но вам подобную не продадут. Я в бутике постоянная клиентка, этот клатч был сделан по спецзаказу именно для меня, и он существует в единственном экземпляре. Впрочем, загляните в «Алонсо», вам там предложат массу интересного.

— Я не понимаю, мы тут чё, до нового года простоим? — взвился ее спутник. — Дорогая, шевелись! Нас ждут.

С этими словами парень схватил девушку за плечо и толкнул вперед. Я смотрела им вслед. В конце коридорчика рыжая дама обернулась, зеленые гла-

за, в которых теперь к ужасу добавилось еще и от-
чаяние, стали наполняться слезами...

— Охрана! — закричала я, кидаясь вперед. — Сюда, скорей, на помощь!

В ту же секунду парень и девушка вышли из коридорчика и смешались с толпой. Я выбежала в торговый зал и растерялась. Повсюду сновал народ, сегодня стартовал сезон скидок, и огромное количество как женщин, так и мужчин решили пополнить
свой гардероб. Рыжеволосой девушки нигде не было видно.

— Не подошло? — спросила, материализуясь
около меня, продавщица.

Я сообразила, что до сих пор держу в руке сарафан, и быстро ответила:

— Нет.

— Жаль, — искренне расстроилась девушка, —
вещь с семидесятипроцентной скидкой.

— Тут не проходила красивая женщина с ярко-
рыжими волосами? — перебила я собеседницу. —
Она мерила одежду в соседней со мной кабинке.

— Где?

— В маленьком коридорчике, — пояснила я.

— Вы своя? — вдруг спросила продавщица.

— Простите? — не поняла я.

— Родственница кого-то из персонала?

— Нет. Обычная покупательница. А почему у вас
возникла мысль о моем родстве с кем-то из сотрудников центра?

— Там вообще-то наша комната отдыха, — улыбнулась девушка, — ее на время сейлов высокой
ширмой перегораживают, притаскивают зеркала, и
получаются еще две дополнительные примерочные.

Вам повезло, что туда попали, об этих помещениях только свои знают, основная масса покупателей вон там толкается!

Девушка указала рукой в сторону очереди, змеившейся в противоположном конце зала. Я глянула на бейджик, который украшал форменное платьице приветливой продавщицы, и спросила:

— Скажите, Стелла, вы не видели здесь рыжеволосую девушку?

— Нет, — помотала головой продавщица, — тут полно народу. А кто вас отвел в примерочную для своих?

— Сама случайно ее обнаружила, — улыбнулась я, — сначала приуныла, когда поняла, что в очереди придется долго стоять, потом решила не тратить времени, хотела отобранные вещи назад повесить, пошла к стойкам и увидела, как из этого коридорчика девушка с вешалками выпархивает.

Стелла засмеялась:

— Вам за аккуратность повезло! Клиенты, как правило, если передумают шмотки мерить, швыряют их где стоят, а вы на место понесли и наши хитрые кабинки обнаружили!

— Девушка! — заорали сбоку. — Эй ты, хватит болтать! Где тут сорок второй размер?

Стелла метнулась в сторону, а я вышла на улицу, села в машину и призадумалась.

Рыжеволосая незнакомка явно боялась своего спутника, и она не ответила на мой вопрос об имени. Почему? Никакого труда не стоило сказать: «Меня зовут Даша».

Но парень фактически запретил своей спутнице представиться, а она подчинилась. Я ошибаюсь, или в глазах красавицы на самом деле плескался ужас? Она сначала молчала, потом робко поддержала парня, с живостью заговорила лишь о сумке из бутика «Алонсо». Если дама столь охотно рассказывает об аксессуаре, да еще хвастается тем, что он существует в единственном экземпляре, вряд ли ей грозит смертельная опасность. Хотя... Дашутка, ты идиотка, а вот девушка оказалась настоящей умницей, она надеялась, что я правильно ее пойму и попытаюсь помочь.

Руки схватились за руль. Я очень хорошо знаю, где находится «Алонсо», пару раз покупала там туфли и приобрела Зайке сумку в подарок.

В отличие от торгового центра, в «Алонсо» стояла приятная прохлада, а в уютном зале не было ни одного посетителя. Витрины бутика не украшал плакат: «У нас скидка», и народ не рвался в магазин. Людей можно понять, даже в тот момент, когда по всей Москве цены стремительно обваливаются, ассортимент «Алонсо» остается безобразно дорогим.

— Здравствуйте, Дарья, — живо застрекотал высокий худой парень, одетый, как привидение, во все белое. Мне оставалось лишь позавидовать цепкой памяти юноши, я не являюсь их постоянной клиенткой, заглядываю сюда не так уж часто, но консультант запомнил мое имя.

— У нас новая коллекция, — начал обхаживать меня парнишка, — обратите внимание на зеленые туфли!

— Очень милые, — кивнула я.

— А какие сумочки! — закатило глаза «привидение». — Жаль, что я не могу такие носить.

— Кстати, о сумках, — обрадовалась я, — видите ли... э... простите, как вас зовут?

— Антон, — галантно поклонился юноша.

— Так вот, Антон, моя знакомая купила у вас клатч, темно-синий с белыми вкраплениями и золотым замком, на длинном тонком ремне.

Антон прищурился и ничего не сказал.

— Это рыжеволосая, очень симпатичная девушка, ваша постоянная клиентка, — продолжала я. — Сумка была в одном экземпляре, она сделана по просьбе покупательницы. Очевидно, вы регистрируете такие заказы?

Продавец замялся, потом приложил руку к груди и закатил глаза.

— Дарья, поймите меня правильно, если клиент приобретает вещь по своему эскизу, мы не имеем права ее тиражировать. Это невозможно. Но вы, если пожелаете, можете придумать свой вариант, я охотно вам помогу!

— Мне не нужна сумка, — ляпнула я, — мне нужна девушка!

Антон заморгал:

— Простите, не понимаю.

— Скажите мне, пожалуйста, имя и фамилию клиентки, заказавшей клатч, а еще хотелось бы иметь ее адрес и телефон, — нежно пропела я.

— Извините, — растерялся консультант, — подобная информация не подлежит разглашению.

Я вынула кошелек, достала из него купюру, положила на прилавок и сказала:

— Буду очень вам благодарна.

— Уберите деньги, — занервничал Антон, — за нарушение правил я могу лишиться работы. И потом, вы только-только сказали, что девушка ваша знакомая.

— Неправильно выразилась, я видела красавицу только издали. Сделайте одолжение, помогите.

Антон покачал головой:

— Нет, и не просите.

Я оперлась о прилавок.

— Наша семья достаточно состоятельная.

— Знаю, — кивнул консультант.

— Естественно, я не хочу, чтобы в нее затесались проходимки, охотницы за богатыми женихами.

— Вас можно понять, — согласился Антон.

Я приободрилась и стала врать с утроенной силой.

— Мой старший сын нашел замечательную жену. Она, кстати, ваша клиентка. А вот младший мальчик, Игорек, постоянно связывался... э... с легкомысленными особами. Естественно, я его не одобряла и, наверное, перегнула палку. Игорь прекратил приводить девиц в дом. Не так давно моя подруга сказала, что Игорька постоянно видят на разных тусовках с яркой рыжеволосой девушкой, явно обеспеченной, но ведь деньги не главное! Мне удалось выяснить, что красавица ваша постоянная покупательница, вот поэтому я и пришла в «Алонсо». Поймите материнское сердце! Я вся извелась, не сплю ночами, мучаюсь, кто на этот раз подцепил моего наивного, но очень богатого мальчика! Умоляю, помогите!

Антон шумно вздохнул, выдвинул из-под прилавка ящик, вытащил из него толстую тетрадь, раскрыл ее и сказал:

— Вы прямо как моя мама! Она пытается все обо мне окольными путями узнавать!

— Мы просто очень любим вас и хотим уберечь от ошибок, — всхлипнув, заявила я.

— Володина Дана Павловна, — сказал Антон, — проживает в Кунцеве, есть телефон, вот только не знаю, чей он. Многие клиенты не хотят свои номера оставлять, дают координаты помощников или охраны. Вы можете не волноваться.

— Почему, дружочек? — спросила я, тщательно записав сведения.

— Дана очень богата, — вздохнул Антон, — а сейчас... Она воспитанная, никогда грубого слова не скажет, интеллигентная.

— Вы знаете Володину? — обрадовалась я.

— Обслуживал ее несколько раз, — пожал плечами Антон, — но в основном черпаю сведения из желтой прессы.

— Боже, она звезда шоу-бизнеса, — закатила я глаза.

— Нет, — усмехнулся Антон, — Дана нигде не работает. Ей отец безотказно деньги давал, а теперь весь капитал ее. Слышали про автокатастрофу? Ну, весной «Майбах» разбился. Погиб Володин Павел Юрьевич, бизнесмен из списка «Форбс».

— Что-то припоминаю, вроде экстремальные погодные условия, — протянула я.

— Ага, — закивал Антон, — в самом начале марта гроза случилась, погода с ума сошла. В газетах писали, что в «Майбах» молния попала. Никто не выжил, все покойники: Володин, его жена, шофер. Дана теперь сказочно богата, но я бы не захотел мать и отца на миллионы поменять.

— Да уж! — вздохнула я.

— Постойте, — вдруг занервничал Антон, — она же замужем!

— Кто? — прикинулась я дурой.

— Дана! Один раз сюда с супругом приходила, он в кресле сидел, журнальчик читал, пока жена туфли мерила. Ваш сын никак не мог ей предложение сделать.

— Так и знала, что у истории будет плохой конец, — трагично воскликнула я, — сколько раз повторяла Игорьку: никогда не связывайся с окольцованными бабами, от них одни неприятности. Спасибо вам. Поеду домой.

Пытаясь правдиво изобразить расстроенную мать непутевого сына, я медленно двинулась к выходу.

— Дарья, — окликнул меня Антон.

Я остановилась и обернулась:

— Что?

— Не переживайте, — попытался утешить меня консультант, — вероятно, Дана уже в разводе.

— Почему вы так думаете? — удивилась я.

Антон пожал плечами:

— Не знаю. Мне показалось, что у нее с супругом не самые хорошие отношения. Обычно женщины меряют вещь и начинают спутника тормошить, бесконечные вопросы задают: хорошо ли сидят, как цвет, не лучше ли красные взять, или зеленые, или синие. Некоторые такие настырные, что мне их мужей бывает жаль. А эти пришли, он сразу сел журнал читать, она быстро туфли померила и в момент купила. Даже ничьи советы не понадобились. Она вообще в тот день странная была, со мной не поздоровалась, дисконтную карту дома забыла, но я, конечно, ей так скидку сделал.

Я пожала плечами:

— За слабую половину обычно расплачивается сильная, вот девушки и стараются, чтобы вещи понравились мужчине, а Дана богата, ей прогибаться не надо. Хотя вы, конечно, правы, если жена не интересуется мнением мужа, брак нельзя назвать особо счастливым.

Я вышла из «Алонсо» и тут же поняла, что хочу перекусить. В нескольких метрах от бутика виднелась вывеска «Ресторан Пуццо». Я подошла к двери трактира и увидела объявление «Требуется повар на мясо». Аппетит моментально пропал. Конечно, я понимаю, что в «Пуццо» не подают котлеты из человечины и повар нужен на кухне для готовки бифштексов и азу, никто его на фарш не порубит, но обедать тут же расхотелось. Решив лучше выпить воды и съесть шоколадку, я подошла к ларьку, купила бутылочку минералки, батончик, быстро уничтожила и то и другое и стала искать глазами ящик из-под фруктов, которые обычно ставят около своих торговых точек аккуратные продавцы. Импровизированной урны не нашлось, я поскребла пальцем в окошко будки. Показалось лицо парня.

— Чего?

— Куда деть пустую бутылку?

— Я их не принимаю, — чавкнул юноша.

— Где тут урна? — изменила я вопрос.

— Фиг ее знает, может, у метро есть, — равнодушно ответил ларечник.

— Ты бы хоть пустую коробку поставил, — укорила я неряху.

— Я ее убрал, — ответил продавец, — туда народ мусор бросал.

Я заморгала и, озадаченная заявлением юноши, спросила:

— Тебе больше нравится, когда вокруг расшвыряны обертки и окурки?

— Тротуар Махмуд подметает, а коробку мне выносить, почувствуйте разницу, — заржал торгаш. — Кабы я в пафосе стоял, миллионеров обслуживал, тогда да, а за три копейки грязь таскать не намерен. Еще попросите вам товар отложить, телефон оставьте, чтобы позвонил, когда его из Парижа привезут. — Парень захлопнул окошко.

— Спасибо! — воскликнула я.

— За что? — удивился парень.

— За идею, — сказала я, подошла к машине и взяла мобильный. Мне ответили сразу.

— Слушаю, — пропел мелодичный, с легкой хрипотцой голос.

— Вас беспокоят из бутика «Алонсо», можно Дану?

— Я у телефона.

— Дана Володина?

— Да.

— Простите, не узнала ваш голос.

— Не страшно. Слушаю.

— Я старший менеджер Елена.

— И что?

— Мы проводим опрос постоянных покупателей, не соблаговолите ответить на пару вопросов?

— Только быстро.

— Конечно, огромное спасибо.

— Хватит, начинайте, — резко оборвала меня Дана.

— Вам нравится ассортимент «Алонсо»?

— Да.

— Чего вам у нас не хватает?

— Всего достаточно.

— Ваш супруг посещает наш магазин?

— Нет.

— Почему?

— Он предпочитает другие магазины.

— Куда вам присылать наши каталоги?

— По старому адресу.

— В Кунцево?

— Да.

— Скажите...

— Довольно, — решительно заявила Володина, — это уже не пара вопросов, а целый допрос! Я оставила вам свой номер телефона не для того, чтобы вести кретинские беседы. Появится новая коллекция — сообщите!

Трубка противно запищала, я бросила ее на сиденье. Дана находится дома, судя по уверенному голосу, у нее все в порядке. Наверное, полковник Дегтярев прав, я слишком увлекаюсь чтением детективных романов, и мне на каждом углу чудится преступление. Ну почему я решила, что рыжеволосой красавице нужна помощь? Девушка смотрела на меня умоляющим взором? Может, у нее всегда такой взгляд! Вот, например, наш мопс Хуч. Если не знаешь, что он с утра хорошо закусил курицей, полакомился печеньем, которым его угостил Аркадий, затем украл малую толику фруктов из спальни Маши, то заплачешь от жалости к несчастной собачке, которая смотрит на тебя огромными карими печальными глазами. У посторонних людей, впервые увидевших Хуча, кусок застревает в горле, и они начинают угощать мопса, приговаривая:

— Маленький! Совсем проголодался, вон как кушать хочет!

Представьте изумление добрых гостей, когда Хучик отворачивает нос от сыра, а Маня радостно поясняет:

— Не давайте ему «Чеддер», Хуч ест только «Трюфель».

Вот вам и ослабевшая от недоедания собачка!

Вероятно, у Даны такой образ: девушка со слезами на глазах. И почему я решила, что рассказ о сумке из бутика «Алонсо» — это попытка женщины назвать свое имя? Она просто хотела похвастаться эксклюзивным клатчем! Все, забудем о глупом происшествии, лучше сделаю педикюр, правда, к моему мастеру надо записываться заранее.

Я позвонила в салон и узнала, что маникюрша Танечка готова принять меня прямо сейчас. Я поехала в сторону Кутузовского проспекта, тихо радуясь невероятной удаче. Попасть в разгар лета на педикюр без предварительной договоренности сродни чуду.

Чтобы клиентка не скучала во время процедуры, Таня дала мне пару глянцевых журналов, и я принялась лениво листать страницы. На фотографиях мелькали одни и те же лица, оставалось лишь удивляться, почему некоторым людям не надоедает безостановочно носиться по тусовкам. Я зевнула.

— Скучное чтиво? — тут же спросила Танечка, ловко орудуя пилкой.

— Точно, — согласилась я.

— Возьмите другой еженедельник, — посоветовала она и сунула мне тоненькую брошюру, — совсем новый, только вышел.

Я раскрыла обложку и увидела фото Даны. Красотку сняли во весь рост, ее стройное тело обтягивало нежно-голубое платье, рыжие волосы были заколоты в высокую прическу, в мочках ушей висели огромные бриллиантовые серьги, а в руках Володина держала тот самый клатч из «Алонсо». Очевидно, на данном этапе жизни он являлся ее любимой сумочкой. Маленькие ножки Даны украшали босоножки, щедро усыпанные стразами, и я опять увидела ее изящные аккуратные пальчики.

— Красивая женщина, — невольно вырвалось у меня.

— Кто? — тут же проявила любопытство Таня.

Я повернула к ней журнал.

— Дана, — коротко сказала Таня.

— Вы ее знаете? — удивилась я.

— Довольно хорошо, — кивнула Танечка, — она была моей постоянной клиенткой. Вот уж не ожидала!

— Чего? — напряглась я.

Таня подлила в ванночку горячей воды.

— Дана в нашем салоне обслуживалась не один год, сюда еще ее мама ходила. Вот уж кто была милейшая женщина, всегда улыбалась, оставляла щедрые чаевые, никогда пальцы не растопыривала, хотя с ее-то деньгами могла нас тут всех построить. И Дана воспитанной казалась. Она очень сильно изменилась после замужества, стала мрачной. Ой, тут такое было! — Таня вдруг испуганно замолчала.

— Говори, говори, — поощрительно закивала я.

Мастер поплотнее закрыла дверь кабинета, взяла кусачки и стала самозабвенно сплетничать.

Салон, который я посещаю, пользуется популярностью у знаменитых людей, не всякий захочет краситься и стричься на глазах у простой публики, поэтому на минус первом этаже здесь есть VIP-кабинет. Как-то раз администратор велела маникюрше:

— Иди скорей, там Володины приехали, мать и дочь.

Танечка поторопилась к лестнице, спустилась вниз и решила на секунду заскочить в туалет. Не успела она шмыгнуть в кабинку, как из предбанника послышались шаги, потом плеск воды и сердитый голос Ольги Михайловны, старшей Володиной:

— Немедленно умойся и не позорь меня перед посторонними людьми! Кому сказано, перестань рыдать.

— Слезы сами льются, — простонала Дана, — мама, если вы с папой не разрешите нам с Сережей пожениться...

— Замолчи, — отрезала Ольга Михайловна, — не бывать этому никогда!

— Мама, я покончу с собой!

— Сергей — альфонс! Жиголо!

— Он любит меня, — заплакала Дана.

— Еще бы, — фыркнула мамаша, — с твоими-то миллионами!

— Нельзя же все мерить деньгами, — с отчаянием воскликнула дочь.

— В нашем случае только так и можно, — жестко ответила Ольга Михайловна. — Сергей прощелыга, он весь в долгах. Ездит на дорогой иномарке, шикарно одевается, но денег не имеет. Нам такой зять не нужен. Не пускай сопли, отец найдет тебе отличного мужа, чем, например, плох Никита Романцев?

— Лучше умереть! — зарыдала Дана. — Он урод! Лысый! Толстый! Страшный!

— Нам не нужен зять мошенник и...

Окончание фразы потонуло в звоне.

— Господи, — закричала Ольга Михайловна.

В голосе Володиной звучал неприкрытый страх, и Танечка, наплевав на осторожность, выбежала из кабинки. Перед ее глазами предстало шокирующее зрелище. На полу осколки зеркала, у раковины стоит бледная, как смерть, Дана, из ее левого запястья льется кровь.

Таня метнулась в VIP-кабинет, принесла йод, бинты, перекись водорода и промыла девушке тонкий порез. Поскольку дело происходило в подвале, ни посетители салона, ни работники шума не услышали.

— Танечка, — нежно сказала Ольга Михайловна, когда маникюрша закончила обрабатывать рану, — здесь три тысячи евро, возьмите.

— За что? — испугалась Таня.

— За маленькую услугу, — заискивающе улыбнулась Ольга Михайловна, — вы скажете, что сами разбили зеркало. Ну, поскользнулись, стали падать, случайно стукнули по стеклу кольцом. Наша семья находится под постоянным вниманием прессы, желтые газеты из ерунды вмиг раздуют сенсацию. Услышат про историю с зеркалом, напишут: «Мать и дочь Володины подрались в туалете», увидят перебинтованное запястье и выдадут версию: «Дана хотела покончить с собой». Выручите нас, милая.

— И вы согласились? — спросила я.

— За три тысячи евро? — усмехнулась Таня. — С радостью. Съездила в Италию, шмоток там накупила. А через три месяца Дана вышла замуж, ее жениха звали Сергеем, и я поняла: дочка сломала родителей. Наверное, мать здорово перепугалась, когда Дана зеркало кокнула и попыталась вены вскрыть, поговорила с мужем, и они решили: пусть уж единственное дитятко получит игрушку, им лишнего человека содержать ничего не стоит! Да только родители оказались правы!

— У Даны был плохой муж?

Таня пожала плечами:

— Есть клиентки, которые о себе все расскажут. Дана не из их числа, но она раньше была веселая, потом стала грустная, мужу постоянно звонила, он ей что-то говорил, у нее слезы на глазах. Потом ее мать с отцом погибли, и Дана вообще улыбаться перестала. В нашу последнюю встречу она вдруг спросила:

— Скажи, Таня, у тебя нет знакомого священника? Я исповедаться хочу!

— Я не верующая, — ответила маникюрша.

— Я вроде тоже, — протянула Дана, — да только мама с папой мне каждую ночь снятся, руки ко мне протягивают, я ведь чувствую, понимаю, но...

Клиентка замолчала, Таня вопросительно глянула на нее.

— Лак возьмем цвета фуксии, — перевела Дана беседу на бытовую тему.

— А сегодня вообще, — покачала головой Таня. — Она была записана вот на это время, почему у меня окно случилось! Дана крайне аккуратна, никогда не опаздывает, всегда раньше приходит, если визит откладывается, звонит. Она целых четыре часа себе запланировала: гель на ногтях подправить, педикюр, массаж рук и ног, ванночки, по полной программе оттянуться решила — и не пришла! Я прождала полчаса, звоню ей и говорю: «Дана, это из салона, вы придете на процедуры?» И тут!.. — Таня примолкла.

— Что? — воскликнула я.

— Слышу в ответ: «Прекратите сюда звонить, я больше в ваших услугах не нуждаюсь, и вообще, мы завтра с мужем улетаем на свою виллу в Испанию. Сомневаюсь, что после возвращения захочу зайти в ваш салон, где все мастера — и парни и девушки — косорукие». Потом трубку хлоп! Обхамила на ровном месте! Какая муха ее укусила? Может, она заболела? Голос слегка хриплый был, простуженный!

— Вероятно, клиентке не понравился звонок домой, — сказала я.

— Раньше она нормально к ним относилась, — пожала плечами Таня, — и Дана никогда полкана не спускала, она была с людьми подчеркнуто вежлива.

Мастер потянулась к пузырьку с лаком. Я переваривала полученную информацию.

— Чем больше думаю о ее словах, тем сильнее удивляюсь, — вдруг воскликнула Таня, — может, я не туда попала? Ошиблась номером?

— Вы же назвали имя: «Дана».

— Встречаются шутники, — вздохнула Таня, — нет, это не она была! Ну как я сразу не догадалась. Даша, разрешите я позвоню, а то как-то тревожно.

— Пожалуйста, — согласилась я, — но почему вы

так уверены, что беседовали не с Володиной, — из-за хриплого тембра?

— Простудиться легко, — отмахнулась Таня, — странно, что она сказала: «У вас все мастера косорукие, и парни, и девушки».

— Ну и что? — удивилась я.

— Дана великолепно знает, что у нас в салоне мужчины не работают, — пояснила Татьяна, — странная для нее фраза... Алло, Дана? Простите, это из салона. Мы можем для вас зарезервировать любое время и... ага, ага...

Танечка замолчала, ее хорошенькое личико вытянулось, нижняя губа обиженно затряслась.

— Что она сказала? — не выдержала я.

Таня отложила телефон.

— Ну вообще! Матом меня послала! Вот уж не думала, что она подобные слова знает! Орала, как торговка на базаре! Что с людьми творится? Может, она и впрямь грипп подцепила, а завтра лететь в Испанию, вот и наелась антибиотиков, чтобы в самолет сесть. Говорят, некоторые таблетки могут из человека идиота сделать. Какой эмалью ногти покроем?

Я, с огромным трудом сдерживая желание вскочить и убежать, живо ответила:

— Давайте без лака, я тороплюсь на встречу.

У автомобилистов есть несколько верных примет: если ты помыл машину, то непременно пойдет дождь, коли спешишь, то обязательно угодишь в многокилометровую пробку. Встав в толпе машин, я начала звонить полковнику.

— Дегтярев, — устало отозвался приятель.

— Узнай, пожалуйста, каким рейсом вылетает завтра в Испанию Дана Павловна Володина, — затараторила я, — с ней должен быть муж Сергей, его фамилии не знаю. Учитывая материальное состояние пары, они, скорей всего, не полетят рейсом «Аэрофлота», может, они зафрахтовали частный самолет!

— Я устал, как собака, — неожиданно ответил Александр Михайлович. — Хотя нет, зная, как хорошо ощущают себя Хуч и его товарищи по стае, сравнивать мое жалкое существование с жизнью домашних псов неправильно. Я вымотался, как... не знаю кто! Меня доконала жара! В кабинете нет кондиционера! А тут ты! С очередной глупой просьбой!

Я быстренько отсоединилась. Когда полковник не в духе, лучше его не трогать. Может, оно и хорошо, что Дегтярев стал занудничать, в аэропортах свои порядки, а один мой приятель, Костя Рябин, как раз работает в Домодедове, от него будет больше толка, чем от Александра Михайловича. Мне надо прямо сейчас побеседовать с Костиком, а потом незамедлительно ехать в торговый центр, где я впервые увидела Дану, и поговорить с продавщицей Стеллой. В моей голове неожиданно возникло одно предположение, его необходимо проверить...

На следующий день, около полудня, я, одетая в тот же наряд, что и вчера, сидела в зале для VIP-пассажиров в Домодедове. Костя Рябин лениво пил кофе у бара, внезапно он поднес к уху телефон, кивнул и глянул на меня. Я встала, спустилась на несколько ступенек и очутилась перед стойкой, где привилегированные особы сдавали багаж и оформляли паспорта. В глаза сразу бросились ярко-рыжие мелко вьющиеся волосы. Я быстро подошла к девушке и воскликнула:

— Дана! Вот неожиданная встреча!

Молодая женщина обернулась, ее слишком бледную кожу покрывала россыпь веснушек, глаза были почти изумрудного оттенка, пухлые губы блестели от нежно-розовой помады.

— Добрый день, — осторожно ответила Володина.

— Все в порядке? — спросила я.

— Абсолютно, — кивнула Дана.

— Улетаете? — не успокаивалась я.

— Да, в Испанию, — кивнула Володина, — а вы?

Я опустила глаза, увидела ноги в босоножках и весело заметила:

— Похоже, вы меня не узнали?

— Вовсе нет, — заулыбалась Дана, — естественно, я отлично вас помню, но у меня отвратительное качество — намертво забываю чужие имена. Вы Маша?

— Даша, — в рифму ответила я.

— Точно, — обрадовалась Володина, — я почти не ошиблась.

— Верно, — согласилась я, — но вы никогда не знали моего имени, вспоминать было нечего.

Дана распахнула свои невероятно зеленые глаза.

— Мы впервые столкнулись с вами вчера в коридорчике возле раздевалок в одном торговом центре, — продолжала я, — вы дали мне понять, что нуждаетесь в срочной помощи, и я сделала все, пытаясь выручить вас из беды.

— Обалдеть! — возмутилась женщина. — От психов нигде нет спасения! Даже в VIP-зал пролезут! Сережа! Сережа!

— Что? — отозвался стройный брюнет, ставивший чемодан на резиновую ленту перед просмотровым аппаратом.

— Иди сюда! — потребовала Дана.

— А зачем? — равнодушно спросил он.

Я схватила Дану за кофточку:

— Нам надо поговорить!

— Отстань, — заорала девушка. — Эй, милиция!

Тут же появился Рябин.

— У вас проблемы?

— Уберите эту психопатку, — потребовала Дана.

Костя тронул меня за плечо:

— Пройдемте.

Я еще сильнее вцепилась в Володину.

— Избавьте меня от этой дуры! — завизжала Дана.

— Ребята, — позвал Костя.

Откуда ни возьмись возникли крепкие парни.

— Сережа! Сергей! — закричала Дана, когда группа милиционеров стала теснить нас в служебное помещение.

Брюнет с явным неудовольствием посмотрел на жену, потом перешел через белую линию и радостно заявил:

— Я пересек границу России! Мне оформили паспорт! Жду тебя в самолете!

Через неделю после описанных событий я позвала Рябина с женой Катей в ресторан. Когда мы приступили к десерту, Костя спросил:

— Как ты догадалась, что Сергей под видом жены повезет в Испанию другую женщину?

Я поставила кофейную чашечку на блюдечко.

— Трудно ответить однозначно, было несколько вопросов, на которые у меня сразу не нашлось ответа.

— Например? — не успокаивался Костя.

— Сначала меня насторожил грубый разговор в примерочной кабинке. Парень, который требовал, чтобы Дана пошла с ним, совершил ошибку. Он не знал, что примерочные разделяет только ширма. Складная конструкция доходит до потолка и выглядит, как стена. Мужчина явно угрожал девушке, она его боялась.

Катя посмотрела на Костю.

— Дашутка, мы иногда с Рябиным до драки доходим! Я хочу купить новое платье, а он против, слово за слово, такого наговорим.

— М-да, — крякнул Костя, — случается.

— Но навряд ли у тебя в глазах после семейной ссоры будет ужас, — парировала я, — я прочитала в глазах Даны настоящий страх.

— М-да, — еще раз крякнул Костя, — слабоватый аргумент.

— Теперь мы знаем, что нанятый Сергеем бандит угрожал Дане пистолетом, — продолжала я, — поэтому она попыталась изобразить спокойствие и мне не представилась. Но Володина не потеряла рассудок, она поняла, что незнакомая женщина, неожиданно предложившая помощь, — ее единственный шанс, и попыталась сообщить мне свое имя. Сделала она это очень оригинально: рассказала про бутик «Алонсо». Дане оставалось лишь надеяться, что я окажусь сообразительной.

Продавец Антон назвал мне координаты клиентки и вскользь сообщил о ее хорошем воспитании. А еще он упомянул, что Сергей был в «Алонсо» всего один раз, и в тот день Дана очень быстро приобрела туфли, не посоветовавшись с супругом.

О вежливости Даны говорила и маникюрша Таня, а еще она заметила, что Володина сильно изменилась после трагической гибели родителей. Она потеряла веселость, стала мрачной. Кстати, и бизнесмен, и его жена были против брака дочери с альфонсом. А еще Дана хотела сходить к священнику, исповедаться. Понимаете?

— Нет, — быстро ответила Катя.

— Ну и что? — вытаращил глаза Костя.

Я посмотрела на супругов.

— Всегда вежливая Дана обматерила Татьяну, когда та ей предложила записаться на другой день, и со мной по телефону она беседовала отнюдь не любезно. Почему вежливая молодая женщина вдруг стихийно превратилась в хамку?

— Жизнь достала, — пожала плечами Катька.

— А еще Дана заявила Тане: «Больше не приду в ваш салон, где все мастера — и парни, и девушки — косорукие». Но Володина давняя посетительница салона, она великолепно знает, что там нет мужчин, — воскликнула я. — И тогда мне пришло в голову предположение. Что, если старшие Володины погибли не случайно? Вероятно, бизнесмен узнал о зяте нечто совсем шокирующее или не давал Сергею столько денег, сколько тот требовал. Кто наследница империи Володина?

— Дана, — протянул Костя.

Я кивнула.

— А она обожает мужа. Сейчас Дегтярев тщательно изучает обстоятельства той аварии, думаю, полковник нароет что-нибудь, подтверждающее вину Сергея. Дана сначала приняла смерть родителей за трагическую случайность, но потом и у нее возникли подозрения, с каждым днем они крепли. Девушка становилась все мрачней, заговорила об исповеди священнику, ей хотелось с кем-то посоветоваться. Сергей заметил изменения, произошедшие с женой, и решил: от Даны надо избавиться. Он придумал план. Надо найти отдаленно похожую на жену девушку, загримировать ее и вывезти под видом Даны в Испанию. А там «супруга» утонет в море, домой Серж вернется безутешным вдовцом.

— Зачем ему убирать «жену» за границей? — искренне удивился Костя.

Я кивнула:

— Хороший вопрос. Следствие будет проводить местная полиция, а она не очень напрягается, когда речь идет о туристке, да еще русской. Выпила и утонула. В Москве дело начнут тщательно изучать, завопят газеты, а в Испании шум не поднимется.

Когда у меня в голове сформировалась эта версия, я вспомнила, что продавщица Стелла была удивлена, как я попала в «хитрую» кабинку, предназначенную для своих.

Я помчалась в торговый центр и спросила у девушки:

— Не работала ли у вас симпатичная рыжая девушка. Вероятно, она недавно уволилась?

— Да, — ответила Стелла, — это Нина Кондратьева, она вроде во вторник ушла, но сегодня утром я ее в форме видела, наверное, заставили две недели отрабатывать.

Я замолчала, потом тихо договорила:

— А уж когда я увидела в Домодедове ногу «Даны» в босоножке, ее кривые пальцы, головоломка сложилась. Нина хорошо загримировалась, сделала «химию», надела зеленые контактные линзы, нарисовала веснушки и издали вполне могла сойти за Володину, но вот пальцы ног! О них ни она, ни Сергей не подумали. Теперь мы в курсе, как происходило дело. Сергей и настоящая Дана все рассказали.

Муж предложил Дане поехать за покупками, они припарковались у торгового центра, и тут у Сергея заболела голова, он демонстративно выпил таблетку и сказал:

— Иди пока без меня, минут через десять я присоединюсь к тебе.

Дана отправилась в магазин.

— Стой! — воскликнула Катя. — Ее не насторожило, что супруг захотел прошвырнуться по лавкам? Продавец в «Алонсо» говорил, что чета не очень-то общалась!

Я снисходительно улыбнулась:

— Сергей привел в бутик переодетую Нину, хотел проверить, не вызовет ли «жена» подозрений. Репетиция прошла успешно. Антон не заметил подмены.

— Говори дальше, — велел Костя.

— Больше практически нечего сказать, — развела я руками. — Дана вошла внутрь, к ней приблизилась продавщица, это была Нина, помогла отобрать вещи и отвела ее в кабинку для своих. Через минуту туда влез амбал, нанятый Сергеем, и увез Володину в укромное место.

— Муж решил не убивать Дану? — поразился Рябин.

— Ему было нужно, чтобы она подписала пакет финансовых документов, — пояснила я, — как только несчастная подмахнет бумаги, ее судьба будет решена. Но, к несчастью для него, в соседней кабинке стояла я. Хорошо, что я поняла: магазин для похищения выбран не случайно, в нем работает сообщник Сергея, скорей всего женщина, его любовница. Она знает и про кабинку и про выход во двор, расположенный в метре от того коридорчика. Вот почему Дана с амбалом сразу исчезли: они не шли через толпу, «шкаф» воспользовался дверью, о которой неизвестно покупателям.

— Ты спасла Володиной жизнь! — воскликнула Катя. — Бросилась на помощь абсолютно чужому человеку.

Я посмотрела на жену Костика и тихо сказала:

— По улицам ходит огромное количество наших друзей, просто мы с ними еще не познакомились.

НАСТОЯЩАЯ
РОЖДЕСТВЕНСКАЯ СКАЗКА

Не хочешь себе зла, не делай людям добра. Лично мне эта поговорка кажется неправильной. Я всегда была уверена, что доброта притягивает к себе хорошее, светлое, а зло, наоборот, темное и липкое. Моя бабушка постоянно поучала маленькую внучку:

— Никогда не делай людям плохого, не злобствуй. Если кто-то тебя обидел, просто уйди, не имей больше дела с этим человеком. Если последуешь моему совету, годам к тридцати обзаведешься настоящими друзьями и поймешь, что злых и гадких людей на свете намного меньше, чем порядочных и добрых.

Я очень любила бабушку и верила ей. Хотя есть среди моих подруг Аня Викулова, в отношении которой народная мудрость права на все сто процентов.

Судьба свела нас в институте, мы оказались в одной группе, и Анька стала списывать у меня домашние задания по французскому языку. Сначала она мило просила:

— Даша, дай поглядеть, как сделала упражнение. Я не успела, в кино бегала.

Через три месяца Аня сменила тон:

— И где задания? Что ты так поздно приходишь? Осталось пять минут до звонка!

Накануне же летней сессии, когда я не успела написать сочинение на вечную тему «Моя комната», Анька налетела на меня коршуном.

— Безобразие! — орала она. — Теперь из-за тебя «неуд» получу!

Следовало возмутиться, но я по непонятной причине принялась оправдываться и лепетать:

— Не сердись, завтра принесу.

Дружба наша продолжалась и после получения диплома, но была она, как говорил мой первый муж Костик, «в одни ворота». Я сидела с Анькиной дочкой, бегала для нее за продуктами на рынок и прилежно выгуливала собак, которых Викулова просто обожает. Если же в ответ на очередную просьбу о помощи я пыталась сопротивляться, то Анька моментально заявляла:

— Мы же подруги, поэтому обязаны поддерживать друг друга в трудную минуту.

В конце концов я поняла, что превратилась в бесплатную домработницу для Аньки, и хотела уже взбунтоваться, но тут случилась перестройка. Сеня, муж Викуловой, из никому не известного инженера превратился в акулу бизнеса и феерически разбогател. Анька переехала в загородный дом, обзавелась горничными, массажистами, парикмахером, шофером и перестала пользоваться моими услугами. Впрочем, психотерапевта у нее нет, сия роль отведена мне. Викуловой ничего не стоит позвонить в три утра и заорать:

— Скорей приезжай, я умираю.

Первое время я терялась, потом поняла, что ничего страшного не происходит, просто Аньке в очередной раз приспичило пожаловаться на Сеню, рассказать, какой он стал невнимательный, злой, грубый. Слезы Аня проливает, сидя в своей шестидесятиметровой спальне на третьем этаже особняка, набитого антикварной мебелью. Носовой платочек у нее стоит, как новенькие «Жигули», а к вискам она прижимает пальцы, унизанные кольцами, продав которые можно накормить всех голодающих в Африке. Мне отчего-то совсем не жаль Викулову, но я выслушиваю ее стоны и пытаюсь вложить в голову подруги одну простую мысль: коли сидеть дома и ни хрена не делать, можно сойти с ума. Надо найти себе какую-нибудь работу.

Понимаете теперь, почему сегодня я, увидев в окошке определителя хорошо знакомый номер, не поторопилась снять трубку? В конце концов, я имею собственные планы и вовсе не обязана мчаться к Викуловой, у которой истерика — единственный способ прогнать скуку!

Но звонок настойчиво орал. В конце концов, вспомнив бабушку, я схватила трубку и мрачно сказала:

— Алло.

— Ой, Даша, — зачастила Катюша, дочь Ани, — у нас такая беда!

— Что случилось? — испугалась я.

В голове мигом завертелся вихрь не самых приятных мыслей. Небось Сеня, постоянно обманывающий государство при заполнении налоговой декларации, попал в лапы правосудия и отправлен в тюрьму, или у него инфаркт...

— Мусик пропал, — зарыдала Катюша.

Я испугалась еще больше. Мусик — это мопс, щенок моего Хуча, мой, так сказать, внук по собачьей линии. Совершенно очаровательное, умильное, толстое существо, закормленное свежей вырезкой и крабами. Несмотря на полную вседозволенность, разрешение спать у хозяйки на голове, развалившись на подушке, заправленной в тысячедолларовую наволочку с ручной вышивкой, и нежные поцелуи хозяина, обнаружившего, что Муся изжевал новый пиджак из последней коллекции Армани, Мусик хороший пес. Он приветлив со всеми, очень любит детей, дружит с кошками, исправно использует в качестве туалета специально отведенный уголок в саду, умеет приносить тапочки и всегда пребывает в веселом настроении. А то, что Мусик со смаком лопает печенье на бешено дорогом пледе из натурального меха, никак нельзя поставить ему в вину. Мопсу никто не объяснил, что ему это запрещено.

— Как пропал? — закричала я.

— Его нигде нет, — стонала Катя, — мама слегла, папа валокордин пьет. Приезжай скорей!

Я вскочила в машину и понеслась к Викуловым. На дворе была настоящая зима, до Рождества оставалось всего ничего. С неба крупными хлопьями падал снег. Вокруг большого ярко освещенного дома Ани и Сени стояли сугробы. Пейзаж напоминал сказку про госпожу Метелицу. Бедная девочка на небесах сейчас трясет перину, а землю засыпают белые хлопья.

Зареванная Катя сама распахнула дверь, за ней топтался растерянный Сеня в тренировочном костюме. В прихожей сильно пахло валокордином.

Я вошла и осмотрелась. У милого Мусика есть одна не слишком приятная привычка. Стоит кому-либо войти в холл, как мопс со всех лап несется вниз, причем то, что в дом проник посторонний с улицы, он чует всегда, даже лежа на третьем этаже, в кровати хозяйки, под пятью пуховыми одеялами. Обнаружив человека, Мусик принимается яростно лаять. Только не подумайте, что он хочет укусить или обидеть вошедшего. Нет, Мусик выражает таким образом бешеную радость и подчас не может успокоиться добрых полчаса. Сеня зовет мопса подлым предателем. Когда Викулов возвращается домой поздно ночью, Аня к тому времени уже спит в своей комнате, и муж вовсе не собирается докладывать ей, в какую пору заявился домой. Но Мусик моментально подскакивает и летит встречать Сеню. Естественно, Аня просыпается, смотрит на часы и устраивает загулявшему мужу разбор полетов. Правда, с некоторых пор Сеня нашел «противоядие». Дело в том, что Мусик бежит по лестницам молча, сопя от напряжения. Заливаться счастливым лаем он начинает, лишь увидав человека, поэтому Сеня, входя в дом, держит в руках кусок обожаемого мопсом сыра, граммов этак двести. Едва Мусик раскрывает пасть, как хозяин всовывает туда сырный кляп и утаскивает пса в баню. Там, слопав угощение, Мусик может орать сколько угодно, все звуки разбиваются о толстые стены и двери, лай не проникает даже на первый этаж. Сеня изобретателен, как большинство российских мужчин.

Но сейчас радостно лающий Мусик не кружился под ногами.

— Спокойно, — сказала я, — слезами горю не поможешь! Нужно обыскать весь дом. Думаю, Мусик куда-нибудь залез, а вылезти не удалось.

— Мусик сразу бы начал орать, — всхлипнула появившаяся в прихожей Аня.

— Вдруг голос подать не может, — решила не сдаваться я и сняла куртку. — В гардеробную ходили? А в топочную к котлам? Насколько я знаю, они сильно гудят, небось воет там Мусик, а вы его и не слышите!

— Все осмотрели, — зарыдала Катюша.

— Значит, начнем поиски заново, — не унывала я.

— Верно, — влезла в наш разговор горничная Леся, — хоть бы трупик найти, чтобы похоронить нормально.

Услыхав ее слова, Катя завыла в голос, Аня в изнеможении рухнула на диван, а Сеня начал материться.

— Леся, — велела я, — ступай на кухню и займись делом, а вы прекратите рыдать и подключайтесь к поискам.

Четыре часа подряд мы лазили по огромному домине. Заглядывали в шкафы, шарили на полках, ползали по закоулкам. Обнаружили массу потерянных ранее вещей и нашли такие места, куда со дня строительства ни разу не шагнула нога человека, но Мусик словно сквозь землю провалился.

— Может, его украли? — растерянно пробормотал Сеня.

— Кто? — взвилась Аня.

— Ну, Ленка, — предположил муж, — твоя подруга взяла моду постоянно сюда шляться! Каждый день заявляется.

Я хотела было возразить, что Ленка Рябцева не любит животных, но тут Аня, уперев кулаки в бока, принялась орать на супруга:

— Моя подруга тебе не угодила! Ходит она сюда часто! А твоя маменька чего таскалась!

— Не смей тревожить память мамы! — взвился Семен.

И началось! Я стояла, вжав голову в плечи. Под потолком повисла брань, ни Анька, ни Сеня не стеснялись в выражениях. Если бы один из моих бывших мужей сказал мне хоть сотую часть того, что сейчас Семен выдал жене, я бы моментально ушла прочь, чтобы никогда не возвращаться. В конце концов Семен завизжал так, что в буфете жалобно зазвенели рюмки:

— Дрянь! Хватит! Больше так жить не могу! Лучше отравиться! Или застрелиться.

На секунду мне стало страшно. Первый раз за долгие годы знакомства я увидела Сеню в таком состоянии. Губы у него тряслись, руки дрожали, щеки сделались фиолетовыми. Беспрестанно рыдавшая Катя притихла, горничная Леся, до сих пор слушавшая скандал с разинутым ртом, ужом юркнула в кладовку, но Аня не испугалась.

— Опять роль репетируешь? — прищурилась она. — Совсем заигрался!

Сеня стал багровым. Секунду он молча смотрел на жену, потом со всей силы пнул ногой хлипкий диванчик на паучьих изогнутых ножках. Тот, издав жалобный треск, превратился в набор разнокалиберных деревяшек. Семен пошел вверх по лестнице, Аня фыркнула и убежала в гостиную.

— О какой роли говорила мама? — растерянно спросила я у Кати.

Та вдруг совершенно спокойно ответила:

— Папа взялся продюсировать фильм, боевик,

многосерийный. Собрал нас в кабинете и заявил: «Всю жизнь мечтал актером стать, вот теперь представилась возможность!»

— Он в фильме кого-то играет? — Я стала потихоньку въезжать в ситуацию.

Катя кивнула:

— Ага. Только, видно, с талантом у папульки незадача вышла. Его герой в начале второй серии умирает, застреливается в кабинете! Так что роль невелика, но папенька нас уже до обморока довел! Только с работы явится, тут же требует: «Эй, ну-ка, слушайте! С какой интонацией лучше произносить данную фразу?» И давай шпарить текст! Мы быстро сломались. Одна Света энтузиазма не потеряла.

Я только покачала головой. Свету, родную сестру своей жены, Сеня нежно любит. Пару раз он пытался выдать ее замуж за своих приятелей. Но, увы, ничего у него не вышло. Сеня содержит сестру жены, о чем никогда не напоминает родным. В общем, отношения Сени и Светы нетипичны для дальних родственников.

Удивленная пропажей мопса, я попрощалась с Катей и пошла к машине, припаркованной с внешней стороны забора. Огромный участок Викуловых был завален снегом. Большие сугробы обрамляли дорожки, которые вели от дома к гаражу и калитке. Я медленно брела к автомобилю, вдыхая свежий, пахнущий антоновскими яблоками снег. Утрамбованный, он поскрипывал под ногами, небо было усеяно огромными, ослепительно сияющими звездами. Последние годы в России в конце декабря моросят дожди, уж и не помню, когда у нас стояла такая истинно рождественская погода.

Внезапно накатило воспоминание. Вот я, восьмилетняя девочка, сижу за столом в огромной кухне нашей коммунальной квартиры. Часы показывают почти полночь, мне бы давно пора спать, но бабушка сегодня работает в ночную смену, внучку она, как всегда в таких случаях, оставила с соседкой, тетей Розой Мюллер. Роза Леопольдовна плохо говорит по-русски, она вдова немецкого антифашиста, сгинувшего в сталинских концлагерях. Фрау Мюллер была напугана арестом мужа и тем, что сама по непонятной причине осталась на свободе. На улицу Роза Леопольдовна практически не выходит, продукты ей приносит бабушка, а немка, в благодарность, приглядывает за мной и часто поет мне странные песни. «Ich weisse nicht, was soll es bedeuten, das ich so traurig bin...» Обычно тетя Роза трепетно соблюдает режим дня, но сегодня она оставила меня на кухне рисовать, а сама возится у плиты. Часы начинают медленно бить двенадцать раз. Роза Леопольдовна вдруг дрожащим голосом заводит никогда мною ранее не слышанный от нее напев: «Heilige Nacht...» Потом она ставит меня на подоконник и говорит:

— Видишь вон ту звезду? Это она указала путь волхвам. Сегодня Рождество, мое солнышко. Ты знаешь про малютку Христа?

— Нет, — качаю я головой.

Тетя Роза осторожно гладит меня по волосам, потом бормочет:

— О боже! Нет, все же они не правы. Как можно жить без Иисуса! Послушай, расскажу сейчас сказку, но ты, Дашенька, потом ее никому не передавай, пусть это будет наш секрет. Жил когда-то на свете плотник Иосиф...

— Значит, в Рождество всегда случается чудо? — спросила я, когда Роза Леопольдовна замолкла. — И подарки?

Фрау Мюллер кивает:

— Закрой глаза.

Я повинуюсь приказу.

— А теперь смотри, — произносит старушка через пару секунд.

На столе высится только что испеченный пирог, вернее, медовая коврижка, а рядом сидит невероятной красоты кукла с длинными блестящими волосами. Где тетя Роза, боящаяся выходить на улицу, раздобыла игрушку, я в тот момент не задумалась.

— Солнышко мое, — улыбнулась немка, — запомни, на Рождество всегда случается чудо.

С тех пор прошло много лет, тети Розы давно нет на свете, впрочем, бабушки тоже. До последних дней пожилые женщины нежно дружили, а когда нам наконец-то дали отдельную квартиру, фрау Мюллер переехала жить туда. Как все люди, пережившие сталинские репрессии, и бабушка, и Роза боялись всего. Соседям по новому дому было сказано, что Роза — эстонка, оттого и говорит с сильным акцентом. Но я об этой истории расскажу как-нибудь в другой раз. Бабушка и Роза Леопольдовна похоронены в одной могиле, над ними высится памятник с надписью: «Здесь лежат Афанасия Васильева и Роза Мюллер. Они были подругами при жизни, они остались ими за чертой смерти». Много лет утекло после того вечера, когда я впервые услышала рассказ про малютку Христа, но с тех пор всегда в Рождество жду чуда.

Стряхнув с себя воспоминания, я ускорила шаг. Мороз просунул холодные пальцы под мою куртку. Внезапно глаза наткнулись на кусочек чего-то желтого, лежащего на дорожке. Я нагнулась и подняла комочек. Сыр!

Если бы нечто подобное я обнаружила тут летом, не стала бы удивляться. В теплую погоду Аня любит устраивать пикники на свежем воздухе. Но сейчас зима. В такую погоду мало кто захочет устраивать пикник во дворе!

Я стала внимательно осматривать снег и нашла еще кусочек сыра, чуть поодаль, потом увидела новый желтый комочек. Неожиданно до меня дошло. Некто, хорошо знавший о любви Мусика к сыру, дал мопсу добрый ломоть лакомства, заткнул ему пасть в самом прямом смысле этого слова, а потом понес собаку по тропинке. Мусик пытался сжевать угощенье прямо на весу, на снег падали крошки... Но кто и куда поволок домашнего любимца? Я стала оглядываться по сторонам и увидела на дороге небольшой деревянный домик, вернее, вагончик.

В начале декабря в столице было совсем тепло, градусник показывал ноль, ничто не предвещало суровых морозов, и Сеня нанял бригаду рабочих, чтобы поставить новый забор.

Но не успели поставить для гастарбайтеров вагончик, как столбик термометра обвалился вниз, и Сеня отложил затею до весны.

Я кинулась к вагончику, распахнула незапертую дверь и вскрикнула. На голом полу, покрытом неструганы́ми, обледеневшими досками, молча лежало светло-бежевое тельце.

Ноги подкосились, я рухнула возле Мусика и через секунду поняла: мопс жив. Ушки его были холодными, животик и лапки тоже, слабое дыхание вырывалось из сырого носа. Я хотела схватить Мусика и увидела, что от его ошейника тянется длинная веревка, примотанная к железному штырю, торчащему из стены.

В обычной жизни я рассеянный человек, способна потерять ключи, зонтик, перчатки, документы. Еще я не умею быстро принять решение. Если вижу в магазине две подходящие пары туфель, начинаю метаться между ними, пока не упаду без чувств. Но в экстремальной ситуации откуда-то берутся хладнокровие, решительность и ясность мыслей.

Я мгновенно расстегнула ошейник, потом сняла с себя куртку, свитер, завернула в них безучастно обмякшее тело Мусика и понеслась к машине, чувствуя, как мороз дерет мои голые плечи.

Устроив мопса на сиденье, я включила на полную мощность подогрев кресла и, накручивая одной рукой руль, второй принялась нажимать на кнопки телефона. Сын моей ближайшей подруги ветеринар, владелец одной из лучших в Москве клиник для животных, а Мусику, если я сумею довезти его живым, надо немедленно оказать помощь.

Когда умирающий пес был вручен бригаде врачей, я упала в кресло и попыталась собрать расползающиеся, словно муравьи, мысли. Викуловым звонить и сообщать о находке Мусика я не стала. Вам мое поведение кажется странным? Вы бы мгновенно утешили людей, оплакивающих любимого мопса? Меня от звонка Ане удерживал простой вопрос: кто посадил Мусика в бытовку? Чьи руки сначала подманили веселого, никогда не видевшего от людей ничего плохого песика, а потом привязали его в ледяной будке? Наверное, Мусик плакал, пытался разорвать веревку, а потом смирился и решил умереть, покорился судьбе, маленький, несчастный пес, не понимающий, за что его так... А действительно, за что? И кто? В доме Викуловых посторонних людей практически не бывает. Тех, кто переступает порог шикарного особняка, можно пересчитать по пальцам. Здесь находятся лишь свои. И кто из них решил убить Мусика? Сеня? Аня? Катя? Горничная Леся? Света? Шофер Коля? Бред. Все они обожают мопса и нещадно балуют его, но, как ни тяжело это признавать, кто-то из своих безжалостно бросил собачку замерзать в таком месте, где его бы гарантированно не нашли до весны. Думаю, через неделю убийца бы зашел в вагон, снял с трупика ошейник, отвязал веревку от штыря и ушел. Дело потом можно было представить как несчастный случай. Ну пошел Мусик пописать, толкнул из любопытства дверь бытовки, попал в вагончик, а наружу выйти не сумел. Створка-то раскрывается внутрь, из сараюшки ее мопсу никак не открыть.

Значит, сейчас я ничего никому сообщать не стану, вернусь домой, лягу спать, а утром попытаюсь сообразить, что делать дальше.

Но на следующее утро меня одолела мигрень. Тот, кто знаком с этой болячкой, пожалеет меня. Раскаленный железный прут вонзился в мозг, к горлу подступила тошнота, озноб колотил тело. Целых три дня я провалялась под одеялом, неспособная поднять даже веки, потом мигрень, как всегда внезапно, оставила меня в покое.

Первым делом я позвонила ветеринарам и узнала радостную весть: Мусик жив и здоров, похоже, приключение не отразилось на его настроении и аппетите. Он с охотой ест все, что ему дают, снует по служебным помещениям клиники и превратился во всеобщего любимца. Напомнив Денису, что он никому не должен рассказывать о местонахождении Мусика, я собралась выпить кофе, но тут зазвонил мобильный.

— Даша, — послышался совершенно убитый голос Кати, — срочно приезжай! Сегодня огласят папино завещание!

— Что? — заорала я. — Какое завещание?.. Чье завещание?..

— Папино... — тихо ответила Катя.

— С какой стати оглашать завещание Сени! Он, слава богу, жив-здоров!

— Ты что, Даша, папа же умер!

— Что? — заорала я. — Когда?

— Той же ночью, когда мы искали Мусика.

— Не может быть! Почему же я до сих пор ничего не знаю, — в растерянности забормотала я. — Впрочем, я три дня валялась в кровати, сотовый отключила, к домашнему телефону не подходила. — Сеню уже похоронили?

— Нам пока не отдали тело, — заплакала Катя. — Не знаю почему, милиция какие-то формальности соблюдает... Я тебя умоляю, срочно приезжай. У нас тут происходит нечто несусветное.

— Еду! — завопила я и бросилась во двор.

В доме Викуловых опять пахло валокордином.

— Входи, — кивнула Катя, — ступай в кабинет.

— Но... — забубнила я.

— Иди, иди, — велела Катя, — все уже там.

— Кто?

Дочь Сени не ответила на вопрос, она молча подтолкнула меня к лестнице. Я поднялась на второй этаж и огляделась.

В большой комнате вокруг овального стола сидели люди, большинство из которых я отлично знала. Аня, одетая в черное платье, ее сестра Света, тоже в трауре, горничная Леся и шофер Коля. Впрочем, была тут и незнакомая пара. Мужчина лет шестидесяти и девушка, похожая на студентку.

— Теперь все в сборе? — спросил мужчина.

— Да, — прошептала Света, — хотя мы ничего не понимаем...

— Начну сначала, — спокойно сказал незнакомец, — я, Андрей Валерьевич Ильин, адвокат. У меня хранится завещание Семена Сергеевича.

Аня подняла глаза, обведенные черными кругами.

— Сениного юриста зовут Иван Петрович Юдин.

— Верно, — кивнул Ильин, — но завещания-то у него нет.

— Нет, — эхом отозвалась Света, — он нам звонил и сказал, что не раз напоминал Сене о необходимости составить распоряжение на случай возможной кончины, но тот только смеялся... Ну кто бы мог подумать, что он так поступит!

В голосе Светы звучали слезы.

— Прекрати, — неожиданно сказала Катя.

— С какой стати ему такое в голову пришло, — причитала та, — застрелиться! Бросить нас!

Леся кинулась к двери, я побежала за ней.

— Погоди!

Горничная остановилась.

— В чем дело? Я хочу воды принести.

— Семен покончил с собой?

— Да. Вы не знали?

— Нет.

— Ужасно, — поежилась Леся, — это произошло в ту ночь, когда Мусика бедного искали. Вы уехали, Катя спать пошла, а Семен Сергеевич с Анной Тимофеевной ругаться снова затеяли. Я от греха подальше в своей комнате затаилась. Хозяева последнее время частенько ссорились, вот я и побоялась под горячую руку им попасть. Повизжали они, потом все стихло, а я заснула, чаю выпила и закемарила, да так крепко! Меня Колька разбудил, шофер. Вошел и говорит: «Че с хозяином? Велел к девяти «мерс» подавать, я приехал, стою, жду, уж одиннадцать пробило, а Семен не выходит. Мобильный молчит, домашний тоже никто не берет, спальня заперта, может, он проспал?»

Встревоженная Леся пошла на второй этаж и постучалась к Сене. В ответ не раздалось ни звука. Тогда горничная поскреблась к хозяйке и обнаружила Аню спящей. Подумав, что хозяйка после скандала с мужем приняла снотворное, Леся толкнулась к Кате и удивилась: та тоже посапывала под одеялом.

Не решившись их будить, горничная стала стучать в дверь Семена. В конце концов перепуганный Коля плечом снес створку. Леся глянула в комнату и рухнула в обморок. Хозяин сидел в кресле, голова его была окровавлена, около безвольно опущенной руки валялся пистолет.

— Откуда он взял оружие? — прошептала я.

— В тумбочке держал, — пояснила Леся, — все честь по чести, купил в магазине, разрешение от милиции имел. Хотя и в охраняемом поселке живем, да лес кругом, мало ли что случиться может.

— С какой стати Сеня покончил жизнь самоубийством? — пробормотала я. — Он письмо оставил?

— Нет! — воскликнула Леся.

— Тогда отчего вы решили, что он сам застрелился? Прислуга вытерла лицо рукавом.

— Так он запись сделал, кассета в магнитофоне стояла. Менты приехали, щелкнули клавишей, и сразу голос раздался. Меня-то в понятые взяли, вот я и услышала: «Жизнь моя стала ужасной. Сплошной скандал. Я очень устал. Больше не могу! Прощайте! Завещание слушайте все вместе. Оно покажется вам странным, но так вам и надо! Тащил всех в зубах, нет больше сил. На этом свете было только два существа, которые искренне любили меня. Моя собака, она уйдет со мной, и моя настоящая дочь»... Я ничего не поняла! — шмыгнула носом Леся. — Настоящая дочь. А собака! Семен Сергеевич, что, Мусика убил? Но он же его вместе с нами искал.

Я схватила Лесю за рукав:

— Ну-ка расскажи еще раз о том, как милиция осматривала кабинет Сени, включала магнитофон и так далее.

Леся покорно забубнила. Я выслушала ее и, стараясь не показать своей настороженности, велела:

— Пошли в кабинет, нас там ждут.

— А вода? — напомнила Леся.

— Хорошо, бери бутылку и поднимайся, — кивнула я.

Спустя полчаса мы узнали невероятное. Сеня составил чрезвычайно странное завещание. Документ он отдал на хранение неизвестному домочадцам Андрею Валерьевичу, мотивировав свой поступок просто: не доверяю никому, кроме Ильина. Если последняя воля будет известна семейному адвокату, то, скорей всего, и Аня, и Катя попытаются сделать так, чтобы правда о наследстве не выплыла за стены кабинета. А Иван Петрович Юдин, юрист, великолепно знавший женскую часть семьи Викуловых, поможет им спрятать концы в воду. Слишком много лет его принимали в доме как своего человека, он стал почти родственником и ради благополучия Ани и Кати забудет о профессиональном долге вкупе с этикой и порядочностью. Впрочем, не стану вас больше томить неизвестностью, лучше послушайте, каким образом Сеня решил распорядиться своими средствами.

Огромная московская квартира, в которой до постройки загородного особняка жили Викуловы, доставалась Ане. Кате он отписал двухкомнатную квартиру, ранее принадлежавшую матери Сени. Света получила золотую антикварную шкатулку, довольно дорогую вещицу. Остальное: гигантский особняк, гектар земли, акции, ценные бумаги, накопленный капитал, в общем, все-все, включая идиотски большой джип, на котором Сеня рассекал по Москве, доставалось... Нине Викуловой. Той самой девице, что сидела возле адвоката.

Услыхав новость, Аня разинула рот, Света ойкнула, а Катя растерянно спросила:

— Она кто? Мы ее впервые видим. Честно говоря, я решила, что девушка секретарь адвоката.

— Нина — ваша единокровная сестра, — пояснил Ильин, — вот, кстати, ее метрика.

Я уставилась на потрепанный зеленый листочек. Просто невероятно! Мать — Ангелина Федоровна Приходько. Отец — Семен Сергеевич Викулов.

Аня и Катя, бледные, словно обезжиренный кефир, смотрели на непонятно откуда взявшуюся родственницу.

— Уж простите, — пожала плечами та, — я сама удивилась, когда мне Андрей Валерьевич позвонил. Мама всегда говорила, что мой отец умер, и вдруг такой зигзаг. Даже перед смертью мать не открыла мне правды.

— Ангелина Приходько, Ангелина, — тупо стала повторять Света, — откуда мне это имя знакомо? Вспомнила! Это же домработница Аня!

— Верно, — прошептала моя подруга, — мы звали ее Ашкой. Вороватая особа! Выгнали ее за мухлеж со счетами. Только дело-то давно было.

— Похоже, эта особа не только деньги стырила, — сердито заявила Света, — она еще и Семена увести хотела.

— Поосторожней с выражениями, — нахмурилась Нина.

— Но с какой стати, — залепетала Катя, — мы ничего об этой дочери не знали, она, насколько я понимаю, о своем отце тоже.

Андрей Валерьевич кивнул:

— Семен Сергеевич объяснил мне ситуацию. Он в последнее время столкнулся с крайней неблагодарностью своих домашних. И жена, и дочь были с ним грубы, в доме постоянно разражались скандалы.

— Мы ссорились, — растерянно ответила Аня, — это верно, но в семье всякое случается.

— Я папе не хамила, — покачала головой Катя. — С мамой он ругался, но со мной нет.

Андрей Валерьевич прищурился:

— Не хочется вас упрекать, но Семена Сергеевича многое обижало, например, то, что он, возвращаясь домой, обнаруживал вас спящими.

— Но папа частенько приезжал после полуночи! — воскликнула Катя.

— Еще вы отказались поехать с ним в Турцию!

— Мне врач запретил бывать на солнце! — отозвалась Аня. — Сеня знал об этом.

— С его письменного стола вечно пропадали ручки, — заявил адвокат.

— Господи, — закричала Катя, — верно! Я брала у папы из стакана копеечное шариковое барахло! Неужели из-за этого?

— Еще хозяйка постоянно забывала покупать лимоны, — методично перечислял претензии Ильин. — Сами вы не любите цитрусовые, Семену Сергеевичу хотелось кислого.

— Бред, — шептала Аня.

— Может, и так, — согласился Андрей Валерьевич, — только капля камень точит. Капало, капало и перелилось через край. Знаете, что он мне сказал, подписывая завещание? «Надоели они мне, кровопийцы, уж присмотрите, чтобы Ниночку не обидели. Виноват я перед ней, искупить вину хочу».

Аня закрыла глаза рукой.

Андрей Валерьевич глянул на меня:

— Вы Дарья Васильева?

Я кивнула:

— Верно.

— Вам Семен Сергеевич оставил картину, ту самую, что висит в холле: три мопса, играющие в карты.

Я притихла, оценивая положение.

Сеня обожал мопсов, впрочем, я тоже люблю этих собак, в нашем доме проживает отец Мусика, Хуч. Несколько лет назад я стала собирать мопсов, надеюсь, понимаете, что не настоящих? Сначала коллекцию составляли фигурки, сделанные из различных материалов: фарфора, глины, железа, дерева. Затем появились подушки с соответствующей вышивкой, полотенца, пледы, украшенные изображениями собачьих морд. Венец всему — занавески в моей спальне, на них по зеленому фону раскиданы в живописном беспорядке картинки с весело улыбающимися мопсами. На то и коллекционер, чтобы окончательно потерять чувство меры.

Сеня тоже пал жертвой собирательства. Изредка мы сравнивали с ним «экспозиции», и я скрипела зубами от зависти. Ладно, у меня занавески, но у него-то есть кресло, на обивке которого вышиты мопсы! Пусть моя кровать завалена думками, сделанными в виде собачек, но у Сени есть чайник в форме сидящего мопса. А когда он невесть где раздобыл огромную картину, на которой масляными красками, в духе старых голландцев, были изображены собаки моей любимой породы, режущиеся в бридж, я потеряла покой. Чего только не делала, чтобы заполучить это полотно! Предлагала Сене обмен, просила продать мне картину, но приятель лишь усмехался и говорил:

— Я ее сам обожаю.

И вот теперь вожделенная вещь достается госпоже Васильевой.

— Это как же понимать, — внезапно вырвалось у меня, — значит, вы, Андрей Валерьевич, были в курсе того, что Сеня собрался застрелиться? И не предупредили его жену? Не вызвали бригаду психологов? Позволили своему клиенту, у которого от усталости помутился разум, подписать завещание и уйти? Отправили его на смерть?

Ильин удивленно вскинул брови:

— С чего вам в голову пришла подобная мысль? Семен Сергеевич казался совершенно адекватным.

— Не прикидывайтесь! — обозлилась я. — А то вы не понимаете! Человек явился подписать завещание! С какой стати! Семен ничем не болел, возраст его еще не преклонный!

Андрей Валерьевич нахмурился.

— Видите ли, любезнейшая, — завел он, — многие люди, обладающие трезвым умом, составляют завещания. Все под богом ходим, разное случиться может. Нить, удерживающая человека на белом свете, настолько тонка... Разве вы не понимаете, что оборвать ее ничего не стоит. Сегодня жив, завтра нет! Пошел за хлебом и попал под машину. Сел в метро, а рядом взорвалась бомба, да и кирпич на голову свалиться может. Вот у меня недавно случай был! Женщина возвращалась домой, шла вдоль здания, на нее сверху свалилась кастрюля с супом. И никто не виноват. Кошка по подоконнику гуляла и котелок скинула. Осудить некого, не сажать же киску в СИЗО? Ну и что получилось? Хозяйка в могиле, семья грызется из-за наследства. Дети от первого брака дерутся с сыном от второго, муж не желает оставлять квартиру дочери... Мрак! А составь она завещание? Ей-богу, никаких проблем не было бы. Умные люди поступают, как Семен Сергеевич. Остальные рассуждают немудро: что со мной случиться может? Ну, умру, так ведь мои дети друг друга любят! Знали бы граждане, какое количество родственников близких из-за рубля поубивали, так мигом бы в нотариальные конторы понеслись. В момент подписания завещания Семен Сергеевич был абсолютно нормален. Причины, по которым он решил отписать имущество незаконнорожденной дочери, я вам назвал. Хотя никакого значения они не имеют. Гражданин волен распорядиться своим имуществом как пожелает.

— Какая-то глупость, — прошептала Света.

— Вам происходившее казалось ерундой, — вздохнул адвокат, — а господин Викулов считал иначе! Впрочем, можете подать в суд.

— Нет, — покачала головой Света, — Сеня так решил, с какой стати нам оспаривать его волю? Значит, он нас не любил... Когда прикажете дом покидать? Сразу-то Ане не собраться! Вещей полно! Одна библиотека несколько тысяч томов.

— Посмею напомнить, что Нина Семеновна получает здание со всем содержимым, — скривился Ильин, — посуда, мебель, книги, картины, электроприборы, кастрюли...

Света вскочила и закричала:

— Какая гадость! Раз так, я моментально увожу сестру! Ей разрешено прихватить свои трусы? Или эта дрянь их станет донашивать? Впрочем, бросим все. Аня, Катя, вы уходите голыми, вот так, в чем стоите. Давайте в машину!

— Никто не велит вам уезжать немедленно... — начал было Андрей Валерьевич, но тут его перебила Аня.

— С какой стати ты, Света, решаешь за меня? — зло спросила она. — Я не собираюсь двигаться с места. Завещание пока не вступило в законную силу, надеюсь, и не вступит! Я подам в суд! Найму лучших адвокатов.

— Ваше право, — пожал плечами Ильин, — но хочу предупредить, шансов на успех практически нет.

— Еще посмотрим, кто кого, — решительно заявила Аня.

Я во все глаза смотрела на подругу. Ну и ну! Мямля и плакса Анька, вечно жалующаяся и ноющая эгоистка, неспособная даже щелкнуть самостоятельно выключателем, решила бороться за свое финансовое благополучие?

— Аня! — в невероятном изумлении воскликнула Света. — Вот уж не ожидала от тебя! Не смей унижаться! Поехали ко мне. Не пропадем с голоду!

— О каком унижении ты толкуешь? — спокойно спросила Аня.

Света бросилась к сестре:

— Милая! Семен последнее время едва скрывал раздражение при виде тебя. Скандалы у вас разгорались по любому поводу! Если он так решил распорядиться своими деньгами, тебе лучше уйти. Начнется суд, набегут газетчики. Вся Москва узнает об этом. Да от одной Ленки Рябцевой можно с ума сойти! Начнет звонить и фальшиво сочувствовать!

— Наплевать, — решительно заявила Аня, — не

желаю куковать нищей! С какой стати эта начнет пользоваться моими средствами?

— Капитал заработал Семен Сергеевич, — напомнил Ильин.

— А кто ему помог? — возмутилась Аня. — А? Между прочим, я вела дом! И все у нас хорошо было, пока Сеня фильм снимать не начал!

В моей голове мигом что-то щелкнуло, разрозненные кусочки головоломки начали складываться в целую картину. Кино... самоубийство... Нет! Семена убили! Теперь я знаю это точно! Однако странно, что милиция, осматривавшая место происшествия, сразу не увидела очевидных вещей...

— Аня, — умоляла Света, — собирайся! Ты же всегда говорила, что любишь Сеню! Так уважай его последнюю волю, и потом, может, Нина тебе пенсию назначит!

— С какой стати? — возмутилась счастливая наследница.

— С какой стати? — повторила Аня, поворачиваясь к Ильину. — А ну, говори, кому в первую очередь принадлежат деньги, если муж внезапно умирает?

— Если не составлено иное распоряжение, то в первую очередь жене и детям, — спокойно возвестил адвокат.

— Вот, — с торжеством заявила Аня, — совершенно верно! Мне то же самое говорили.

Света ойкнула и прижала руки к лицу, Катя побледнела.

— Мама, — тихо протянула она, — что ты имеешь в виду?

Глаза Ани забегали из стороны в сторону.

— Ну... так... ничего... Я консультировалась у специалиста, спрашивала, что случится, если Сеня вдруг умрет. Просто так вопрос задала, из любопытства.

— Интересно, — буркнул Ильин, — шокирующие детали начинают выясняться.

Я закашлялась и пошла прочь из кабинета. В коридоре никого не было. Я вытащила из кармана мобильный и набрала номер Дегтярева — моего ближайшего друга и полковника милиции. Обычно до Александра бывает трудно дозвониться, но сейчас он сразу схватил трубку:

— Да!

— Привет.

— Чего надо? — рявкнул полковник.

— Ты занят?

— Нет!

— Можешь приехать к Ане домой? У нее творится нечто, на мой взгляд, ужасное, — заявила я, готовясь к нудной беседе.

Дегтярев очень не любит, когда кто-нибудь нарушает его планы. Сейчас он примется сыпать вопросами. Что случилось? Нельзя ли разобраться без него? За какие грехи господь послал ему постоянно действующее несчастье по имени Даша Васильева? Но Александр Михайлович вновь удивил меня, второй раз за полторы минуты. Сначала он мгновенно схватил трубку, а теперь коротко рявкнул:

— Уже еду! Жди.

В состоянии глубочайшего изумления я вернулась в кабинет Семена и поняла, что страсти за время моего отсутствия накалились до предела.

Аня, красная, потная, стояла у окна. Света, белая

до синевы, ломала руки. Катя рыдала, свернувшись клубочком в кресле. Горничная Леся и шофер Коля дрожали, словно щенки, забытые нерадивым хозяином под дождем. Андрей Валерьевич кусал губы, одна Нина спокойно сидела, откинувшись на спинку кресла, и весьма равнодушно обводила взором присутствующих.

— Аня, — взмолилась Света, — ради памяти покойной мамы, умоляю, поехали отсюда.

— Нет, — твердо ответила сестра, — я подам в суд!

— Остановись! Наплюй на деньги!

— Нет!

— Аня, — в полном отчаянии выкрикнула Света, — поостерегись! Помни, они знают то же, что и я.

— Да, — кивнул Ильин, — погляди на это!

— Что? — заорала Аня.

И тут Света, зарыдав, достала из кармана кольцо с довольно крупным бриллиантом и бросила его на стол. Перстенек попал прямо внутрь большой хрустальной пепельницы.

— Узнаешь? — спросила Света.

— Да, — растерянно ответила Аня, — мой перстень. Потеряла его пару дней назад. Спасибо, что ты его нашла.

— Спроси: «Где?» — прошептала Света.

— Где? — машинально повторила Аня.

Света села на диван.

— Когда Леся подняла вопль, я первая вбежала в комнату к Семену и сразу поняла: помочь ему невозможно, он умер. Сама не пойму, почему не потеряла голову и не пустила вас внутрь, заперла дверь снаружи и вызвала милицию.

— Ментам звонил я, — ожил шофер Николай, — и дверь тоже сам запирал.

— Да какая разница! — взвилась Света. — Перед тем как вызвать милицию, я обратила внимание на один момент. Левая рука Сени была сжата в кулак. Тело еще не закоченело, я сумела разогнуть пальцы, и увидела твое кольцо. Сразу поняла, в чем дело! Вы с Сеней лаялись последнее время, как собаки, он тебя попросту достал, вот ты и решила избавиться от него!

— Вот страсть-то, — закивала Нина, — почему просто не развелась?

— Тогда ей деньги бы не достались, — пояснила Света, — она же не знала, что есть внебрачная дочь и завещание. Я кольцо спрятала, милиция объявила произошедшее самоубийством. Но, похоже, Ильин пронюхал...

— Вот именно, — кивнул Андрей Валерьевич.

У меня закружилась голова. Аня — убийца Сени? Сотни женщин ругаются с мужьями. Но одно дело орать на супруга, другое — выстрелить в него!

— Аня, — молила тем временем Света, — пойми, ты проиграла! Давай скорей уедем. Пусть они получат капитал, дом и станут молчать, ведь так?

— Как рыбы, — усмехнулся Андрей Валерьевич. — А если в суд подадите и станете завещание оспаривать... Ну, тогда сидеть вам на зоне в бараке.

— Нет! — закричала Света. — Не позволю! Хотите, забирайте и доставшуюся Ане квартиру! Только пусть моя сестра будет на свободе!

— Матерь Божья, — принялась мелко креститься Леся.

Катя затихла в кресле, похоже, она не вынесла

переживаний и лишилась чувств. Аня вцепилась пальцами в подлокотник:

— Нет, неправда... Света! Ты сошла с ума.

Света бросилась к сестре:

— Пошли, надо спасаться! Любой следователь тут же докажет твою причастность.

Я растерянно посмотрела на дверь. Ну где же Дегтярев! Мне одной с преступником не справиться! Аня сделала шаг вперед. Света ухватила ее в охапку, на лице Ильина появилось плохо скрытое выражение ликования. Я, решив вмешаться в ситуацию, набрала побольше воздуха в легкие, но тут дверь распахнулась, на пороге возник Александр и заорал:

— Милиция. Всем оставаться на своих местах.

Присутствующие окаменели. Я же, обрадованная до невозможности, подскочила к сестрам, уцепила Свету за кофту и заверещала:

— Скорей арестуй ее! Это она убила Сеню!

Андрей Валерьевич и Нина, разом, словно партнеры, исполняющие бальный танец, ринулись к другой двери, ведущей в спальню к Семену. Но она сама распахнулась им навстречу, и на пороге возникли крепкие мужские фигуры.

— Финита ля комедия! — довольно провозгласил Дегтярев. — Прошу проследовать в машину. Особых удобств не обещаю, но к месту предварительного заключения вас домчат быстро.

Я воззрилась на приятеля: надо же! Он, оказывается, знает какие-то фразы на иностранном языке. Ей-богу, это меня удивило больше, чем все происходящее.

За час до наступления Рождества мы опять сидели у Ани в гостиной. Правда, Света отсутствовала, она встретит праздник в тюрьме.

— С какой стати Света придумала это ужасное преступление? — спросила Катя.

Дегтярев вздохнул:

— Она всю жизнь завидовала сестре. Своей семьи у нее нет, личное счастье не сложилось, да и денег особых не имелось.

— Папа ее содержал, — напомнила Катя.

— Правильно, — кивнул полковник, — но Свете хотелось большего. Потом она встретила парочку аферистов: Андрея и Нину Ильиных. Папа с дочкой занимались мерзкими делишками и, как ни странно, ни разу не попали в поле зрения милиции. Андрей понял, что при помощи Светы может получить немалый капитал. Влюбить ее в себя ему не составило никакого труда. Ну, а дальнейшее вы знаете. Метрика поддельная, завещание тоже, рассказ о внебрачной дочери — ложь.

— Значит, он не адвокат? — уточнила я.

— Почему? — удивился Дегтярев. — Юрист по образованию, это же не мешает заниматься мошенничеством, наоборот. Света должна была убедить Аню немедленно уехать, оставив имущество негодяям. Кстати, Света уверяла любовника, что Анна человек аморфный, ленивый, нецепкий... Она растеряется и не станет сражаться, удовольствуется квартирой. Ильин потом хотел продать полученное незаконным путем наследство и уехать за границу. Свете он пообещал жениться на ней. Только, думается, она бы не дождалась марша Мендельсона. Ильин очень хитер. Он подготовил и запасной вариант: запугать Аню ее якобы найденным в кулаке трупа кольцом.

— Его там не было? — подскочила Леся.

— Нет, конечно, хотя, подчеркну, это был крайний вариант. Мерзавцы рассчитывали, что Аня, как и все, поверит в самоубийство мужа.

— Но откуда взялось предсмертное звуковое послание Семена Сергеевича? — спросила Леся.

— Знаю! — воскликнула я. — Сеня репетировал роль, хотел безупречно сыграть ее, проговаривая слова перед микрофоном, потом слушал, меняя интонацию.

Полковник кивнул:

— Точно! Идея с фальшивой «дочерью» и самоубийством пришла Андрею в голову, когда Света пожаловалась ему на Сеню, который замучил всех репетициями. Ильин попросил принести ему одну из кассет и написал «сценарий». Скажи, Даша, когда ты поняла, что это убийство?

Я улыбнулась:

— А сразу после разговора с Лесей. Она сказала, что была понятой. Милиционеры посадили ее в кабинете, нажали на кнопку, и из магнитофона полилась предсмертная речь Сени. Но человек, сделавший запись, покончил с собой, вряд ли он стал бы перематывать кассету назад. Нет, если рассуждать логично, то, договорив до конца, Семен должен был выстрелить в себя. Но тогда, после того, как оперативники включили магнитофон, из него ничего бы не прозвучало. Вопрос: кто перемотал кассету на начало? Зачем, а? Дальше, кто сообщил адвокату Ильину о смерти Сени? Ведь о его существовании в семье не знали. И третье. Светка кричала, что нашла кольцо и никому об этом не обмолвилась, и тут же заявила, тыча пальцем в юриста: «Он, похоже, все знает». Так откуда? Если Света обнаружила перстень в одиночестве, а потом молчала, кто рассказал Ильину о кольце? Он совсем не удивился, услыхав вопль Светы, было похоже, что адвокат полностью в курсе дела! Лично мне странно, почему профессионалы, проводившие осмотр места происшествия, не увидели нестыковки в истории с магнитофоном. И потом, прости, Дегтярев, ну что за уроды у вас работают экспертами. Даже я знаю о наличии методик, позволяющих с почти стопроцентной точностью сказать: убил себя человек сам или его кто-то застрелил? Положение трупа, местонахождение выпавшего из руки пистолета... Уж не буду тут перечислять все детали.

— Слишком ты умная, — прищурился полковник, — а мы, менты, тупые, лишь бы от дела избавиться. Да? Списать на самоубийство, чтобы ничего не расследовать...

— Замолчите, — прошептала Аня, — хватит, сил нет вас слушать! Хоть меня пожалейте! Сеню не вернуть.

— И Мусика, — шепнула Катя.

Мы с Дегтяревым переглянулись.

— Сегодня Рождество, — торжественно заявил полковник. — А в эту ночь случается все! Исполняются самые невероятные желания.

Аня вскочила на ноги:

— Вот уж не думала, что вы настолько жестоки! Считала вас своими лучшими друзьями.

— Мамочка, — бросилась было к ней Катя, но тут из коридора донесся задорный лай.

Анечка и Катюша замерли.

— Это кто? — хором прошептали они.

— Ага! — завопил Дегтярев и толкнул дверь, сделанную из цельного массива дуба. — Встречайте! Настоящая рождественская сказка!

Створка распахнулась, в проеме появилась знакомая фигура. На руках у мужчины восседал визжащий от счастья Мусик.

— Папа, — всхлипнула Катя, рушась на пол.

— Сеня! — еле выдавила из себя Аня, медленно оседая возле дочери.

— Не может быть! — закричала я. — Дегтярев! Там же должен был быть один Мусик! Мы же привезли его вместе. Сеня-то откуда взялся! И живой!

Спустя некоторое время все пришли в себя и бросились целоваться.

— Но... как... ничего не понимаю, — бормотала Аня, — жив, жив, жив!

— Живее некуда, — кивнул Сеня. — Света и Ильин решили нанять киллера, кто-то же должен был выстрелить мне в голову. Сами они боялись. Лучшей кандидатурой на роль убийцы им показался шофер Николай. Знали, что парень мечтает о квартире, и думали соблазнить его деньгами. Коля подыграл мерзавцам, затребовал крупную сумму, а сам рассказал все мне. Я мгновенно соединился с Дегтяревым, и мы решили разыграть спектакль. В курсе дела были, естественно, сотрудники милиции, увозившие «труп». Кстати, самым трудным для меня оказалось не шевелиться, когда Леся обнаружила «труп». Коля дал ей полюбоваться пару мгновений на «самоубийцу», запер дверь и никого не впускал внутрь до приезда сотрудников МВД. Потом меня упаковали в мешок и унесли, а Света, Ильин и Нина принялись действовать.

— Ты ничего не сказал мне! — возмутилась Аня.

Сеня хмыкнул:

— Нам нужно было изобличить преступников. Скажи я, что Света замыслила меня убить, какую реакцию увидел бы от тебя?

Аня прикусила нижнюю губу.

— А Мусик! — воскликнула Леся. — Он-то тут при чем?

Сеня почесал лысую макушку.

— Понимаете, Николаю следовало ночью, тайком, войти в дом и «убить» меня. Чтобы домашние не помешали, Света должна была подсыпать всем в чай снотворное, но Мусик-то слышал шаги сквозь любой сон. Света боялась, что мопс учует его, бросится встречать и начнет лаять... Не дай бог кто-нибудь из домашних проснется, несмотря на снотворное, и затея провалится. Поэтому она решила заранее избавиться от Мусика. Света, приезжавшая к сестре как к себе домой, имела ключи от особняка. Ранним утром, хорошо зная, что все в доме еще спят, она осторожно открыла дверь, быстро сунула Мусику кусок сыра и отволокла мопса в бытовку. Несмотря на то что Света задумала преступление, убить собаку она не смогла. Поэтому решила «пожалеть» пса и заперла его в вагончике, пусть уж сам тихо умрет от холода. Потом мерзавка уехала. Вечером, как ни в чем не бывало, заявилась к нам в дом. А когда все заснули, впустила Колю.

— И охрана поселка не заметила, что Света рано утром приезжала? — удивилась я.

Семен вздохнул:

— Она свою машину в лесу оставила. А сама пролезла в дырку между прутьями забора. Ей казалось, что преступление очень хорошо продумано, учтены все мелкие детали. Ну, допустим, Даше по завещанию отходила картина. Это было сделано для того, чтобы она не усомнилась в его подлинности. Я же видел, как ей хотелось заполучить полотно с собаками, играющими в бридж. И решил якобы оставить его Дарье, которая тоже коллекционирует мопсов.

— Вот дрянь! — вырвалось у меня.

— Я удивился, что пес не лает, — внезапно сказал молчавший до сих пор водитель, — но потом подумал, что она его в бане заперла. В голову не пришла мысль про ледяной вагончик. Ну почему Света собаку извести решила?

В комнате повисло молчание. Потом Сеня тихо сказал:

— Она ненавидела нас до такой степени, что готова была на все.

— Но почему? — тихо спросила Катя. — Что мы Свете плохого сделали? Жила за наш счет, пила, ела, одевалась, отдыхать ездила...

— Не хочешь себе зла, не делай людям добра, — отчеканил Сеня.

Я хотела было сказать, что не одобряю это высказывание, что моя бабушка... Но вовремя прикусила язык. Увы, встречаются люди, которые начинают ненавидеть вас за поддержку и помощь.

Часы начали бить двенадцать раз.

— Рождество, — закричала Аня, — ура! Пусть у всех сбываются желания, пусть вокруг царит мир, пусть родственники любят друг друга, пусть у нас будет много хороших друзей, способных прийти на помощь в горе и порадоваться вместе нашему счастью!

— Отличный тост! — воскликнул Сеня.

Катя бросилась к отцу. Леся поглаживала Мусика.

— Милый мой, — бубнила она, скармливая мопсу строго-настрого запрещенные, но столь обожаемые собакой пирожные, — ешь, бедняга. Настрадался, котик!

— Коля, иди сюда, — позвал Сеня, — чего один тоскуешь? Да знаю я, что у вас с Катей любовь, только меня боитесь. Я не против вовсе. Живите вместе!

Катя вспыхнула, Коля закашлялся. Я взвизгнула. Да уж! Все счастливы, настоящая рождественская сказка. Кое-кто может не поверить в такой поворот событий, но я твердо знаю: неправдоподобное случается в жизни чаще, чем в сказках.

КОНЬЯК ДЛЯ АНГЕЛА

Семейная жизнь — тяжелая штука, поэтому ее порой несут не вдвоем, а втроем. Впрочем, иногда у некоторых пар складывается не любовный треугольник, а иная геометрическая фигура.

За несколько дней до Рождества мне позвонила Ленка Латынина и спросила:

— Отметим праздник вместе?

— Согласна, — ответила я, — только я приду одна. Зайка с Аркадием уехали на каникулы, Дегтяреву тоже дали отпуск, а Маруся собирается веселиться с приятелями.

— Очень плохо! — искренне огорчилась Лена.

Я решила, что она переживает по поводу моего настроения, и оптимистично сказала:

— Никаких проблем, наоборот, я чувствую себя счастливой! Проведу Рождество в тишине и покое, не собираюсь рыдать от тоски, мне редко удается побыть наедине с собой.

— Меня волнует количество гостей, — тут же заявила Латынина, — если вы, мадам, заявитесь одна, то нас за столом будет тринадцать человек! Ищи себе пару, хватит одной по гостям таскаться.

Обижаться на Лену — последнее дело. Как правило, ляпнув глупость, она не хочет никого обидеть, просто выпаливает фразу и не думает, какое впечатление она произведет на окружающих.

— Ладно, — кивнула я, — если не устраиваю тебя, так сказать, соло, то явлюсь в составе дуэта!

В голосе Латыниной тут же появилось любопытство.

— А он кто?

— Весьма симпатичен, — обтекаемо ответила я.

— Богат? — не успокаивалась Ленка. — С твоими деньгами нужно быть осторожной. Если мужик нищий, он, вероятно, хочет неплохо устроиться за счет обеспеченной пассии.

— Субъект, о котором я веду речь, проживает в собственном доме на Ново-Рижском шоссе, — серьезно ответила я.

— Какая у парня машина? — еще сильнее возбудилась Латынина.

— Их несколько, но джип самый любимый, — сообщила я.

— Мужик пьет?

— Только воду.

— Курит?

— Даже не приближается к табаку, — ухмыльнулась я.

— Дети есть?

— Двое, но они давно живут в Париже.

— А жена?

— Он никогда не оформлял отношения официально, любовная связь длилась всего три дня, — пояснила я.

— Значит, у него отвратительная мамаша, — злорадно сказала Ленка, — еще Ломоносов придумал закон: если в одном повезло, то в другом точно лажа получится.

— Думаю, ты слишком вольно трактуешь принцип сохранения материи, — не удержалась я, — но родители моего кавалера давно скончались. Он, увы, сирота.

— Зануда, да? — с надеждой спросила Латынина. — Скряга? Брюзга?

— Он постоянно пребывает в хорошем настроении, меня обожает, готов целый день сидеть рядом с любимой женщиной на диване, — добила я подругу.

— Колись, Дашута, где взяла парня? — взвизгнула Ленка.

— Да ты его давно знаешь! Он не первый год живет в Ложкине, — усмехнулась я.

В трубке воцарилось молчание, потом Лена растерянно спросила:

— Ты же не про полковника говоришь?

— Нет, конечно, — еле сдерживаясь от смеха, ответила я.

— Так про кого? — взвыла Латынина.

— Я имею в виду Хуча, — раскололась я.

Подруга на пару секунд лишилась дара речи, а потом стала возмущаться:

— Ну, вообще! Мне не нужен за столом мопс!

— Почему? Он подходит абсолютно по всем статьям, — прикинулась я идиоткой. — Не пьет, не курит, живет в коттедже, в Москву выезжает на внедорожнике, бабами не увлекается, а меня обожает без памяти. К тому же он всегда пребывает в замечательном расположении духа, не ворчит, не ругается, не скандалит, не упрекает меня в транжирстве, готов постоянно следовать за мной, чистоплотен и стопроцентно верен. Из недостатков могу отметить лишь обжорство и храп, но это мелочи.

— Сама найду тебе кавалера, — вздохнула Ленка.

— Хуч будет расстроен — он любит званые ужины! — не сдалась я.

— Ты видела, как Миша украсил магазин к Рождеству? — спросила Латынина, решив закрыть тему предстоящей вечеринки. — Если нет, то непременно посмотри. Уж поверь, такой витрины ни у кого нет.

Я машинально кивала: охотно верю, что Ленкин супруг устроил нечто феерическое.

Миша Латынин имеет в кармане диплом доктора наук, он искусствовед и первую часть своей жизни занимался театром. В эпоху революции, когда россиянам стало не до спектаклей, Михаил не растерялся и стал торговать вином. Сначала у Латынина была крохотная точка в подвале у вокзала, он сам ездил за товаром к оптовику и лично отпускал «пузыри» местному контингенту. Но мало-помалу Миша развернулся, и теперь у него целая сеть винных супермаркетов в разных городах России. Самый крупный торговый центр расположен в Москве, на одной из главных улиц. Думаю, в преддверии Рождества там началось столпотворение. Латынин предлагает вполне приличные напитки по щадящим ценам, а перед праздниками, как правило, устраивает масштабные распродажи. Впрочем, если вы человек не бедный, старший сомелье сопроводит вас в зал для VIP-клиентов и предложит эксклюзивное вино. Коли вы готовы потратить сумму, за которую можно купить отечественный автомобиль, сам управляющий отведет вас в особое хранилище. А уж если вы коллекционер, то тогда заказ выполнит Михаил. Порой он сам летает по поручению клиента во Францию или Италию, но, как понимаете, в этом случае речь пойдет о десятках тысяч. Не рублей.

До того как Миша вплотную занялся виноторговлей, я, конечно, знала о существовании дорогого вина, но не представляла, до какой суммы может дойти цена на раритетную бутылку. Наиболее драгоценные экземпляры Латынин хранит в особой комнате-сейфе, проникнуть в которую можно лишь в сопровождении хозяина.

На следующий день я поехала в город, чтобы купить подарки. Собралась пробежаться по торговому центру, а потом посетить книжный магазин. Отсутствие домашних следовало использовать по полной программе. Сначала отпраздную с Латыниными Рождество, а на следующий день завалюсь на диван, замотаюсь в плед, обложусь собаками, поставлю на столик конфеты и буду читать детективы. Лучших каникул и не придумать.

Около восьми вечера я, уставшая, как шахтер, выползла из центра к машине, неся в руках и зубах кучу пакетов. Не успела сделать несколько шагов к автомобилю, как увидела толпу возле витрины находившегося неподалеку магазина.

— Мама, мама, — закричал веселый детский голос, — ангел шевельнулся.

Я быстро бросила покупки в багажник и присоединилась к зевакам. Интересно, что привлекло внимание прохожих? За большим стеклом расположилась праздничная композиция, изображавшая хлев. Но корова, лошадь, коза и овца возвышались на заднем плане. Посередине, на соломе, сидела красивая молодая женщина, державшая на руках новорожденного. Справа от нее стоял мужчина в хламиде, сильно смахивающей на халат. С потолка свисала звезда, а вокруг них расположились ангелы в серебристой одежде.

Я еще раз окинула взором инсталляцию, — во многих европейских городах устанавливают рождественские экспозиции, но в Москве я ни разу не встречала подобной. Кому пришло в голову изобразить сцену появления на свет малыша Иисуса? И почему Иосиф держит в руке огромную бутыль шампанского? Впрочем, не буду придираться к деталям; кстати, новорожденный-то выглядит минимум на полгода, он уже весьма ловко сидит на коленях у Девы Марии.

— Чего только не придумают ради водки, — закряхтела бабка, стоявшая около меня, — богохульники!

— Не вижу никакой водки, — машинально сказала я и тут же пожалела об этом.

Пенсионерка толкнула меня в спину:

— Глаза разуй! Магазин винищем торгует! Попрыгает народ, полюбуется — и внутрь за спиртным попрет!

Тут только я осознала, что стою около главной торговой точки Латынина — вот каким украшением витрины восхищалась Ленка.

— Тьфу на вас! — совсем обозлилась старушонка и ушла.

Ее место занял мальчик лет семи, который незамедлительно закричал:

— Мам, ну мам же! Глянь! Ангел живой, он недавно шелохнулся.

Фигуры небожителей и впрямь были выполнены

с большим искусством, издали они казались замершими людьми.

— Вон та тетя, — продолжал ребенок, тыча пальцем в крайнюю фигуру, — Серафима, она...

В ту же секунду витрину закрыли шторы.

— Пошли, представление закончилось, — устало сказала женщина, державшая ребенка за руку.

— Сейчас снова распахнется, — уперся малыш, — она так уже не первый раз задвигается. Мам, а та ангел дышит.

— Ангелы не имеют пола, — возразила мать, — они не мужчины и не женщины!

Драпировки разошлись в стороны.

— Супер! — завопил мальчик. — Это тетя! Вон у нее ногти накрашены!

Я машинально посмотрела на крайнюю фигуру. Действительно, на тоненьких пальчиках видна розовая эмаль. Дети на удивление внимательны, я бы пропустила эту деталь, и ангелок на самом деле напоминает живое существо, около запястья темнеет грязное пятно, его легко можно принять за синяк. А роскошные платиновые длинные волосы — явно натуральные. Хотя с париками для кукол нынче нет ни малейших проблем.

— Раз, два, три, четыре, пять, шесть, — сосчитал мальчик, — мам, их шестеро!

— Нам пора, — поторопила сына женщина, — видишь, магазин закрыли.

Я вздрогнула. Ну-ну, разинула рот, как первоклассница, а ведь еще не все презенты приобретены. Надо вернуться в торговый центр, чтобы успеть купить подарки для всех друзей, внесенных в список.

Ровно в полночь вместе с небольшой группой приподнившихся покупателей я снова очутилась на улице. Слава богу, все покупки сделаны, а один из книжных магазинов столицы, находящийся в паре кварталов отсюда, работает до двух часов.

Я снова закинула бумажные сумки в багажник и повернулась к витрине. Любопытные прохожие разошлись, но лампочки за стеклом продолжали сиять, освещая Деву Марию, новорожденного Иисуса, Иосифа, животных и пять ангелов. Миша не экономил на электричестве, шторы были не задернуты, композиции предстояло радовать редких в этот час прохожих. Я села за руль и вдруг вздрогнула: пять ангелов? Отлично помню, что в момент закрытия магазина их было шесть! Смешно в этом признаваться, но я вылезла из малолитражки и пересчитала небесных созданий. Пять! Куда подевался шестой? Ушел попить чайку в подсобное помещение? Небось в витрине холодно, манекен замерз и отправился погреться в торговый зал? И кто удрал?

Я стала внимательно разглядывать херувимов и пришла к невероятному выводу. Из витрины сбежал тот самый персонаж с розовыми ногтями.

Мне отчего-то стало тревожно, я села в салон своей машины, вытащила телефон и набрала номер Ленки.

— Чего не спишь? — прокричала Латынина, перекрывая шум.

— Извини за поздний звонок, — сказала я, — но, похоже, ты тоже бодрствуешь.

— Сидим с Мишкой в ресторане, — объявила Ленка — ждем омара. Привет тебе от него.

— От омара? — уточнила я.

— Нет, от Мишки, — загоготала Лена.

— Спроси у мужа, сколько у него ангелов? — велела я.

— Чего? — изумилась подруга.

— Стою около витрины его винного бутика, поражена сценой рождения Иисуса, сколько там херувимов?

— Пять, — после небольшой паузы сказала Ленка, — а что?

— Точно не шесть?

Раздалось шуршание, потом прорезался голос Миши:

— Дизайнеры хотели поставить десять, но каждый манекен стоил фигову тучу денег, пришлось ограничиться пятеркой. Скажи, супер идея?

— Ага, — согласилась я, — ты случайно не привез на днях какую-нибудь эксклюзивную бутылку?

— Ну... ездил за коньяком, — осторожно подтвердил Латынин, — заказ Борисова, уникальная вещь! Пару лет назад один владелец замка во Франции совершенно случайно обнаружил подземный ход, который привел его к потайному складу вин. Теперь он распродает раритеты. Мало того что сто тысяч евро за бутылку хочет, так еще уговаривать приходится, чтобы продал.

— И где сейчас коньяк? — спросила я.

— В сейфовой комнате, — ответил Латынин, — Борисов его послезавтра днем забрать хочет. К нему приедет приятель, лучший в России эксперт по коньякам, вот Павел Никитович и решил его поразить.

— Они откупорят бутылку за сто тысяч евро? — ошарашенно поинтересовалась я.

— Ну да, — ответил Мишка, — Борисов не коллекционер, он гурман.

— Ты не боишься оставлять такую ценность в магазине? По-моему, это весьма опрометчиво, — осудила я Латынина.

— Коньяк застрахован, мне вернут его стоимость в случае чего. И потом, сейф неприступен.

— К любому замку можно подобрать ключи.

— Верно, но есть и секрет, уж поверь, даже если некто задумает спереть бутылку и сумеет открыть дверь, его ждет сюрприз! Никуда грабитель не уйдет!

— Почему? — спросила я.

— Сказано, секрет, — отрубил Миша, — сейфовую комнату монтировали немцы, это их ноу-хау и коммерческая тайна.

— Охрана в магазине есть? — не успокаивалась я.

— Естественно, — без малейшего беспокойства ответил Латынин.

— Позвони дежурному и вели ему все внимательно осмотреть.

— Да зачем? — поразился Миша.

— Думаю, внутри находится вор, — пояснила я.

— Это невозможно, — буркнул приятель.

— Тебе трудно набрать номер? — не успокаивалась я.

— Нет, конечно, — сдался виноторговец, — позвоню.

— А потом звякни мне, — попросила я.

— Ох уж эти женщины, — протянул Миша, — чего только вам в голову не взбредет! Жди!

Я облокотилась на руль и начала изучать композицию. Во многих европейских городах в местах скопления туристов стоят живые статуи. Как правило, это студенты, которым нужен заработок. Юноша или девушка целиком покрывают тело гримом и застывают на одном месте, позу они меняют редко, и кое-кто из наивных туристов пугается до дрожи, когда «Давид» или «Афина» внезапно поворачиваются. Я встречала подобные «изваяния» на улицах Парижа, Рима, Флоренции, Афин. Но в Москве таких развлечений нет.

В пустых размышлениях я провела минут десять, потом раздался звонок от Латынина.

— Еду в магазин, — коротко сказал он и бросил трубку.

Я включила погромче радио и уставилась на витрину. Сто тысяч евро — неплохой куш для вора. Некая девица придумала оригинальный план, прикинулась ангелом и осталась в магазине после закрытия. Надеюсь, хитрое немецкое устройство задержало предприимчивую особу и Миша не понесет больших убытков. Хотя коньяк застрахован, деньги Латынин не потеряет, а вот клиента может, но в случае сохранности бутылки все обойдется.

Внезапно кто-то резко постучал в стекло. Я вздрогнула, увидала Ленку и быстро вышла из машины.

— Надеюсь, там и правда сидит преступник, — сердито сказала подруга, забыв поздороваться, — первый раз за полгода выбрались вдвоем в кабак!

Высказавшись, Ленка резко повернулась и побежала к магазину, я последовала за ней, и мы обе подоспели как раз к тому моменту, когда Латынин распахнул дверь.

— Черт! — сказал он.

— Что? — хором спросили мы с Леной.

— Сигнализация отключена, — ответил Миша, —

лампочка не горит. И охранника нет! Я звонил, звонил сюда, но никто не ответил.

— Ой, — испугалась Ленка, — не надо дальше ходить! И что там валяется возле витрины? Похоже на дохлую птицу!

Латынин сделал несколько шагов, наклонился, поднял скомканные перья и с огромным удивлением воскликнул:

— Крылья! На резинках! Пойду посмотрю, что в торговом зале творится!

— Ой! Стой! — запищала Ленка. — Вдруг там бандит!

— Ерунда, — отмахнулся Миша.

— Лучше вызвать милицию, — я тоже попыталась воззвать к его благоразумию.

— Сам разберусь, — решительно заявил Латынин, — если и впрямь сюда влез грабитель, то он лежит в сейфовой комнате.

— Почему? — заморгала Ленка.

Муж нахмурился.

— Тут спереть нечего. Здесь хорошее вино, я отвечаю за качество продукции, но напитки самые обычные, подобных в супермаркетах много. Эксклюзив хранится в сейфе.

— Почему, говоря о воре, ты употребил глагол «лежит»? — удивилась я.

Виноторговец довольно ухмыльнулся.

— Ладно, открою тайну. Если в хранилище входит незваный гость, в него стреляет невидимое устройство, придуманное немцами.

— Ничего себе! — подскочила я. — Это же превышение пределов необходимой самообороны! А волчий капкан на пороге поставить ты не догадался?

Еще можно устроить атомный взрыв, тогда уж точно враг погибнет.

— Прежде чем нести чушь, дослушай человека, — разозлился Миша. — В грабителя летят не пули, а ампула со снотворным. Не пройдет и полминуты, как нарушитель заснет.

— Ловко, — восхитилась я, — но все же лучше позвать милицию, мне ситуация не слишком нравится: сигнализация отключена, охранник испарился.

Латынин, не обращая ни малейшего внимания на мое предложение, спокойно направился к двери в углу зала.

— Бесполезно давать Мишке советы, — вздохнула Лена, — он все равно по-своему поступит. Ладно, пошли взглянем на нее!

Мы побежали за хозяином, спустились по железной винтовой лестнице, прошли по узкому коридору и увидели приоткрытую дверь, своей массивностью напоминающую ворота средневекового замка.

— ...! — сказал Миша.

— Она там! — Лена прижала ладони к лицу. — Ой, мама! Мне плохо! Воды!

Миша шагнул внутрь помещения, я, не обращая внимания на Ленкину истерику, последовала за виноторговцем.

И сразу ощутила резкий запах алкоголя, увидела темно-коричневую лужу на полу и разбитую бутылку. Чуть поодаль, странно вывернув руки и ноги, лежал на животе ангел, правда, у него отсутствовали крылья, а длинные белокурые волосы частично пропитались разлитым коньяком.

— ...! — заорал Миша и выскочил из сейфового помещения.

Я вжалась в стену. В нашей семье любят вкусно поесть, и никто не откажется от рюмки спиртного. Зайке очень нравится шампанское, Ольга знает, что одним из лучших считается французское, но оно бывает исключительно сухое. Поэтому Заюшка пьет то, что виноделы с легким презрением называют «пузыри». Шампанским данный продукт назвать нельзя, это просто газированное сладкое вино. Дегтярев с удовольствием глотает красное сухое. В молодости полковник любил водочку и мог принять на грудь изрядное количество беленькой. Но с годами Александр Михайлович перешел на вино, толстяка вполне устраивает то, что привозят из Чили, бутылка стоимостью с авианосец приведет нашего борца с преступностью в ужас. Один раз Латынин угостил Дегтярева раритетным напитком и спросил:

— Ну как?

— Нормально, — почмокал губами полковник, — но на мой вкус кисловато!

— Лапоть! — удрученно воскликнул Миша. — Я открыл ему отличный херес, две тысячи евро бутылка!

— Сколько? — позеленел Александр Михайлович. — С ума сойти! Я больше у тебя пить не стану!

Уже дома толстяк мне сказал:

— Наверное, я и впрямь лапоть, но ничем, кроме цены, вино меня не удивило, то, что покупаю сам, намного вкуснее.

Я лишь развела руками — сама предпочитаю коньяк в аптекарских дозах, принимаю спиртное кофейными ложками и тоже люблю более простой вариант, чем тот, что вызревал в бочке двадцать пять лет. Я не понимаю, почему пол-литра алкоголя стоят сто тысяч евро, ну что особенного в таком напитке? А если, паче чаяния, тронусь умом и приобрету эксклюзивное горячительное, то потом меня сожрет жаба. Но, оказывается, есть люди, готовые выставить на стол бутылку стоимостью с квартиру. И, похоже, ангел знал такого человека, ведь не для себя же воровка решила уперетъ «пузырь», такие кражи, как и угон элитных автомобилей, осуществляют под заказ.

— А ну посторонись! — заорал Мишка, и тут же на пол обрушилась хорошая порция воды.

— Эй, эй, — взвизгнула я, — с ума сошел?

— Хочу, чтобы мерзавец очнулся, — зашипел Латынин, — ща еще ведро приволоку.

— Прекрати, — поморщилась я, — если в человека попало сильнодействующее снотворное, его не приведешь в сознание душем. Да еще у тебя косоглазие, выплеснул воду не на вора, а на разбитую бутылку. Лучше звони в милицию.

— Нет, — помотал головой Миша.

— Налицо хорошо спланированное ограбление, — зачастила я, — в нем явно замешан кто-то из своих!

— Отчего ты так считаешь? — устало спросил виноторговец.

— Это же элементарно, Ватсон! — скривилась я. — Кто знает шифр от сейфа? Каким образом «херувим» оказался в витрине? Куда подевался охранник? Не удивлюсь, если он в доле с грабителем! Потом, бутылка разбита, значит, страховая компания начнет расследование, ведь сумма выплаты немаленькая!

Миша сложил руки на груди.

— Так! Надо действовать оперативно и тихо. Ты мне поможешь перетащить мерзавца в кабинет?

— На месте происшествия ничего трогать нельзя, — предостерегла я, — эксперт будет недоволен.

— Я не стану звать ментов, — твердо заявил Михаил.

— Но как же? — растерялась я.

Латынин вытащил телефон.

— Алексей? Дуй в магазин! Мне плевать! Слезай со своей бабы и гони сюда! У нас форс-мажор! На месте увидишь!

Завершив беседу, Михаил повернулся ко мне:

— Сейчас управляющий примчится, он рядом живет. Спокойно разрулим ситуацию. Буду очень тебе благодарен, если не погонишь волну. В моем бизнесе шум не нужен, Борисов не захочет, чтобы его имя трепала желтая пресса, обсуждая, сколько бабок он тратит на выпивку. Нашим газетам только дай волю, до весны новость обмусоливать будут. Сами с Алексеем разберемся, потрясем этого гада, когда он очнется, и заставим рассказать, кто его нанял. А со страховкой я договорюсь, о'кей?

— Это женщина, — тихо заметила я.

— Где? — завертел головой Миша.

— На полу. Отчего ты решил, что вор — мужчина?

— Бабе не под силу провернуть такой трюк, — безапелляционно заявил хозяин лавки, — и потом, лично у меня ангел ассоциируется скорей с юношей! Ну-ка, вспомни картины великих мастеров! А народный эпос? Женщины — всякие там феи, волшебницы, принцессы эльфов, а по небу летают парни с крыльями. Пушкин тоже так считал. «И шестикрылый серафим на перепутье мне явился!» Почему не написал: «шестикрылая Серафима»?

— Я тоже, когда говорю «ангел», имею в виду мужской род, — вздохнула я, — но в комнате девушка. У спящей ногти покрыты розовым лаком, длинные кудрявые волосы.

— Это парик, — вклинился в беседу незнакомый голос.

— Привет, Алеша, — воскликнул Михаил, — видал-миндал?

— Спасибо немцам, — потер руки управляющий, — сработало их устройство, не зря офигенные бабки заплатили!

— А толку? — окрысился Латынин. — То ли снотворное слабое, то ли грабитель крепкий, да только лекарство его не в один момент срубило. Успел, гад, бутылку разбить!

Я перевела взгляд на лужу коньяка, которая после того, как в нее вылили ведро воды, превратилась в море, и машинально пересчитала куски, на которые развалилась бутылка.

— Борисов обозлится, — пригорюнился Алексей, — эх, потеряли клиента.

— Может, ему двенадцатый номер отдать? — ткнул пальцем в стену Латынин. — Подарить в качестве извинения.

— Дороговато, — не согласился с начальством управляющий, — шикарная бутылка.

— Если он возникать начнет, нам это дороже встанет, — сдвинул брови Михаил, — будет на каждом углу орать: «Не имейте дело с винным домом Латынина, они меня обманули!»

— Обокрасть всякого могут! — резонно возразил Алексей.

— Еще хуже, — побагровел бизнесмен, — получается, мы не способны сохранить товар. Нет, Борисову надо сообщить: французы нас надуть хотели, поставили не ту бутылку. Но эксперты Латынина на стреме и не допустили обмана. Простите, извините, целуем вас во все места, получите презент, не сердитесь! Ваш заказ повторим, коньяк будет через пару недель!

— Как прикажете, — кивнул Алексей.

— Вот именно, будет так, как я велю, — потерял терпение Миша, — а теперь раз, два, бери этого за руки, я за ноги, ну?..

— Черт! — вскрикнул Алексей и выпрямился.

— Теперь что? — окончательно разозлился хозяин. — Тебе не нравится его внешность? Или парень не освежил дыхание жвачкой?

— Это женщина, — со странным выражением на лице сказал управляющий.

— Да ну? — поразился Латынин и покосился на меня. — Дай посмотреть.

Алексей живо вытянул руки вперед:

— Не надо!

— Почему? — усмехнулся Михаил. — Она такая страшная? Уродина? Боишься, что я испугаюсь и убегу? Нас ограбила Баба-яга?

— Вам не следует на нее смотреть, — побледнев, повысил голос управляющий.

— Погоди, — вдруг растерялся Латынин, — на полу баба?

Я удивилась запоздалой реакции Миши.

Алексей кивнул:

— Да.

— Не мужик? — зачем-то уточнил хозяин. — Я думал, он переоделся в ангела!

— Это девушка, — сказал управляющий.

— И как она сюда попала? — кипятился виноторговец. — Что, черт возьми, происходит? Подвинься!

— Зачем? — спросил Леша.

— Хочу взглянуть на ее морду!

— Она умерла! — гаркнул Алексей. — Здесь труп.

По моей спине прошел озноб, я вдруг почувствовала, как в сейфовой комнате холодно.

— Уверен? — без особого волнения уточнил Михаил.

— Десять лет работы в райотделе милиции научили меня отличать мертвое тело от живого, — с кривой гримасой ответил управляющий. — Наверное, снотворное оказалось слишком сильным.

— К нам претензий не будет, — пожал плечами Михаил, — систему безопасности вместе с комнатой поставляли немцы, они же заверили меня в полной безопасности транквилизатора. А мы, как велит инструкция, раз в полгода меняли ампулу. Адвокат отмажет. Но, если тут труп, придется-таки звать ментов. Слышь, Дашута, Дегтярев может нам помочь? Ну, типа, тихо, без шума, прибыть и в газету «Желтуха» не стучать?

Я кивнула.

— Так позвони ему, — велел Латынин.

— Александр Михайлович в отпуске, — сообщила я.

— Ну ...! — выругался бизнесмен. — Пришла беда — доставай паспорта.

— Могу соединиться с его правой рукой, Костей, — предложила я, — это очень ответственный и честный человек.

— Валяй, — обрадовался Михаил, — а я пока на красавицу полюбуюсь.

— Нет, — вновь попытался помешать ему управляющий, но Латынин сдвинул подчиненного в сторону, наклонился, схватил прядь светлых волос и дернул на себя.

— О господи! — выдохнул Алексей.

Я удивилась: пару минут назад управляющий рассказал о своем милицейском опыте. Почему он столь нервно реагирует на ситуацию? Человека, десять лет отпахавшего «на земле», удивить нечем, любой труп, даже в самом страшном состоянии, не поразит бывалого оперативника.

Михаил выпустил волосы и беспомощно посмотрел на Алексея.

— Тебе лучше пойти в кабинет, — отбросив обращение на «вы», засуетился Леша.

— Да, — слабо кивнул Латынин, — ты видел?

— Пошли, — сказал управляющий.

— Видел? — шепотом повторил Миша.

— Угу, поэтому я тебя и не подпускал, — объяснил Алексей.

— Но... как... это... как? — беспомощно шептал Латынин.

Алексей обхватил начальника за плечи и повернулся ко мне:

— У него стресс. Не всякий человек способен спокойно смотреть на мертвеца. Уложу его на диван.

Я кивнула, выскочила в коридор, позвонила Косте и призадумалась. Алексей прав: вид мертвого тела вызывает у обывателя ужас. Основная масса людей пугается даже вида скончавшихся близких, чего уж тут говорить о погибшей грабительнице. Но есть одно обстоятельство, мешающее мне поверить в испуг Латынина. Миша старше нас с Леной, в молодости он служил в армии, попал в Афганистан. Латынин никогда не рассказывает о военном опыте, но у него есть несколько боевых наград, которые не дают людям, перекладывающим в штабе бумажки. Следовательно, Миша видел погибших, а я думаю, что тела на поле брани выглядят пострашнее женщины, которая умерла от передозировки снотворного. И почему Латынин так отреагировал? Он едва не грохнулся в обморок!

Я восстановила в уме цепочку событий и решительно вошла в хозяйский кабинет.

Миша лежал на диване, рядом с откупоренной бутылкой коньяка в руке топтался Алексей, он хотел при помощи спиртного привести хозяина в равновесие.

— Немедленно рассказывайте всю правду! — велела я.

Управляющий округлил глаза.

— Даша, вы о чем?

— О женщине, которая лежит в сейфовой комнате. Как ее зовут?

— Откуда мне знать? — слишком быстро ответил Алексей. — Хотя надо паспорт поискать, вероятно, он при воровке.

— Спросите у Миши, если сами забыли имя, — тряхнула я головой, — хотя, думаю, и вы расчудесно его помните.

— Стресс даром не проходит, давайте налью вам коньячку, — захлопотал управляющий, — это недорогой, но очень хороший напиток. Вообще, не советую вам покупать...

— Лекцию о спиртных напитках я с удовольствием выслушаю на досуге, — оборвала его я, — а сейчас внимательно подумайте над моими словами. Михаил был стопроцентно уверен, что в магазин проник мужчина, он, правда, удивился, увидев «ангела», но особого волнения не выказал. И разбитый эксклюзив его не расстроил.

— Товар застрахован, — вставил Алексей.

— Верно, — кивнула я, — вот только две маленькие детали, которые сильно портят впечатление от красивой картины. Бутылка!

— А что с ней? — удивился Леша.

— По версии, изложенной Михаилом, вор залез в комнату, неожиданно получил инъекцию снотворного, но сразу не отключился, схватил бутылку, и тут его свалило лекарство! — выпалила я.

— Очень похоже на то, — кивнул управляющий.

— Объясни тогда, почему стекло лежит на расстоянии метра от тела, в луже, расколотое на несколько кусков, и при этом нет никаких брызг вокруг? — забыв про «вы», налетела я на Лешу. — Ну-ка, урони любую бутылку! Она стопроцентно разлетится фейерверком осколков, капли осядут на стенах, и никогда не получится аккуратной лужи! В сейфовой комнате другая картина. Думаю, кто-то вылил коньяк, положил в него бутылку и аккуратно тюкнул ее. Это плохо инсценированная кража.

— Глупости, — уже без всякой уверенности возразил Алексей.

— Умник, — топнула я, — имей мужество признать очевидное. И зачем Миша выплеснул в коньяк воду? Мне он глупо соврал насчет того, что хочет разбудить грабителя, и промахнулся. Ну просто «Косой Глаз — друг индейцев»! Или хозяин винного бутика понимал, что страховая компания возьмет на анализ спиртное, разлитое по полу, и решил помешать работе экспертов? Теперь, когда алкоголь перемешан с жидкостью из-под крана, качество коньяка не определить! И последнее! Михаил, прошедший Афганистан, абсолютно спокойно поднял голову трупа за волосы. Наше тело хорошо помнит опыт движений, много лет миновало, а Латынин поступил как спецназовец, это они обычно так обращаются с убитыми врагами. Но почему же Михаилу стало плохо? Ответ прост: он знает убитую, более того, Латынин предполагал, что в сейфовой комнате обнаружится тело, но только мужское! Поэтому живо говори, кто эта девушка? Вы вместе с ней задумали надуть страховщиков? В бутылке за сто тысяч плескался грошовый напиток?

— Бред! — дрожащим голосом начал Алексей. — Бредовее ничего не слышал!

Михаил сел и сбросил плед.

— От нее так не отделаться! И я хочу знать, что случилось с Лизой.

— С ума сошел! — взвился Алексей.

Латынин посмотрел на дверь.

— Где Ленка?

— Не знаю, — удивилась я, — наверное, испугалась и удрала в машину. Хотя странно, обычно она предпочитает находиться в эпицентре событий.

— Торговля вином — стремный бизнес, — монотонно завел Миша, — в особенности в России, где население традиционно предпочитает водку. Я пару раз ошибся и оказался на грани разорения. А потом мне повезло! Купил развалюху за сто километров от Москвы, начал там строить дачу, хотелось подальше забраться, в глушь. Короче, я прежнее здание снес и обнаружил тщательно замаскированный погреб, а в нем много старых бутылок. Алкоголь был испорчен, но этикетки почти сохранились, тара тоже была в идеальном состоянии.

— Понятно, — кивнула я, — вы туда наливаете коньяк и выдаете его за раритет. И как только вы не попались!

— Продаем дуракам, — понуро сказал Алексей, — настоящим коллекционерам не предлагаем!

— Борисов — идиот, — подхватил Михаил, — кретин с понтами! Ни фига в алкоголе не смыслит! Ему надо перед гостями похвастаться. И приятели у дурака под стать! Видят старую бутылку с потрепанной этикеткой — и ну языком щелкать!

— Да только, на беду, Борисов решил в канун Рождества настоящего знатока угостить, — подытожила я, — то-то вам докука! Теперь ясно!

— Что? — исподлобья посмотрел Леша.

Я пожала плечами:

— Все. Вы наняли мужика, который должен был сыграть роль грабителя.

Управляющий посмотрел на Михаила, тот кивнул.

— Вот уж глупость, — сказала я, — и как вы предполагали обмануть страховую компанию?

— Я не хотел, чтобы история с подделкой выплыла наружу, поэтому оформил охранником парня с фальшивым паспортом. Он должен был вечером, после закрытия магазина, открыть сейфовую комнату, разбить бутылку и смыться, — мрачно пояснил Миша.

— А Борисов? — воскликнула я. — Он же деньги заплатил!

Михаил неожиданно улыбнулся:

— Идиот через две недели получит новый пузырь! Нет проблем! Порой случаются накладки.

— В вашем плане полно дыр, — покачала я головой.

— Нет, — возразил Алексей, — хоть мы и торопились, но все сделали тип-топ! Отличный сценарий: накануне Рождества хитрый вор решил спереть эксклюзивную бутылку, но выронил ее. Пожалуйста, господин Борисов, полюбуйтесь на останки! Извините нас, не пройдет и десяти дней, как мы привезем замену!

— По-моему, вы кретины, — не выдержала я. — А если Борисов снова эксперта позовет? Или в гости к другим клиентам, которых вы за дураков держите, случайно заглянет настоящий знаток? А ваша сейфовая комната? Может, Борисов в вине не разбирается, но если он сумел заработать капитал, то вряд ли является абсолютным дураком. Как вы ответите на его вопрос: «Коим образом секьюрити попал в тщательно охраняемое помещение, где взял ключи? Почему его укол не усыпил?»

— Сказали бы, снотворное сработало, но поздно, когда ворюга сбежал, он очень крепкий физически. Кстати, про ампулу знали лишь трое, — потер затылок Алексей, — мы с Михаилом и Лена. Ну еще представитель фирмы, продавший устройство, но он в Германии.

— Ленка? — удивилась я. — Не думала, что она в курсе.

— Елена великолепно владеет немецким языком, а мне не хотелось, чтобы о снотворном слышали посторонние, поэтому я попросил жену поработать переводчиком, — глухо сказал Миша.

— И кто лежит сейчас в сейфовой комнате? — задала я главный вопрос.

Латынин вздрогнул.

— Лиза Романова, молодая актриса, играла в нескольких сериалах. Мы случайно познакомились и... Ну, короче, она, как это объяснить...

— Твоя любовница, — подытожила я.

— Нет, нет, — затряс головой Латынин, — мы прекратили общение месяц назад! Елизавета сказала, что беременна, стала требовать оформления отношений, но я честно ее предупредил: «Разводиться не собираюсь, бери деньги на аборт, и разойдемся друзьями». Очень не люблю, когда бабы шантажом занимаются. И потом, у меня не может быть детей, Ленка долго лечилась, пока врачи не определили, что бесплоден я. Не очень красивая история вышла. Как Лиза тут очутилась?

— А где Лена? — тихо спросила я.

— Наверное, в машине, — предположил Алексей.

Я оставила мужчин в кабинете, вышла на улицу, приблизилась к огромному внедорожнику и постучала в стекло. Задняя дверь приоткрылась.

— Залезай, — дрожащим голосом прошептала Ленка, — чего там?

— Труп, — коротко ответила я.

— Она умерла? — еле слышно спросила Латынина.

— Кто? — Я прикинулась непонимающей.

— Ну... эта... которая на полу...

— Почему ты решила, что погибла женщина? — глядя в упор на посиневшую от страха Лену, осведомилась я.

— Э... так мне показалось, — пролепетала она.

— Странно, — протянула я, — знаешь, что я припоминаю? Едва Миша открыл дверь сейфовой комнаты, как ты почему-то затряслась и сказала: «Она там, я боюсь». Но когда люди думают о воре, то произносят обычно «он». В человеческом сознании образ вора ассоциируется с мужчиной. Это нелогично, конечно, полным-полно женщин-преступниц, но все равно, услышав о грабеже, мы в первый момент вспоминаем о представителе сильного пола. А ты сразу повела речь о женщине. Почему?

Лена уставилась перед собой и ничего не ответила.

— Еще одна странность, — сказала я. — Ты весьма любопытна, любишь находиться в центре событий, а сейчас залезла в машину и боишься выйти. Что случилось? Думаю, ты знаешь погибшую.

— Это так страшно, — пролепетала Ленка, — я не хотела! Вернее, мы планировали иначе! Думали... полагали...

— Продолжай, пожалуйста, — попросила я, — раз уж начала — надо завершить.

Ленка схватила меня за руку и стала быстро говорить, проглатывая окончания слов.

Месяц назад ей позвонила женщина по имени Лиза, назвалась любовницей Миши и предложила встретиться. К сожалению, Латынин никогда не являлся образцом верного супруга, Лена знала о романах мужа, но всегда смотрела на измены сквозь пальцы. Их браку уже много лет, Миша всегда возвращается к жене, какие проблемы? Да и любовницы вели себя прилично, ни одна не устраивала скандалов, на рожон полезла лишь Елизавета. Идя на встречу, Лена приготовилась к бою, она думала, что Лиза устроит ей истерику, наговорит гадостей, но за столиком в кафе сидела милая перепуганная девушка, которая стала плакать, причитая:

— Я беременна от Миши, а он выгнал меня, даже слушать не захотел. У меня больное сердце, оно не выдержит наркоза, аборт сделать я не могу, а рожать придется в специальной клинике за большие деньги, которых у меня нет! Помогите, пожалуйста!

И Лена пожалела дурочку, годившуюся ей по возрасту в дочери. Правда, Латынина проявила благоразумие, отвезла Лизу к врачу, где за нехилые средства у той взяли анализ и подтвердили: Михаил — отец еще не рожденного младенца. Своих денег у Ленки нет, изъять большую сумму со счета в банке она не могла, сообщить Мише о том, что он все же умудрился вопреки диагнозу стать отцом, Лена не хотела, оставалось одно: обокрасть магазин.

Елена была в курсе, что в сейфовой комнате стоит безбожно дорогая бутылка, она нашла в Интернете покупателя на эксклюзивный напиток и придумала план. Около семи часов Латынина привезла к магазину Лизу, одетую ангелом. Постороннему человеку спрятаться в торговом зале негде, оставался один вариант: превратить Елизавету в часть украшения витрины. Лена знала, что за большое окно легко проникнуть прямо от входа, надо лишь отвлечь охранника, стоявшего у двери.

Латынина вошла в магазин и удивилась, увидев секьюрити.

— Вы новенький? Первый день у нас? Я жена Латынина, сделайте одолжение, сходите в кабинет Михаила и принесите мою сумку, черную, лакированную, с застежкой в виде цветка, я забыла ее на диване.

Парень понесся выполнять просьбу жены босса, Лиза, тщательно закутанная в просторную пелерину, шмыгнула в винный бутик. Торговый зал от входа отделяет небольшой коридорчик, влезть в витрину можно было незаметно, покупатели быстро минуют узкую часть пространства, торопятся к стеллажам с бутылками. Елизавета скомкала пелерину, засунула ее под ковер в тупиковой части прохода, быстро расправила сложенные крылья и юркнула к картонным фигурам. Ей предстояло простоять недолго, около получаса. Стекло периодически занавешивалось шторкой, актриса имела возможность пошевелиться.

После того как магазин закрывался, секьюрити всегда уходил в подсобное помещение и смотрел телевизор. Лена сообщила Елизавете код охраны, шифр замка сейфовой комнаты, актрисе хватило бы пяти минут, чтобы отцепить мешающие крылья, забрать спрятанную пелерину, спуститься в сейф, взять бутылку и удрать. Лиза потренировалась с костюмом и достигла отточенности движений, крылья она скидывала в мгновение ока, никаких сложностей не предвиделось.

— Но теперь она мертвая, — стонала Лена, — кто ее убил?

— Укол снотворного, — ответила я. — У Елизаветы было больное сердце, а доза рассчитана на здорового человека.

— Какой укол? — заморгала Елена. — Впервые о нем слышу!

Мне стало противно, потом вдруг пришла усталость.

— Советую придумать более правдивую версию, — грустно сказала я. — Ты переводила для мастера, который монтировал сейфовую комнату, значит, великолепно знала о секрете!

Ленка стала краснеть.

— Кто сказал тебе глупость про переводчицу?

— Твой супруг, — ответила я, — он же не предполагал, что ты задумала убийство наивной Лизы. Ловко все провернула. Законная жена решает помочь беременной любовнице. Тебе повезло, Елизавета оказалась, мягко говоря, глупа и согласилась на твой дурацкий план. Хотя она актриса — история с переодеванием небось пришлась юной дурочке по вкусу. Ты же знала про лекарство и понимала: мощное снотворное убьет соперницу. За что ты ее на тот свет отправила? Всегда ведь относилась спокойно к Мишиным походам налево!

Латынина вцепилась пальцами в спинку переднего сиденья.

— Я лечилась почти двадцать лет! Испробовала все! Но беременность не наступала! Врач предупредил, что есть крохотный шанс, один из ста, но он мне не выпал. Эта же дрянь пару раз потрахалась и получила ребенка! Где справедливость? Елизавета собралась рожать, она бы потом принесла младенца Мишке... И какова тогда судьба законной жены? Ну уж нет! Это мой муж! Я его никому не отдам! Нечего пасть на чужой кусок разевать! Войну начала Лиза!

Дверь машины распахнулась, показался Миша.

— Что вы тут делаете? — рявкнул он.

Ленка вздрогнула и разрыдалась.

— Только истерик мне не хватало, — заорал Латынин, — без тебя дерьма навалом! Заткнись!

— Думаю, вам лучше поговорить наедине, — вздохнула я, — вот только боюсь, времени на откровенную беседу с выяснением отношений маловато. Сюда скоро прикатит вызванный мною по Мишиной просьбе Костя, заместитель Дегтярева, и начнет задавать вопросы. Хочу дать совет: чистосердечное признание и искреннее раскаяние могут сократить срок.

— Офигела? — схамил Латынин. — И в чем нам каяться?

— Лене — в убийстве Лизы, а тебе — в мошенничестве, — пояснила я, — по странной случайности вы, не сговариваясь друг с другом, решили провернуть свои делишки в один день. Лиза вошла в сейфовую комнату, получила укол и умерла. Охранник, сидевший у телевизора, ничего не услышал. Похоже, он в урочный час тоже отправился в хранилище и обнаружил там труп. Секьюрити испугался, но сохранил самообладание, поэтому, как было договорено, без особого шума уничтожил фальшивый коньяк и удрал. Думаю, утром «грабитель» позвонит Михаилу и потребует не только обещанную за инсценировку сумму, но и немалые деньги в качестве, так сказать, вознаграждения за форс-мажорные обстоятельства!

— Эрзац спиртного? — подскочила Лена. — Что за договор с охраной? Какая разбитая бутылка?

— Кто убил Лизу? — шарахнулся в сторону Миша.

— Вам нужно продолжить беседу вдвоем, — сказала я, — хотя слышите сирену?

— Господи! — заломила руки Лена. — Я не хотела, не думала, не понимала, как это жутко! Милый боженька, сделай так, чтобы ничего не было! Я ошиблась! Пусть Лиза оживет! Миша, честное слово, поверь: я очень-очень-очень хочу, чтобы Елизавета очнулась.

Муж, приоткрыв рот, смотрел на рыдающую Лену. Я выкарабкалась из джипа и топталась на снегу, ожидая коллег Дегтярева. В канун Рождества исполняются все желания, но Лене не стоит ждать чуда: и мужу, и жене предстоит ответить за обман и смерть Лизы.

Внезапно меня охватила тоска — кажется, придется встречать праздник в одиночестве. Даже если Латыниных сейчас не задержат, а потом они наймут отличного адвоката, который сумеет спасти их от рук правосудия, мне не захочется пить с ними шампанское. Жаль, дома никого нет, в окнах особняка сейчас темнота... Хотя остались собаки, значит, я повеселюсь на Рождество вместе с Хучем, Банди, Снапом, Жюли и Черри — в конце концов, псы лучше некоторых людей.

На следующий день я решила слегка развеяться и отправилась на выставку кошек. Но даже красивые киски и умилительные котята не помогли избавиться от грустных мыслей. В самом мрачном настроении около восьми вечера я приехала домой, открыла дверь, повесила куртку, вошла в столовую, потянулась к выключателю и... Свет вспыхнул сам по себе, зажглись все люстры, торшеры и настольные лампы. На секунду я зажмурилась, потом приоткрыла один глаз и ахнула.

На белоснежной скатерти стоит блюдо с запеченным гусем, за столом сидят все домашние, под ногами суетятся собаки, чьи головы украшают бумажные цветные колпаки.

— Сюрприз! — закричала Зайка.

— Как я боялась, что ты приедешь раньше и мы не успеем подготовить праздник, — затрещала Маша.

— Главное, гуся пять минут назад из духовки вытащили, — подхватил полковник.

— Рождество нужно отмечать всем вместе, — сказал Аркадий, — это семейный праздник, простите за неуместный пафос!

— А еще нужно загадывать желания, — оживилась Зайка, — они непременно исполнятся! Все!

— Муся, садись, — засуетилась Маруся.

Я опустилась на стул. Действительно, в Рождество случаются чудеса, и насчет исполнения желаний Заюшка права. Маленькое уточнение: просить надо лишь о чем-то хорошем — все плохое, что вы задумали, непременно вернется к вам бумерангом.

СОДЕРЖАНИЕ

Донцова Д.

Д 67   Темное прошлое Конька-Горбунка : повесть и рас-
сказы / Дарья Донцова. — М. : Эксмо, 2009. —
352 с. — (Иронический детектив).

Даша Васильева и не подозревала, к чему приведет безо-
бидная просьба подруги подежурить вместо нее в салоне
«Советы Клеопатры». Та принимала страждущих излить
душу и получить бесценный совет. Не успела Даша освоить-
ся на новом месте, как появился какой-то тип, и после
минутной беседы с ним она потеряла сознание. Даша пришла в себя в некоем таинственном месте, где мужчина, на-
звавшийся Маратом, попросил ее разбудить спящую девушку. Но Даша, приблизившись к ней, сразу поняла, что
та... мертва. Любительница частного сыска попросила отвезти ее в салон — якобы за ингредиентами для снадобья.
Там ее опять чем-то одурманили, а очнулась она в больнице. Теперь Даше Васильевой предстоит найти таинственное
место, где она видела труп, и узнать, что же произошло...

УДК 82-3
ББК 84(2Рос-Рус)6-4

Оформление серии *В. Щербакова*

Литературно-художественное издание
ИРОНИЧЕСКИЙ ДЕТЕКТИВ

Дарья Донцова

ТЕМНОЕ ПРОШЛОЕ КОНЬКА-ГОРБУНКА

Ответственный редактор *О. Рубис.* Редактор *Т. Семенова*
Художественный редактор *В. Щербаков.* Корректор *Е. Самолетова*
Технический редактор *О. Куликова.* Компьютерная верстка *Г. Павлова*
Иллюстрация на обложке *В. Остапенко*

ООО «Издательство «Эксмо»
127299, Москва, ул. Клары Цеткин, д. 18/5. Тел. 411-68-86, 956-39-21.
Home page: **www.eksmo.ru** E-mail: **info@eksmo.ru**

Подписано в печать 14.05.2009. Формат 70x90 ¹/₃₂.
Гарнитура «Таймс». Печать офсетная. Бумага газ. Усл. печ. л. 12,87.
Тираж 200 000 экз. Заказ 7539

Отпечатано с электронных носителей издательства.
ОАО "Тверской полиграфический комбинат". 170024, г. Тверь, пр-т Ленина, 5.
Телефон: (4822) 44-52-03, 44-50-34, Телефон/факс: (4822)44-42-15
Home page - www.tverpk.ru Электронная почта (E-mail) - sales@tverpk.ru

Оптовая торговля книгами «Эксмо»:
ООО «ТД «Эксмо». 142702, Московская обл., Ленинский р-н, г. Видное,
Белокаменное ш., д. 1, многоканальный тел. 411-50-74.
E-mail: **reception@eksmo-sale.ru**

По вопросам приобретения книг «Эксмо»
зарубежными оптовыми покупателями
обращаться в отдел зарубежных продаж ТД «Эксмо»
E-mail: **international@eksmo-sale.ru**

International Sales: *International wholesale customers should contact*
Foreign Sales Department of Trading House «Eksmo» for their orders.
international@eksmo-sale.ru

По вопросам заказа книг корпоративным клиентам,
в том числе в специальном оформлении,
обращаться по тел. 411-68-59 доб. 2115, 2117, 2118.
E-mail: **vipzakaz@eksmo.ru**

Оптовая торговля бумажно-беловыми
и канцелярскими товарами для школы и офиса «Канц-Эксмо»:
Компания «Канц-Эксмо»: 142700, Московская обл., Ленинский р-н,
г. Видное-2, Белокаменное ш., д. 1, а/я 5.
Тел./факс +7 (495) 745-28-87 (многоканальный).
e-mail: **kanc@eksmo-sale.ru**, сайт: **www.kanc-eksmo.ru**

Полный ассортимент книг издательства «Эксмо» для оптовых покупателей:
В Санкт-Петербурге: ООО СЗКО, пр-т Обуховской Обороны, д. 84Е.
Тел. (812) 365-46-03/04.
В Нижнем Новгороде: ООО ТД «Эксмо НН», ул. Маршала Воронова, д. 3.
Тел. (8312) 72-36-70.
В Казани: Филиал ООО «РДЦ-Самара», ул. Фрезерная, д. 5.
Тел. (843) 570-40-45/46.
В Самаре: ООО «РДЦ-Самара», пр-т Кирова, д. 75/1, литера «Е».
Тел. (846) 269-66-70.
В Ростове-на-Дону: ООО «РДЦ-Ростов», пр. Стачки, 243А.
Тел. (863) 220-19-34.
В Екатеринбурге: ООО «РДЦ-Екатеринбург», ул. Прибалтийская, д. 24а.
Тел. (343) 378-49-45.
В Киеве: ООО «РДЦ Эксмо-Украина», Московский пр-т, д. 9.
Тел./факс (044) 495-79-80/81.
Во Львове: ТП ООО «Эксмо-Запад», ул. Бузкова, д. 2.
Тел./факс: (032) 245-00-19.
В Симферополе: ООО «Эксмо-Крым», ул. Киевская, д. 153.
Тел./факс (0652) 22-90-03, 54-32-99.
В Казахстане: ТОО «РДЦ-Алматы», ул. Домбровского, д. 3а.
Тел./факс (727) 251-59-90/91. gm.eksmo_almaty@arna.kz

Полный ассортимент продукции издательства «Эксмо»:
В Москве в сети магазинов «Новый книжный»:
Центральный магазин — Москва, Сухаревская пл., 12.
Тел.: 937-85-81, 780-58-81.
Волгоградский пр-т, д. 78, тел. 177-22-11; ул. Братиславская, д. 12.
Тел. 346-99-95.
В Санкт-Петербурге в сети магазинов «Буквоед»:
«Магазин на Невском», д. 13. Тел. (812) 310-22-44.

Дарья Донцова

Дарья Донцова

КУЛИНАРНАЯ
книга ЛЕНТЯЙКИ-3
Праздник по жизни